長塚節「羇旅雑咏」

現場で味わう136首

山形洋一

未知谷
Publisher Michitani

まえがき

長塚節（一八七九〜一九一五）の文学活動は、（1）叙景短歌の時代、（2）散文の時代、（3）抒情短歌の時代の三期に大別でき、各時代の代表作として、次がある。

（1）一九〇五（明治38）年、短歌による旅日記「羇旅雑咏」、

（2）一九一〇（明治43）年、農村生活を描いた長篇小説『土』、

（3）一九一四（大正3）年、短歌による病床と旅の日記「鍼の如く」。

このうち（1）「羇旅雑咏」は、長塚節が正岡子規から仕込まれた二つの方法――写生と万葉調――を組み合わせた、叙景短歌の完成形といえるものだが、（2）『土』と（3）「鍼の如く」に比べて、これまで注目されることが少なかった。本書はその穴を埋めるものである。

一九〇二（明治35）年9月に正岡子規が根岸で亡くなったあと、弟子たちは「根岸短歌会」の歌風を継承し発展させようと、歌誌『馬酔木《あしび》』を刊行した。長塚節は伊藤左千夫の右腕として万葉集を講じ、長歌・短歌の実作に励んだが、やがて万葉模倣に飽きて、客観写生に熱中しだす。

その試みに対して、左千夫の反応は冷酷で、ほんらい調べに乗せて主観を太く吐き出す文学である短歌に、客観写生は向かない、と主張した。一九〇四（明治37）年、『馬酔木』誌上をにぎわした二人

の論争は、左千夫の強弁と、節の比喩がかみ合わず、平行線をたどった。

だがその試練の中で、節は「客観を主とし主観を従とする」歌風に近づいて行く。日露戦争で従軍中の元同級生たちへ、故郷の秋の便りを送ったことをきっかけに、「天然酷愛」の気持ちを深く追求した。近代的自我を前提とする主観・客観の議論はとりあえず棚上げして、村で代々受け継がれてきた「百姓共観」（くわしくは拙著『節の歳時記』参照）に焦点を当てたのである。

ふるさとの秋の叙景歌に自信を得た節は、翌年の秋にむけて旅行計画を立てた。旅程は計四〇日。信越線で横川に出て軽井沢経由で応桑《おうくわ》滞在後、中山道を岩村田、和田と歩き、下諏訪に滞在。その後木曽路を奈良井、福島、野尻と泊まりつぎ、中津川、細久手、鵜沼を経て、岐阜江崎、大垣、名古屋にそれぞれ滞在。三重県亀山、能褒野《のぼの》に泊まり、四日市から汽船で横浜へ向かい、東京に四泊の後、帰郷という計画だった。予算は汽車・汽船賃計五円七八銭、宿泊料計四円五〇銭、総計一〇円二八銭となった。諏訪、岐阜、大垣、名古屋、東京での滞在はそれぞれ歌友宅なので、予算に計上されていない（全集5：137～40）。

じっさいの旅程は、直前になって変更された。諏訪へ行くのに信越線と中山道を使わず、中央線で甲州八代、松島村に泊まり、甲州街道を歩いたことがひとつ。もうひとつは、京都を足場に近江、丹波、丹後、摂津、播磨と近畿一円に足を延ばしたことだ。木曽路を歩く当初の予定に変更はない。

木曽路と言えば、子規の「かけはしの記」が思い出される。「かけはし」は崖路に設けられた桟道《さんどう》のことで、木曽路の険しさの象徴である。そこをはずしては「羇旅」がなりたたない。

「羇」は「羈」とも書き、馬の頭にかぶせる革製の「あみ、おもがい」の意、転じて旅そのものをさす。「たび」の字を二つ重ねた「羇旅」は、古来和歌の分類に用いられてきた。万葉集の「羇旅歌」の大半は、別れた家族を思う旅人の心情を詠ったものだが、その中で異彩を放つのが、巻三の「高市《たけちの》連黒人《むらじくろひと》の羇旅の歌八首」である。旅の孤独と閑寂を詠う黒人の羇旅歌は、やがて西行の隠遁思想と結びつき、芭蕉によって文芸の中心に据えられた。

遙《はるか》なる行末《ゆくすゑ》をかかえて、斯《かか》る病《やまひ》覚束《おぼつか》なしといへど、羇旅辺土の行脚《あんぎゃ》、捨身無常の観念、道路に死なん是《これ》天の命《めい》なりと、気力聊《いささか》とり直し

（『おくのほそ道』飯塚）

節の旅は九県一六国におよび、二か月近くかけて「羇旅雑咏」一三六首を生んだ。歌はいずれも精緻な「写生」に裏付けられているが、素描のままではなく、旅先の風景や歴史・民俗にあわせて句法、韻律（声調）、本歌取りなどの技が加わった。甲州街道から木曽にかけての山道では、万葉集東歌《あずまうた》を思わせる歌謡調が多く、そのリズムが美濃まで尾を引くが、近江から畿内に入ると、折からの雨の影響もあって歌調に細みが加わり、俳味あふれる懐古の歌が生まれた。明石では夜の網引きの連作に、同宿の車曳《くるまひ》きから聞いたばかりの俚謡《りよう》を取り込んでいる。「羇旅雑咏」は節の歌の技法が幅広く試された時代の産物である。

叙景写生の技法を普及することも、旅の目的の一つだったようだ。その意気込みは信州諏訪で、当時まだアララギ結社の外にいた久保田山百合（島木赤彦）と出会ったことで、大いに満足された。霧ケ

峰登山をはさむ二度の歌会《かかい》で、節は赤彦というよき理解者を得、赤彦もまた、子規の一番弟子から写生の手ほどきを受けるという貴重な経験をした。

左千夫と節が相次いで亡くなった後、赤彦は『アララギ』編集者として斎藤茂吉とともに「写生道」を唱えるようになる。それはアララギ派の発展に寄与したが、同時に硬直化の原因ともなった。功罪ともに大きな「写生道」の短歌史への影響を考えるとき、赤彦が節を諏訪に迎えた三日間は見過ごすことのできない事件である。

「羇旅雑咏」発表のあと節の歌作は停滞し、かわって散文の作品が続々と発表される。そのきっかけは歌に対する左千夫の干渉に嫌気がさしたことかもしれないが、歌で追及した「天然酷愛」と「百姓共観」を自由に表現できる手段として、散文の魅力に取りつかれたことが、より深い動機だろう。「羇旅雑咏」の旅の場面もいくつか「写生文」に書きなおされた。紀行文「佐渡が島」では粗野な外見に似ず芸術を解する農民の姿を描いて、夏目漱石に注目され、東京朝日新聞に『土』を連載する機会を与えられた。自分も含めて他のどの作家にもできない、と漱石が絶讃した『土』の「精緻な表現」も、その基礎は農村写生歌で磨いた観察眼であり、「羇旅雑咏」と『土』は根っこでつながっている。

このように文学者・長塚節の成長の重要な結節点であるだけでなく、アララギ派発達史上も見落とせない「羇旅雑咏」に対して、これまでの研究は十分でなかった。斎藤茂吉編『長塚節研究』（一九四四）に収められた「長塚節歌集合評」では、土屋文明を中心とするアララギ派歌人らが一二七首をとりあげ、当時の基準にあわせて優劣を論じているが、今となっては色あせたファッション誌に似て、あまり参考にならない。

その四半世紀後の一九六九年に、新版『長塚節全集』を編むために結成された「長塚節研究会」によって、「羇旅雑咏」の前半七〇首があらためて「合評」された。新発見資料をもとに推敲の過程を明らかにするなどの功績はあったが、歌の解釈・鑑賞について大きな進展は見られなかった。

二度の合評が物足りない結果に終わった最大の原因は、評者らが、歌われた風景をよく見ていないことだ。素材と見比べずに「写生」歌を批評するのは、どだい無理がある。

本書は「羇旅雑咏」一三六首を、それぞれが詠われた場所で味わった結果をまとめたものである。現場を見ることで、節の写生の手堅さと、表現の深さについての私の理解は、一段と深まった。また節が見たであろう風景を再現する過程で、近代化による風景の変化にもあらためて気づかされた。

本書を通して長塚節の「天然酷愛」に共感し、失われゆく日本の原風景を懐かしんでいただけるなら、著者としてそれにまさる喜びはない。

「羇旅雑咏」136首が詠われた場所

数字1～136は歌番号

同じ場所で詠われた複数の歌は一首に代表させた

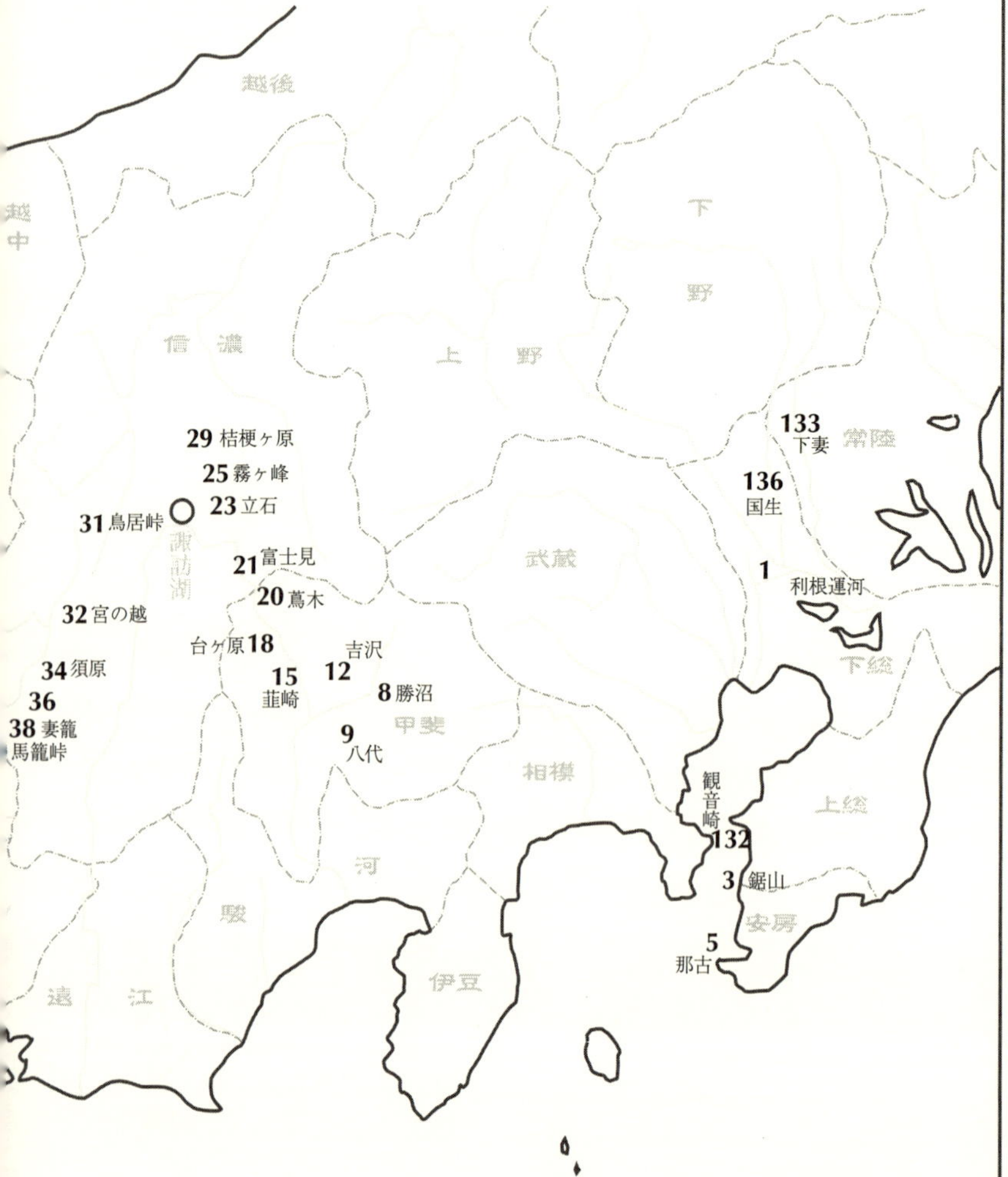

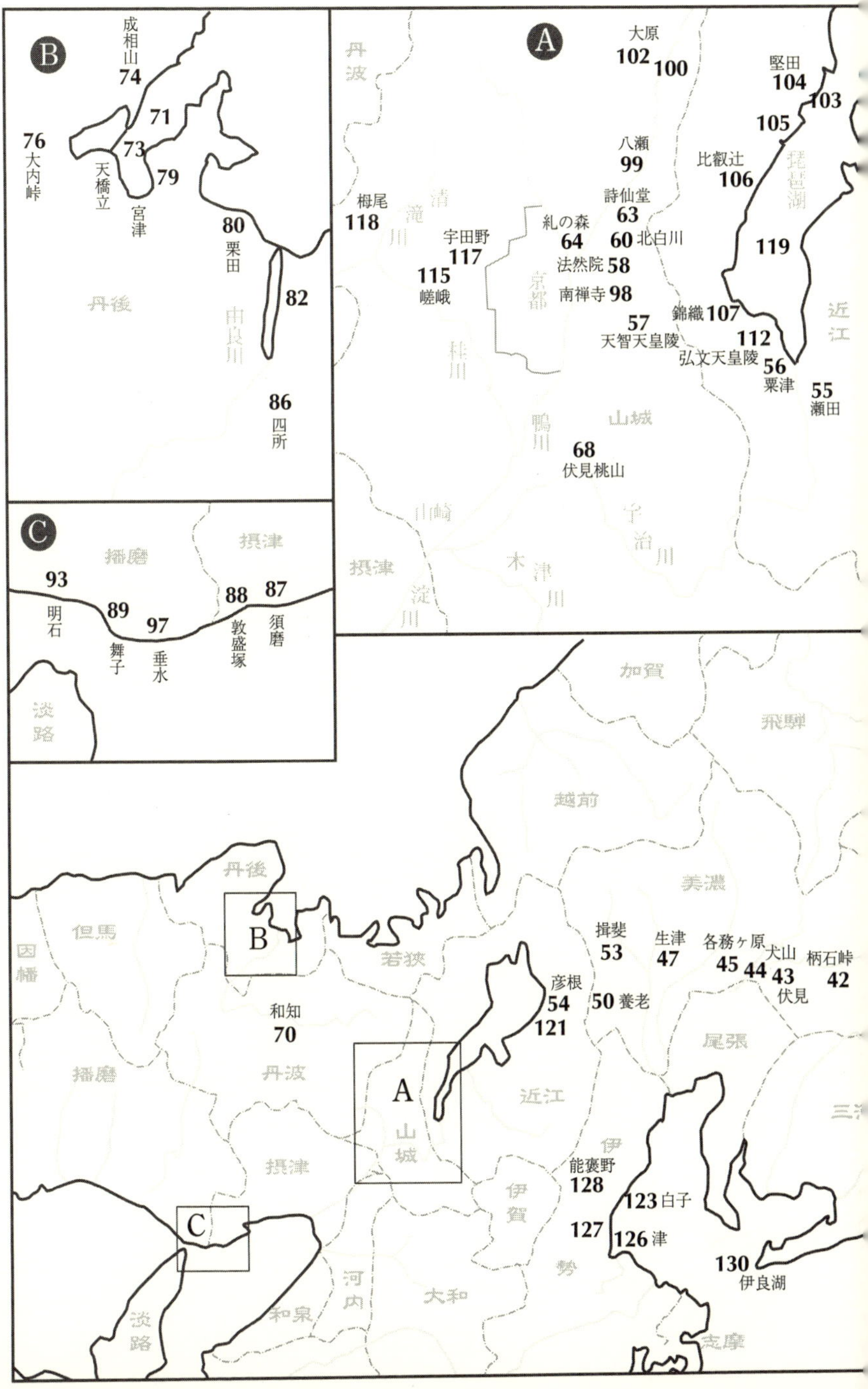

B
成相山
74
71
73
76
大内峠
天橋立
79
宮津
80
栗田
82
丹後
由良川
86
四所
A
大原
102
100
堅田
104
103
105
八瀬
99
比叡辻
106
琵琶湖
丹波
栂尾
118
清滝川
詩仙堂
63
糺の森
64
60
北白川
宇田野
117
法然院
58
119
115
嵯峨
京都
南禅寺
98
錦織
107
57
天智天皇陵
112
弘文天皇陵
56
粟津
55
瀬田
近江
桂川
鴨川
山城
68
伏見桃山
山崎
宇治川
摂津
木津川
淀川
C
播磨
摂津
93
明石
89
舞子
97
垂水
88
敦盛塚
87
須磨
淡路
加賀
飛騨
越前
丹後
美濃
但馬
B
若狭
揖斐
53
生津
47
各務ヶ原
45
44
犬山
43
伏見
柄石峠
42
因幡
彦根
54
121
50
養老
和知
70
尾張
播磨
丹波
A
近江
山城
伊
摂津
能褒野
128
伊賀
123
白子
127
126
津
C
130
伊良湖
河内
大和
勢
淡路
和泉
志摩

目次

長塚節「羇旅雑詠《きりょざつえい》」

＊現場で味わう136首

凡例

*本書では節の足取りをたどり、詠われた場所ごとに歌を鑑賞する。

*歌は原則として春陽堂版『長塚節全集』第三巻と第五巻（一九七八）を底本とした。文中では「全集」と略記する。

*その他岩波文庫『長塚節歌集』（一九三三）を適宜参照した。

*『土』は新潮文庫から引用した。括弧内の数字は（章番号：旧版の頁／新版の頁）を示す。

*短歌になじみの薄い読者にも読みやすいよう、分かち書きとふりがなを多用した。

*章立ては地方単位とし、廃藩置県以前の「国名」で示した。ただし信濃については諏訪と木曾にわけた。

*各節の頭の数字は、明治38年の「月・日」を示す。たとえば8・18は8月18日。

*『羇旅雑咏』一三六首の通し番号を歌の頭に括弧附で示した。番号のないものは、節が別のときに詠った歌か、もしくは他の歌人の歌を示す。

*距離は「里《り》」で示した。一里は約四キロメートルで、徒歩約一時間の距離である。

*地形図は五万分の一縮尺のものを参照した。古い版は東京九段の国土交通省・国土地理院関東地方測量部で閲覧した。

下総・安房の船旅

8・18 下総 鬼怒川、利根川、利根運河

日露戦争も終盤に入った明治38年8月中旬、長塚節の「羇旅《きりょ》」は、船による上京ではじまった。節の生家、茨城県結城郡岡田村（現常総市）国生《こっしょう》から東京に出るのに、当時水陸二つの道があった。陸路なら北へ一里歩き、下妻から乗り合い馬車で下館、汽車で小山経由、宇都宮線で上野に着く。水路なら南へ三里の水海道《みつかいどう》から外輪汽船・通運丸に乗り、鬼怒川から利根川へ乗り出す。守谷からは関宿までさかのぼらずに、オランダ人ムルデルの設計で明治23年竣工した利根運河を西へ二里航行し、江戸川を南へ下る。両国までの距離は計二〇里、約八時間の行程だった（山本鉱太郎）。

八月十八日、鬼怒川を下《くだ》りて利根川に出づ、濁流滔々《たうたう》たり、舟運河に入る、

（1）利根川や漲《みなぎ》る水に打ち浸《ひた》る楊《やなぎ》吹きしなふ秋の風かも

（2）おぼほしく水泡《みなわ》吹きよする秋風に　岸の眞菰《まこも》に浪越えむとす

8月8日の立秋から十日後の、初秋の一日。鬼怒川を出て、運河に入るまでの一里足らず、利根の本流は増水して滔々と流れていた。

（1）利根川の水位が上がり、岸に生えるヤナギ（イヌコリヤナギか）の枝が、なかば水に浸り、なかば秋の風に吹かれて鞭のように撓《しな》っている。

斎藤茂吉編『長塚節研究』（一九四四）所収「長塚節歌集合評」（以下「合評」と略記）では「万葉振りの、隙《すき》のない声調」（廣野三郎）、「句法にかなり張りのある」（高田浪吉）とあるが、「張り」を感じさせるのは、一首中に動詞を五つ盛り込んだせいだろう。動詞の中には、（風が）吹き（楊が）撓ふのように、主語の異なる結合例もある。

（2）風に吹き寄せられた泡が、マコモの茂みにからみ、風にあおられて揺れつつ、その形を変えている。いつもなら水面高く抜き出ているマコモがほとんど水没しそうなほど、水位は高い。

(1) 利根運河。東武野田線運河駅下車、ふれあい橋より東を望む。往時にくらべて水位は低く、ほとんど停滞している。

形容詞「おぼほし」は「おほほし」とも書かれ「おぼろ・おぼつかなし」と同根で、「あいまいで、もうろうとした」様子をさす。節の歌では

おぼほしく曇《くも》れる空の雨やみて　筑波の山に雪ふれり見ゆ　（明治36年「初雪」六首のうち）

の先行例がある。初出（『馬酔木』二巻七号）では初句「ゆたゆたと」となっていたが、節自らの改作書き込みにより、古泉千樫《こいずみちかし》編『長塚節歌集』（一九一七）以降「おぼほしく」に定まった。こもるオ段の連続音に、捉えどころのない気味悪さが感じられる。

この日、節は船中で夜をすごしたようで、翌19日、伊藤左千夫宅に一泊している（『左千夫全集』第八巻「年譜」）。

8・23～27　安房の海

8月20日から22日までの三日間、節は浅草黒船町（現〒111-0042 台東区寿）の飯田新右衛門（父源次郎の政友で、親友寺田憲の実父）方に泊ったあと、8月23日、船でこんどは海に出た。

同廿三日、雨、房州に航《こう》す

（3）相模嶺《さがみね》は此日《この》はみえず　安房《あわ》の門《と》や鋸山《のこぎりやま》に　雲飛びわたる

（4）秋雨のしげくし降れば　安房の海たゆたふ浪に　しぶき散るかも

（3）以前の航海で見たことのある丹沢山塊が、今日はあいにく雲に覆われて見えない。浦賀水道を越えると、左手に聳《そび》える鋸山の頂上付近で、雲が湧き起こっては、風に吹かれて飛んでゆく。

相模、安房と二つの国名を詠みこんだ万葉調のうた。外輪船・通運丸は両国を出て進路を南に取り、富津《ふっつ》岬の西をかすめ、三浦半島東端の観音崎を回り込んで久里浜に寄ったあと、房総半島の保田《ほた》、加知山（勝山）、那古《なご》、舘山の順に寄港した（山本鉱太郎著『新編・川蒸気通運丸物語』の口絵）。

「安房の門」を「安房にさしかかる海峡」と解して浦賀水道と訳したが、「安房にある水門《みなと》」の意味で保田あたりをさすのかもしれない。下総育ちの節にとって浦賀水道を超えれば他郷で、三句「安房の門や」に緊張と期待が込められている。上総と安房の国境に聳える鋸山は、標高わずか三三〇メートルだが、海岸から急にせり上がり、山頂の北壁は石材

(3) 安房・上総の境にそびえる鋸山。金谷港から鋸山を見上げる。頂上左手の四角なくぼみは採石のあと。採石場は明治時代の地形図にも認められる。

採掘で垂直に切り立っている。
（4）秋雨がはげしく海面を叩き、しぶきを散らしているが、海面はあくまでもゆったりとうねっている。三四句「あわのうみ　たゆとうなみに」ののどかさを、二句「シゲクシ」と五句「シぶキ」で挟む、緩急の組み合わせが面白い。
同じ海も5月に旅したときは、暖かくのどかだった。

安房の國や長き外浦の山並みに　黄ばめるものは麥《むぎ》にしあるらし
あたゝかき安房の外浦は　麥刈ると枇杷《びは》もいろづく　なべて早けむ　（明治38年5月「房州行」）

「羇旅雑咏」のはじめに船中詠四首を置いたのは、万葉集にすぐれた羇旅歌を残した高市黒人《たけちのくろひと》への挨拶かもしれない。

いづくにか船泊《ふなはて》すらむ　安礼の崎　こぎ廻《た》み行きし　棚無し小舟　（1・58）
旅にして物恋《こほ》しきに　山下の赤《あけ》のそほ船《ぶね》　沖にこぐ見ゆ　（3・270）
わが船は比良の湊にこぎ泊《は》てむ　沖へなさかり　さ夜ふけにけり　（3・274）

廿七日、房州那古《なご》の濱より鷹の島に遊ぶ

（5）鮑《あはび》とる鷹の島曲《しまわ》をゆきしかば　手折《たを》りて來たる濱木綿《はまゆふ》の花
（6）潮滿つと波打つ磯の蕁麻《いらくさ》の　茂きがなかにさける濱木綿
（7）はまゆふは花のおもしろ　夕されば折りもて來れど　開く其《その》花

23日、那古町から柘植惟一《つげいいち》にはがきを送った節は、27日ふたたび那古に現われている。その間の四泊五日をどこでどう過ごしたか、残された資料からは明らかにできない。那古には親戚がいたので（中岫艶子《なかぐき》「親切な人」、長塚節記念会編『節――回想と研究』一一九ページ）、そこに泊まったと思われるが、房総半島を東へ歩き、炭焼き技術についての疑問を明らかにするために清澄に出かけた可能性も否定できない。

三か月前の「房州行」四八首の旅では、清澄山八瀬尾の谷に近い山口屋に一週間逗留し、農科大学（のちの東京大学農学部）演習林で木酢《もくさく》採集の技術を学習ののち、5月30日、清澄山を下りて天津《あまつ》経由で小湊に出たのち、船で鯛の浦を遊覧、海岸沿いに和田を経て七浦《ななうら》泊。31日、野島が崎、布良《めら》を経て館山泊。6月1日、大房《だいぶ》の岬に遊び、2日、館山から北東へ一里弱の仁明天皇時代の孝子・伴直《とものあたえ》家主《やかぬし》の塚で歌を詠んだあと、四日、那古《なご》の浜から汽船で東京に向かっている。

那古は律令時代の国府の外港で、那古寺は明治時代、観音信仰でにぎわっていた。「鷹の島」は「高の島」とも書き、館山湾の南に沖の島と並んでいたが、関東大震災で地殻が隆起して陸地とつながり、その後埋め立てられて館山海軍航空隊の滑走路が建設された。現在自衛隊の航空基地として利用されている。

（5）アワビが採れる鷹の島の湾曲したところをめぐっていると、ハマユウの花が咲いていたので、手折って持ち帰った。ハマユウはヒガンバナ科の海浜性の多年草で、別名ハマオモト（浜万年青）。

（6）潮が満ちて波が打ち付ける岩場の、イラクサが茂る中に、ハマユウが咲いていた。海岸がコンクリートで固めつくされる以前の、野性的な光景である。

(7) ハマユウはおもしろい花だ。蕾を折って持ち帰ったが、夕方になると自然に花が開いた。二句「おもしろ」は、変っていて珍しいの意。「羇旅雑咏」では四首で使われている。

斎藤茂吉選『長塚節歌集』(岩波文庫)では(6)(7)を録していない。

『左千夫全集』第八巻の「年譜」によれば、節は8月28日もしくは29日から、東京本所の伊藤左千夫宅に逗留したあと、甲斐へ向かっている。

甲府盆地

前年にたてた旅行計画では、下館発の朝の列車（水戸・両毛線）で、小山《おやま》、前橋、高崎に行き、信越線で横川まで進み、軽井沢泊。翌日から五日目までは群馬県吾妻《あがつま》郡長野原町の応桑《おうくわ》村（〒377-1411）に滞在。その後中山道《なかせんどう》をたどり、八日目に下諏訪に入ることになっていた（全集5：137～8）。

それを甲州経由で下諏訪入りに変更した理由はいくつか考えられるが、直接の動機は、八代郡に住む古屋晃から誘われたことだろう。夢拙古屋晃（24歳）とその近くに住む南城志村正一（25歳）は、『馬酔木』の節選歌欄に農村写生歌を投稿していた。

8・31　盆地をいろどる水田・桑畑・焼き畑

東京から石和《いさわ》駅まで、節は列車を利用した。かつての難所であった小仏峠《こぼとけ》も、トンネルで楽に通過している。

卅一日《さんじう》、甲斐の國に入る、幾十個の隧道《ずいどう》を出入して鹽山《えんざん》附
近の高原を行くに心境頓《にはか》に豁然《かつぜん》たるを覺ゆ

（8）甲斐の國は青田の吉國《よくに》　桑の國　唐黍《もろこしきび》の穂につゞく國

詞書《ことばがき》にある「幾十個」の隧道《トンネル》はけっして誇張ではない。当時の五万分の一地形図「甲府市」（明42・10改版、明42・11発行）によれば、八王子－塩山間に49基のトンネルがあった。その後いくつかは整理されたが、現在なお36基を数える。読者の中には、そんなにあったか、と驚かれる方もあろうが、空気調節の効いた客車のおかげで、現代人はトンネルを意識せずに旅している。

その点、節の時代はちがった。蒸気機関車は煤煙を吐きながら走り、トンネルに近づくたびに運転手が汽笛で知らせると、乗客はすかさず窓を閉める。季節は残暑の厳しいころだった。抜けると急いで窓を開けて空気を入れ替える。そうしてまた汽笛が鳴るという繰り返しで、「幾十個の隧道」を数える客すらいただろう。

「頓《にはか》に」は「とみに」とも訓める。節の遺品となった「大型手帳」には、好きな風景として、「笹子の隧道を出て汽車が鹽山、初鹿野《はじかの》の間へかゝると左手の窓から展開された甲州の盆地」と書き残されている（全集5：84）。初鹿野は現在の甲斐大和駅である。

（8）甲斐の国は水田の青々としげった良い国だ。扇状地にはクワが植わり、トウモロコシの穂が山の上まで続いている。甲府盆地は現在住宅地と、ブドウ、ナシ、モモなどの果樹園で埋め尽くされているが、かつて平地は水田、扇状地は桑畑、丘陵地は畑地と三段に使い分けられていたことが、明

治末年の地形図から読み取れる。節はそれを下から順に詠った。(8)は広々とした風景を愛で、農民の勤労を称える、万葉調の国讃《ほ》め歌だが、茂吉選『長塚節歌集』(岩波文庫)では省かれている。「唐黍」は初出(『馬酔木』)に「モロコシキビ」とフリガナがある。節の用語として、「玉蜀黍・唐黍《とうきび》」ならトウモロコシ *Zea mais*、「蜀黍《もろこし》・黍《きび》」ならモロコシ(ソルガム、高粱)*Sorghum bicolor* を指すが、「唐《もろこし》黍《きび》」はまぎらわしい。永瀬ほか(一九七一)に引用された節の作家手帳に「秋風は玉蜀黍の畑かな」の句があり、以下の傍証と合わせてトウモロコシのことだと判断される。

①斉藤茂吉の回想によれば、画家・平福百穂《ひゃくすい》の絵に、「態々《わざわざ》甲州に旅して桑摘み女を寫生したもの」で、「桑畑の上に玉蜀黍《とうもろこし》が丈高く見えている圖柄」があった(「アララギ」平福百穂追悼號、一九三四)。

②伊藤昌治は、「もろこしきび」を当時オヤキなどにして食べていたトウモロコシのことだとしている。

前年に同じ地域を旅した伊藤左千夫は、作物には目を向けず、樹木の少ないことを指摘した。

こもりくの森を少なみ　里皆が家あらはなり　甲斐の国原《くにはら》

(左千夫、明37・11・26「汽車中作」、左千夫全集 1:310)

当時の地形図の表記では、集落はいずれも「園囿《えんゆう》」すなわち屋敷林で囲まれていて、家が「露わ」とは合点がいかない。だが上総《かずさ》(千葉県南部)出身の左千夫にとって「こもりくの森」とは、『野菊の墓』にも出てくるシイ、カシなどの鬱蒼たる「忌森《いもり》」だった。甲府盆地はたびかさなる水害で「こもりくの森」が育ち切らず、若い疎林が屋敷を囲んでいるのを、「家露わ」と言い切ったのだろう。

8・31〜9・1　八代《やつしろ》　カキの木と焼き畑

甲府の手前（東）約二里、石和《いさわ》の停車場（現石和温泉駅）で下車した節は、笛吹川を渡って南へ約一里、南八代村（現〒406-0822八代町大字《おおあざ》南）まで歩いた。

明治38年当時、笛吹川は石和駅のすぐ南、現在の「第二平等川」の川筋を流れて町の西へ抜けていた。今では川幅五メートルの目立たぬ水路だが、その北に建ち並ぶホテルや旅館の敷地は、当時すべて「笛吹川」の河原だった。だが二年後の明治40年8月の大水害で、笛吹川は東の鵜飼川に流路を変え、今に至っている。

本流となる前の鵜飼川は細い流れで、鵜飼橋と万年橋がかかっていた。南へ向かう節が渡ったのは下手の万年橋だろう。洪水で流されたあとは木造となり、「まいねん、まいねん流れるのに万年橋」といわれるようになったが、洪水以前はがっしりした二間（幅？）の石橋だった（深沢七郎『甲州子守唄』一九六四）。橋のむこうに八代の集落が見える。

八代は、甲府盆地を囲む小扇状地の一つである。甲斐の国府がある石和と、相模の大磯、駿河の三島とを結ぶ古代の官道に面し、平安時代は熊野神社の荘園「八代荘」も置かれた。深沢七郎の戦国時代小説『笛吹川』（一九五二）では、笛吹川に突き出た「ギッチョン篭」（虫かご）のごとき陋屋《ろうおく》の中で、八代に嫁いだ娘と、隣りの黒駒に嫁いだ娘がことごとく張り合う。荘園の八代と、牧場があった黒駒では、文化が違っていたのかもしれない。
辻邦生の小説『西行花伝』（一九九五）には、租税をめぐる国衙《こくが》と八代荘との紛争が、京都の朝廷と後白河院の代理戦争に発展する様子が活写されている。八代の歴史は古い。

古屋氏のもとにやどる嘱目《しょくもく》二首

(9) 梅の木の落葉の庭ゆ　垣越しに　巨摩《こま》の群嶺《むらね》に　雲騒ぐ見ゆ

(10) こゝにして柿の梢にたゝなはる群山《むらやま》こめて　秋の雲立つ

「嘱目《しょくもく》」とは目に映ったままの情景。
(9) 初秋なのにウメの木の葉はすでに落ち始め、その枝を透かして、南アルプスの山々の頂で雲がさかんに動いているのが見える。「巨摩」は律令時代以来の郡名で、高句麗からの移民が住んでいたとされている。八代からは白根三山がよく見える。
二年前の「西遊歌」では東海道を旅したが、今回は内陸の中山道で、山と雲の写生が一つのテーマである。この歌は小手調べという感じで、景色に対してまだ腰が引けているせいか、斎藤茂吉編『長塚節歌集』（岩波文庫）には録されていない。
(10) 柿の梢は果実の重みで垂れ、その奥に山が幾重にも「たたなは」（畳有）り、その山の間を「こめ」て、雲が立つが、夏の雲とは様子がちがう。「ココ、タタ」の畳音に工夫が見られる。市村（一九八一）は、「目前の細かな風景から遠く群山へと望遠拡大する遠近的風景」を評価しているが、茂吉はこの歌も録していない。

甲州のカキには左千夫も着目し、前年11月25日付け平福百穂《ひゃくすい》宛ての手紙に「これハ甲州の家と柿なり　柿の木の大なること雲に聳《そび》えるか（が）多し　枝ふ《ママ》（「も」の誤字か?）又面白し　甲州の趣《おもむき》大《おほい》に氣に入り候　二十五日信州へ入る途上ニてかく」と書き、絵を添えた（左千夫全集9：218）。

なまよみのかひちふくには　大《おほい》なる柿の木多し　絵に写し来つ（左千夫全集1：311）

落葉樹はいくら大木でも「こもりくの森」を作らないので、前述の「家露わ」の印象と矛盾しないのだろう。

甲府盆地にカキの巨木が多かったのは、水害に比較的強いためのようだ。死者行方不明者二三三名、被害家屋一万戸以上の被害を出した、明治40年の大水害では、八代にある一本のカキの木に、八〇余名がしがみついて命拾いしたことが報告されている（飛鳥井雅道編『明治大正図誌』第八巻「中央道」七三頁）。山梨県立博物館の床には、マツの木で命拾いする様子を示す当時の絵が、拡大印刷されている。

庭にひとかかえもあるようなでっかい松の木があったから、その松の木へ移ったで。その松の木の枝へしがみついて三日ぐらいは暮らしたように思いやす。おじいさんが屋根裏から縄を持ち出してきて、枝から枝へ縄を張って、おっこちんようにしてね。いくらおっかなくてもいねむりもする。それでも枝と縄はつかめていたもんで。ところが、その松の木へ流れてきたへびだのねずみだの、ぞろぞろ登ってきてねえ。暗くてよくわからなんで、なんずら、背中がむずむずすると手をやったらへび。そのおっかなかったこと。わかるかねえ。わからんらねえ。

（山梨県立博物館資料「水害体験者の証言」）

これとよく似た証言が、勘次の姉・おつたの語りで、『土』に記録されている。明治43年8月、大洪水が関東一円を襲い、『土』の連載が中断されたときのことだ。

「そんでもまあ、それもええが　蛙《けえる》だの蛇だのが来てね、蛙はなんだが　蛇がなんぼにも厭《や》ではあ、棒でひっかけて遠くの方へ打《ぶ》ん投げて見ても、執念深えっちのか　又ぞよぞよ泳いで来て、それも夜がねえ　万一のことが有っちゃと思うもんだから　明り点《つ》けたんだが　その所為《せい》か余計に來る様で、薄っ闇《くれ》え明りだからじっき側へ来てからでなくっちゃ分んねえし、首擡《くびもちゃ》げてんの見ちゃ　本当に厭《や》でねえ」おつたは幾らいっても竭《つ》きない当時を彷彿《ほうふつ》せしめようとする容子《ようす》でいった。（『土』20：247／306）

甲州名物の柿は娘らがかつぎ、信州諏訪でイネの落穂と交換していた。

(9) 甲州八代南から西に聳える「巨摩の高嶺」こと、南アルプスの白根三山。手前はブドウ棚、右に長崎荒神堂。

我が里の稲刈りそめぬ　熟柿《じゅくし》売る甲斐少女《おとめ》らが　今か来《く》らしも
諏訪人は落穂を拾ひ　甲斐人のあきなふ柿と　代《か》ふるおもしろ
(島木赤彦、明治38年9月7日諏訪の短歌会第二会)。

九月一日、古屋志村両氏と田圃《たんぼ》の間を行く、低き山の近く見ゆるに頂《いただき》まで皆畑なるは珍らし

(11) 甲斐人の石臼たて丶粉《こ》に砕《くだ》く　唐黍《もろこしきび》か　此《この》見ゆる山は

「珍らし」は「よそでは見ることがまれな、この地の特徴」の意味で、伊藤左千夫「旅之歌会」に「春草をしみと肥《こえ》みと　諏訪人の岡に水引く事は珍らし」がある。

(11) 甲斐の人はよくトウモロコシを石臼で挽いて粉にしているが、このあたりの山肌を開墾して植えてあるのは、そのトウモロコシであるらしい。

節は明治38年12月8日付で、胡桃沢勘内からの質問に答えて「粉《こ》」「唐黍《もろこしきび》」の読みを正し、歌の意味について、「甲斐の地は、低き山はいたゞきまで皆畑にひらかれて、何物をか作りあるを　自體《じたい》　此《この》邊《へん》一帯に唐黍の夥《おびただ》しきを以《もつ》て、『此の見ゆる山なる作物も亦《また》　唐黍ならむか』と打ち興じ(「たる」脱?)までに候　唐黍をば所の人は石臼に挽《ひ》きて粉にして食用いたし候」(全集6:135~6)と書いている。

山梨県立博物館には、一五年周期の焼き畑の仕組みがジオラマで再現され、山肌には畑と、休耕後のさまざまな高さの林とが、モザイクをなしている。『宮本常一と歩いた昭和の日本』13巻「甲信越

(3)」の、「甲武国境の山村・西原に『食』を訪ねて」の章によると、焼き畑は昭和まで続いていた。八代在住の中村良一の調査によれば、この日節は松島村の三井甲之宅に泊まっている（永瀬ら、一九七一、一一一頁）。

9・03 昇仙峡下は霖雨

伊藤左千夫は前年（明治37年）11月末に昇仙峡を訪ねて、大変気に入り、12月7日付け書簡で節に宛て、「甲州御嶽《みたけ》の景ハ遥《はるか》に日光以上で　耶馬渓《やばけい》を見た人ハ耶馬渓以上た（だ）と云ふさうぢや　大八洲《おほやしま》第一の絶景か（が）（武蔵国の）隣國の甲州にあるのだ　汽車賃一円二十四銭で往《い》かれる」と激賞している。

節はその勧めに従い、9月2日は八代の志村南城の案内で御嶽を遊賞し、金桜《かなざくら》神社手前の松田屋に投宿した（全集6、口絵四と巻末説明）。古屋はあらかじめ手紙で、この近くの炭焼き窯を紹介しているので、その見学を兼ねたのかもしれない。左千夫が激賞した昇仙峡を節は詠わず、麓の山村を詠った。

三日、御嶽《みたけ》より松島村に下る途上

(12) 稗《ひえ》の穂に淋しき谷をすぎくれば　おり居る雲の峰離れゆく
(13) 霧のごと雨ふりくれば　ほのかなる谷の茂りに白き花　何

(14) 鵯《ひよどり》の朝鳴く山の栗の木の　梢静《こずえしづか》に雲のさわたる

「松島村」は山梨県巨摩郡の旧行政村で、昇仙峡下の扇状地のうち、荒川右岸の嶋上条(島上条〒400-0123)、中下條(〒400-0124)、長塚(〒400-0125)、大下條(〒400-0126)、天狗沢(〒400-0127)の旧五カ村(現大字《おおあざ》)からなり、村役場は島上条に置かれていた。昭和2年に福岡村と合併して敷島村となり、現在では甲斐市敷島の一部である。中下條に「松島郵便局」が残っている。松島村には、のちに『アカネ』を主宰し、やがて左千夫と離反する三井甲之《こうし》の実家があった。

詞書に「下る途中」とあるのは、荒川が昇仙峡を抜けたのち、扇状地にかかる手前の吉沢《きちさわ》集落(〒400-1112)あたりだと思われる。地形は荒川の河岸段丘で、霧雨の濃淡によって、対岸が見え隠れする風景に、節は興を覚えたのだろう。

(12) 黄褐色のヒエの穂が垂れる、わびしい山里の風景。谷におり居る雲が、上昇気流に乗って峰を「離れゆく」あとから、また湧いている。

(13) 深い谷ではなく、やや開けた河岸段丘である。霧雨の合間に谷に咲く白い花が見えるが、何の花かはわからない。似たような情景として(85)の「男郎花《おとこえし》ならし」がある。

(14) 雨が上がり、クリの木の梢にかかるような低さで、層雲が流れている。ヒヨドリの鋭い声がする。

斎藤茂吉は岩波文庫『長塚節歌集』巻末解説「長塚節の歌」で、「羇旅雑咏」から二四首を選んでいるが、その最初がこの三首である。節らしい「羇旅歌」がようやく始まった、と見たのだろう。

旅に出れば、属目《しょくもく》皆あたらしく、それを今まで修練した力量によつて捉へゆく樂しさと、師（引用者注：正岡子規）の「寫生」といふことを、もつとその範圍をひろめ、表現に於いても、周圍の歌壇などでは誰一人使ひ得なかつたものを表現してゆくといふ樂しさもあつたわけである。「稗の穂に淋しき谷」といふやうな簡潔ないひ方は俳句の方の技法を學んだ點もあるが、それが目立たずして、極めて巧《たくみ》なものであつた。「おりゐる雲の峰離れゆく」でも實地の觀察、即ち寫生に頼らねば出來ない句である。「霧のごと雨ふりくる《ママ》」の句でも、机上のみでは斯《か》うは表はしがたい。栗の木の梢を雲が静かに動いてゆく様も、（略）實に丁寧確實で、かういふ對象を捉へることは　正《まさ》に節の獨壇場であつた。

（斎藤茂吉編『長塚節研究』上、一八頁）

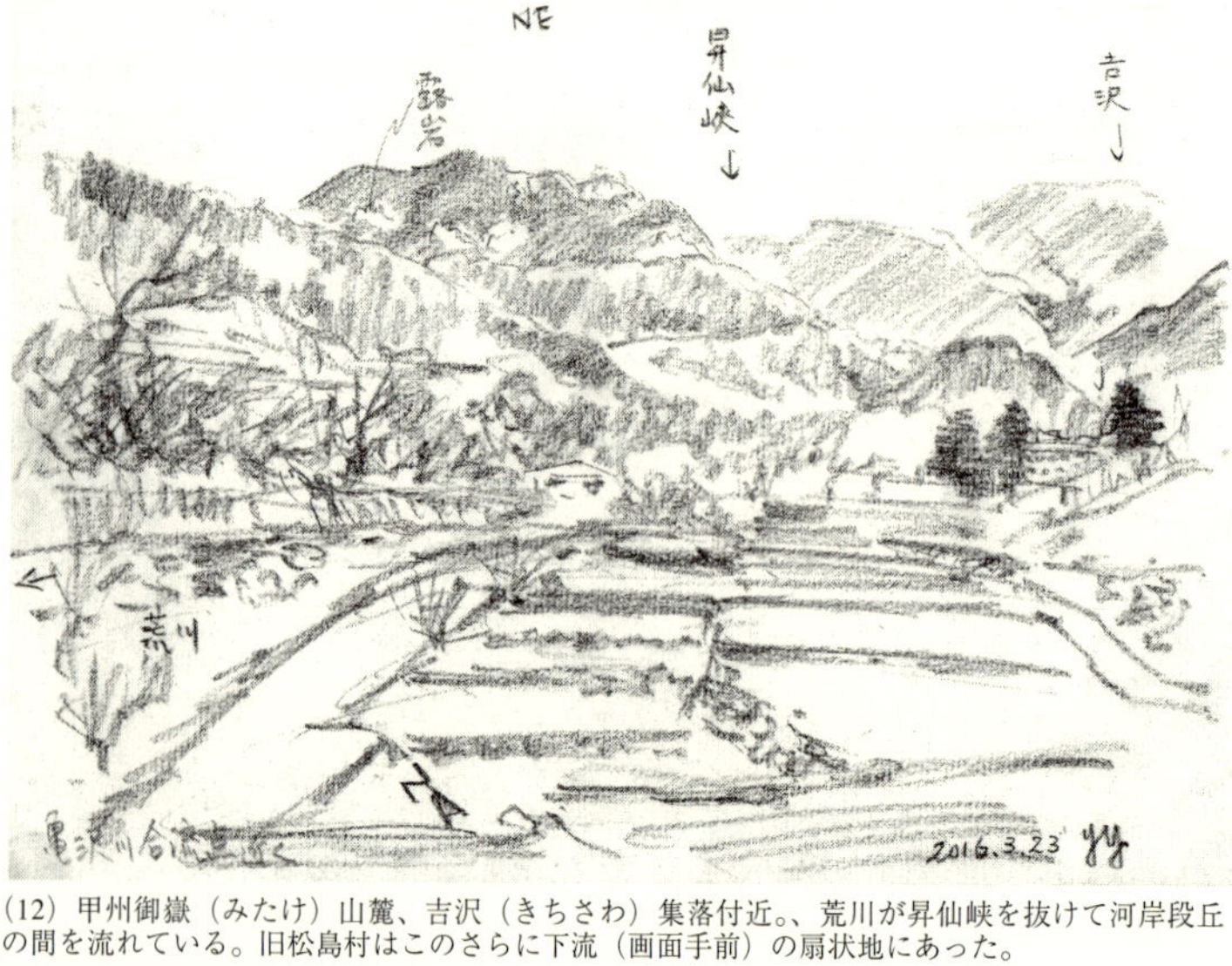

(12) 甲州御嶽（みたけ）山麓、吉沢（きちさわ）集落付近。、荒川が昇仙峡を抜けて河岸段丘の間を流れている。旧松島村はこのさらに下流（画面手前）の扇状地にあった。

9・03　韮崎《にらさき》、台ヶ原　カワラハハコが咲く川原

(15) 走り穂の白き秋田をゆきすぎて　釜なし川は見るに遥かなり

韮崎

八ヶ岳から南東へ流れ落ちた火砕流の台地「七里岩」の先端にある韮崎から節は、前年富士見駅まで開通したばかりの中央線には乗らず、甲州街道を諏訪まで歩くことにした。

(15) 白いイネの穂が出始めた田圃《たんぼ》道を通りすぎると、釜無川の土手に出る。これからたどる河原の道が、はるか川上までまっすぐ延びている。

前掲の茂吉評、「實に丁寧確実で、かういふ對象

(15) 韮崎武田橋より釜無川を見上げる。右に七里岩、左に南アルプスの裾が迫る。

を捉へることは　正に節の獨壇場であつた」は、この歌にも向けられている。
釜無川はその名のとおり、滝や滝壺（釜）がなく、大小の岩や礫で均された川原は見通しがよい。「走り穂」は田圃の中で季節のはしりとして生い立つイネの穂のこと。高村薫（二〇一六）『土の記』4章に、「見て！　見て！　穂が出たよ！　花が咲いたよ！」と、走り穂を喜ぶ亡き妻の回想シーンがある。奈良県大宇陀の山田で、二〇一〇年の走り穂は、8月23日に観察されたことになっている。

甲斐に入りてより四日、雲つねに山の巓《みね》を去らず

(16) 韮崎や　釜なし川の遥々《はるばる》に　いづこぞ不盡《ふじ》の雲深み　見えず

8月31日汽車で甲府盆地に入ってから四日間、山々の頂はずっと雲に隠れていた。(16)目を南に転ずれば、釜無川が笛吹川と合流して富士川となるあたりが、広々と見下ろせる。だがその先に立ち上がる御坂《みさか》山地には雲が厚くかぶさり、晴れていれば見えるはずの富士山が見えないのが残念だ。

前の歌の「見るに遥かなり」を受けて、三句「遥々に」まで期待を持たせておきながら、四句「いづこぞ」（疑問詞）、結句「見えず」（否定）と急転直下。落胆がカタルシスとなり、見えないなりの雄大さが味わえる。釜無川から右へ自動車道「七里岩ライン」の登り口に、この歌の歌碑が立っているが、「見えず」を売り物にした歌碑は、珍しいだろう。

同様のアイロニーは、芭蕉の『野ざらし紀行』にも見える。

関越ゆる日は雨降りて、山皆雲にかくれたり。
霧しぐれ　富士を見ぬ日ぞ　面白き
（『野ざらし紀行』）

（17）いたくたつは何焚《なにた》く煙ぞ　釜なしの楊《やなぎ》がうへに遠く棚引く
祖母《うば》石《や》より對岸を望む

甲州街道はこのあたりで釜無川の左岸を行く。詞書にある「対岸」は右岸を指し、その奥には南アルプスの峰々が聳えている。

（17）ずいぶん激しく煙が立っているが、何を焼いているのだろう。収穫のあとの藁などか、それとも焼き畑か。川岸のヤナギに邪魔されてよくは見えないが、立ち上がった煙はヤナギの上に達すると、水平にゆっくり流れている。

「煙」は「けむ」と訓《よ》むと字数が合い、「かま」とも響きあうが、「けむり」とよんで一二句ともに字余りにする方が、脚を止めて首を傾げる気分にかなうかもしれない。二年前から炭焼きに励んできた節は、煙の色や勢いが気になってしかたがないのだ。

節は「うばや」と呼んでいるが、ふつう「祖母石《うばいし》」と呼ばれ、「姥婆石《うばいし》」の字も案内板には見える。韮崎の上流およそ一里、左岸の田圃《たんぼ》の中にゴロンと転がる、高さ二メートルほどの岩で、老女が坐って下あごを支えた形をしていることからついた名だそうだが、フジ蔓におおわれて詳細は確認できない。

明治40年の記録では、祖母石には戸数七四の集落があった。慶長6年、上流の穴山村荊の木堤防が決壊して家が流され、村人は七里岩の上に移住したが、六四年後の寛文5年にまた降りてきた。上流には雁行する「信玄堤」が築かれていた。

臺《だい》が原に入る

(18) 白妙にかはらは、このさきつゞく　釜無川に日は暮れむとす

「台ケ原」は韮崎から四里、甲州街道三十三宿の第29宿で、甲斐駒ケ岳山塊の花崗岩が崩れ落ちて堆積した河岸段丘の上にある。釜無川の増水にも脅かされず、参勤交代の本陣や「お茶壺道中」の宿営地が置かれた。

(18) 太陽が早々と駒ケ岳連山の西に隠れたあとも、広く開けた谷はぼんやりと明るい。花崗岩の白い河原をさらに白布で覆うように、カワラハハコの群落が密毛を光らせている。ゆったりと、しかし停滞することなく、日は暮れようとしている。

斎藤茂吉はこの歌を、節の羇旅歌の代表作としている。「釜無川の川原母子草の歌は、後年自分も親しくこの川原を踏んで此歌の優れて居ることも分かり、信濃の島木赤彦等も自分と行《こう》を共にして感歎したのであつた。節の歌は、對象を捉《とら》ふるといふこと以外に、聲調にいふにいはれぬ情感がこもり、同じく萬葉調といつても節の歌調獨得のものであつた。」(斎藤茂吉編『長塚節研究』上、一八~九頁「長塚節の歌」)

キク科の多年草カワラハハコ（別名カワラホウコ）は日本中の河原に広く分布していたが、最近見かけない。私は釜無川に沿って一通り歩いて見たが、一本も見つからなかった。原因は一九五九（昭和34）年の伊勢湾台風のあとに建設された砂防ダムだと思われる。

　カワラハハコは、洪水や土石流の跡地を好む。砂防ダムで洪水を制御すればヨシがはびこり、ハリエンジュ（ニセアカシヤ）の二次林へと遷移がすすむ。地形としての河原は保存されるが、植生としての「磧《かはら》」が消滅するのだ。台ヶ原から約一里下流の大武川との合流点に、礫を組み合わせて自然地形を模したウォーターフロント公園があるので、期待して見たが、ここでもヨシの侵入が見られた。

「白妙に咲きつづく」風景は諦めるとして、たとえ小規模でも良いからカワラハハコを復活させる手立てはないものだろうか。

（18）釜無川中流左岸から対岸、南アルプス甲斐駒ケ岳方向を見る。山裾に台ヶ原、手前に竹藪、さらに手前に水田がある。

四日、臺が原驛外

（19）小雀《こがらめ》の榎《え》の木に騒ぐ朝まだき　木綿波雲《ゆふなみぐも》に見ゆる山の秀《ほ》

「駅（えき、うまや）」は官道の宿場を指す律令時代からの用語で、島崎藤村の『夜明け前』では、本陣の責任者を「駅長」と呼んでいる。今日「駅」と呼ばれる鉄道施設は、明治時代、「停車場《ていしゃば》」、あるいは「ステーション」が訛って「ステン所」と呼ばれていた。もし明治の人が「道の駅」を、耳にしたなら、「馬からおちて落馬」式の冗語と思うだろう。

（19）夜間の冷気が谷底に残り、その上にうっすらと木綿《ゆう》（楮《こうぞ》の樹皮をさらした糸）で織った布を広げたように雲がたなびく隙間から、甲斐駒ケ岳の山塊が青く鎮まっている。その頂上に日が当たるのを待ちかねたように、はやばやとコガラが集まり、騒ぎはじめている。

コガラの動作や声について、次の二首がある。

あさな〳〵來鳴《きな》く小雀《こがら》は　松の子《み》をはむとにかあらし　松葉たちくゝ　（明治37年「秋冬雑咏」）

藁の火に胡麻を熬《い》るに似て　小雀《こがらめ》の騒ぐ聲遠く　霧晴れむとす　（大正3年「鍼の如く」）

「たちくゝ」は立潜《たちくく》。現在、エノキの大木は街道筋に見当たらず、川を挟んだ里山に確認できる。

台ヶ原はかつて本陣だけでなく、鳳凰山、甲斐駒ヶ嶽などの霊山参拝の拠点としても栄えた。今でも「津留也《つるや》諸国旅人御宿鶴屋」という古風な看板が残っている。

またこのあたりは南アルプスの湧き水にも恵まれ、台ヶ原には「七賢」酒造があり、すこし上流の白須《しらす》にはサントリーのウィスキー「白州《はくしゅう》」の工場がある。

白須の一角に小さな公園があり、達筆な文字で書かれた歌碑がある。南北朝時代、南朝の征東将軍宗良親王《むねなが》が、駿河から北上して援軍を募ったが、応ずる者がなく、さびしく野宿をした場所だそうだ。

甲斐に志らすといふ所の松原のかげにしばしやすらひて
かりそめのゆきかひぢとハきゝ、しかど　いさやしらすのまつひともなし
（右李花集所載）

「行き交い・甲斐路」、「知らず・白須」、「松・待つ」とそれぞれ掛けて、人がおおぜい通行するはずなのに、だれも自分を訪ねてくれぬとは思いもよらなかった、と嘆いている。明治政府による尊王思想宣伝のために建てられたものらしく、節もこれを見た可能性がある。

9・04　甲信国界・蔦木宿《つたき》

甲信国境にある「国界橋」を渡れば、すぐ蔦木の宿である。

信州に入る
（20）釜なしの蔦木《つたき》の橋をさわたれば　蓬《よもぎ》がおどろ　雨こぼれきぬ

（20）釜無川の蔦木の橋を右岸（南アルプスの麓）から左岸（八ヶ岳の裾野）に渡りきると、ヨモギの藪の上に雨がバラバラと落ちて来た。

「こぼれきぬ」は木の葉にたまっていた水滴が、一陣の風に振り払われたのだろう。「おどろ」（草木の繁み）は節が好んだ歌語のひとつで、先行例として

虎杖《いたどり》のおどろがしたに探れども聲鳴きやまず　土ごもれかも　（明36・5・24）

がある。

釜無川も信州に入ると川幅が狭まり、両岸が迫ってくる。「蔦木《つたき》」は宿場の名前だが、木の蔓を編んで作った吊り橋を連想させる。節もそれを狙ったのか、「さわたる」「おどろ」、「雨こぼれきぬ」と侘《わび》しい語をつらねて、実際以上に山深さを演出している。蔦木の国界橋は江戸時代には参勤交代やお茶壺道中に使われ、幕末の和宮《かずのみや》降嫁や、明治になって天皇の馬車による行幸にむけて整備されていたはずだ。

森山汀川《ていせん》生地

街道を北へ約一キロ行くと、左手に塩沢温泉への道があり、対岸の神代《じんだい》地区に平成19年10月2日建立の「森山汀川《ていせん》の生地《せいち》」碑がある。

昨日《こぞ》よりも青みをもちてにごり波　吾が目の前にたぎちくるかも　汀川

汀川は節より一年下の明治13年生まれで、生前の子規に出会った数少ない信州人の一人である。島木赤彦に師事して「比牟呂《ひむろ》」同人となり、「比牟呂」が「アララギ」に吸収された後、50歳で「アララギ」選者となる。甲信越アララギ（現「ヒムロ」）を主宰し、昭和21年、67歳で没している。

歌人としてきわだった業績はないが、わがままぞろいのアララギ派をまとめた、縁の下の力持ちである。孫の宮坂丹保《にほ》著『森山汀川あて書簡にみるアララギ巨匠たちの素顔』に引用された以下の追悼歌から、その実直な人柄がうかがえる。

甲斐信濃　境《さか》ふ寂しき落合に　君は保たむ　永久《とは》のしづまり　五味保義

飛躍といふ眼覚ましごとはつゆなくて　唯たゆみなき一生《ひとよ》と言はむ　伝田青磁

君埋《うづ》む今日を来りて　釜無の白き河原に　しばしあそべる　上原吉之助

斎藤先生が「佛《ほとけ》のごとく聖《ひじり》の如く」と　讃《たた》へし君よ　つひに亡きかも　椎屋欣二

教員多き会員なれば　価安き比牟呂《ひむろ》にせむと　言はれ給ひき　中原大三

宮坂の著書は、長塚節に関して以下のことを教えてくれる。

①赤彦が晩年『長塚節全集』の出版を企画したとき、汀川がその編集を手伝った。赤彦没後、斎藤茂吉が編集責任者となったが、実務の多くはひきつづき汀川が担当した（四九〜七五頁）。

②第一回アララギ安居会《あんごえ》（一九一四（大正3）年、上諏訪阿弥陀寺で開催）の参考書として、万葉集、子規歌集、左千夫歌集、節歌集が用いられた（二六一頁）。

③同会では赤彦と中村憲吉により、左千夫と節の人柄について対談があった。

④堀内卓造の遺稿に、長塚節論がある（三〇九頁）。

このほか、諏訪の青年団体が節の歌碑を霧ヶ峰に建設するにあたって、森山汀川はアララギ派による建設許可をとりつけ、岡麓《おかふもと》による揮毫の仲介もした（9・06の項53〜4頁参照）。

9・04　富士見村　アララギ派の聖地

森山汀川生地で、道は二手にわかれる。左の旧道は原の茶屋へ直登し、右の明治天皇行幸用の馬車道は等高線を辿るようにすこしずつ高度を稼ぐ。健脚自慢の節はいつもなら直進ルートをとるところだが、ここではしばらく馬車道をたどり、富士見村へ向かったようだ。富士見村は八ヶ岳南西斜面にできた火砕流上の集落である。節の甲信地方の「羇旅」は、明治13年の天皇行幸に遅れること、四半世紀にあたる。
明治天皇の生涯は、行幸に次ぐ行幸という忙しいものだった。行幸の目的は、「新しい御代《みよ》」を「国民」に実感させることだが、同時に中央と地方をつなぐ交通網を整備する意図も、政府にはあったのだろう。行幸の主なものだけでもつぎのとおりである。

（出典：筑摩書房『明治大正図誌17』図説年表、二〜五頁）

1872・5・23〜7・12（51日間）近畿・中国・西国
1876・6・2〜7・21（51日間）東奥
1877・1・24〜7・30（6か月）大和国・京都へ行幸、西南戦争につき京都に駐輦《れん》
1878・8・30〜11・9（72日間）北陸・東海道に巡行
1880・6・16〜7・23（38日間）山梨・長野・岐阜・三重・京都に巡行
1881・7・30〜10・11（74日間）山形・秋田・北海道に巡行
1885・7・26〜8・12（18日間）山口・広島・岡山
1887・1・20〜2・24（31日間）京都
1890・3・28〜5・7（41日間）愛知、広島（大演習統監）
1891・5・12〜5・22（11日間）京都（露国皇太子遭難）
1894・9・13〜1895・5・30（5ヶ月半）広島（日清戦争大本営）

富士見村

（21）をすゝきの楉《しもと》に交り穂になびく　山ふところの秋蕎麦の花

（21）日当たりのよい山裾でススキの穂が風になびき、すこし入りこんだ「山ふところ」にはソバの花が白く咲いている。大正2年の地形図「高遠」によれば、緩やかな尾根上には桑が植えられ、谷底は水田、谷の側面には針葉樹が植わっていた。歌はそんな裾野の一部を写生したものである。「をすすき」は「尾芒」。辞書に見当たらず、「尾花」と「旗すすき」を合成した、節の造語だろう。「しもと」は万葉集 14：3488 に「楚樹」と書かれ、原意は刑罰用の鞭に用いられたイバラなどの枝をさすが、ここでは枝の繁った若い木立のこと。「穂になびく」のは楉ではなく「をすすき」の姿だろう。（8）の「穂につづく」が思い出される。

富士見高原は明治41年に伊藤左千夫が訪れて激賞したことから、アララギ派の聖地となった。

空近き富士見の里は霜早み　色づく草に花も匂へり
幾たびか霜はおりぬと　不二見野は蕎麦草枯れて　茎ら目に立つ
秋ふかき富士見の原や　草花のしみ咲く野べが　霜にさびたり
財ほしき思《おもひ》はおこる　草花のくしき不二見に　庵《いほり》まぐがね
天地のくしき草花目にみつる花野に酔《ゑひ》て　現《うつつ》ともなし

（伊藤左千夫、明41・10・11歌会、発表『比牟呂』四号、明41・11・5「不二見歌会」。土屋文明・山本英吉選『新編左千夫歌集』岩波文庫。一六七頁）

情のこもった左千夫の写生歌である。第二首、ソバは茎が赤く目立っている。第四首の、金があればここに庵を結びたい、という思いは実現しなかったが、JR富士見駅の北西に「富士見公園」が整備され、アララギ派の歌碑が四基立っている。

さびしさの極みに堪《たへ》て　天地《あめつち》に寄する命を　つくづくと思ふ　左千夫
みづうみの氷は解けて　なほ寒し　三日月の影　波にうつろふ　赤彦
高原《たかはら》に　足を留《とど》めてまもらむか　飛騨のさかひの　雲ひそむ山　茂吉
郭公《くわくこう》は　国のもなかに鳴きをりて　赤らひく日の　いまだ沈まず　汀川

石碑はいずれも万葉仮名で書かれているが、ここでは読みやすく、漢字かな交りとした。汀川以外の歌の拓本は、JR富士見駅で見ることができる。

JR富士見駅のそばにある富士見町「高原のミュージアム」には、アララギ派の歌人たちと、結核療養所に滞在した堀辰夫など近代文学者の関連資料が展示されている。信州という土壌と『比牟呂』同人が、アララギ派の発展に果たした役割の大きさを考えさせる展示だが、赤彦らをアララギに引き寄せた節については、歌（20）（21）が引用されているに過ぎない。

9・04　坂室よりはじめて諏訪湖を見る

富士見停車場の西半里、「原の茶屋」は釜無川・富士川水系と、諏訪湖・天竜川水系の分水嶺にあたるが、道はしばらく谷底をたどるので、諏訪湖を見るには北へさらに二里歩かねばならなかった。

坂室の坂上よりはじめて湖水を見る

(22) 秋の田のゆたかにめぐる諏訪のうみ　霧ほがらかに山に晴れゆく

(22) 諏訪湖の東岸が弧を描き、手前に水田が広がっている。その湖面近くにあった霧が山の斜面を昇り、だんだん晴れゆこうとしている。「山」とは、右手に見える霧ヶ峰あたりだろう。

この日は月曜日で、午後三時ごろに授業を終えて、諏訪小学校の二階の職員室に居た久保田俊彦(山百合、島木赤彦)は、「草鞋脚絆《わらじきゃはん》に麦稈《むぎわら》帽子といふ支度《したく》で門を入ってくる人」を見て、すぐに「長塚さん」であると思ったそうだ。節は布半旅館に案内された(扇畑、一九七三)。

諏訪　島木赤彦との登山と二度の歌会《かかい》

左千夫と赤彦の交流

つづく三日間、節と赤彦のあいだに濃密な付き合いがあったが、まずはそれに先立つ赤彦と伊藤左千夫との交流について紹介しておこう

◎明治36年9月23日（子規一周忌法要の直後）、久保田山百合（赤彦）が左千夫に書簡を寄せ、同人誌『比牟呂』四号を送る。

◎明治36年11月13日発行『馬酔木』六号の「新刊雑誌略評」欄に左千夫が『比牟呂』四号をとりあげ、「未だ諸君と相知の親《しん》なしと雖《いへど》も、早く一大強国の援《たすけ》を得たるの感あり」と評した。「一大強国の援」とは日清戦後、日露戦前当時の新聞記事をまねたような表現だが、『馬酔木』発行者であった森田義郎を退《しりぞ》けたばかりの左千夫にとって、地方に援軍を得たことは心底嬉しかったのだろう。

◎明治37年11月25日、左千夫は甲府発中央線で韮崎（当時の終点）下車。甲州街道を馬車で上諏訪に向かう。上諏訪で久保田山百合の出迎えをうけ、布半旅館投宿。12月2日まで約一週間を信州で過ごした。

◎明治38年6月下旬、山百合が上京し、本所の左千夫宅を訪ねる。折しも左千夫の庭にヨシキリ（行々子）が来て鳴くようになった。左千夫は

垣外田の蓮の廣田を飛び越えて　庭の槐《えんじゅ》に來鳴く葦切《よしきり》
よき人の來る家なれば　天飛《あまとぶ》や鳥のやからも來てを鳴くらむ

を詠んだ（明38・7・1発表『求道』二の六「行々子」）。「よき人」とは久保田山百合のこと、エンジュは左千夫の自慢の庭木だった（『左千夫全集』第八巻「伊藤左千夫年譜」）。

◎節もこのとき左千夫に招かれたが行かず、歌を三首返している。

垣の外ははちす田近み　慕ひ來て槐の枝に　鳴くかよしきり
みすゞ刈る科野の諏訪は　湖に葭剖《よしきり》鳴かむ　庭には鳴かじ
稀人《まれひと》を心に我は思へども　行きても逢はず　葭剖も聞かず

（明38・9・6発表『馬酔木』2・6「行々子の歌」八首のうち、全集3：223～4）

このほか歌稿に「みすゞ刈る信濃稀人　さみだれの雲ふかけむに　いでて來るかも」が残されている（全集5：420～1）。

9・05　諏訪の短歌会第一会　題は「秋の田、蜻蛉、残暑、朝草刈」

9月5日（火）、上諏訪の東の山の中腹にある曹洞宗地蔵寺で、第一会歌会《かかい》が開かれた。出席者は柿

の村人（島木赤彦）、胡桃沢勘内、篠原志都児《しづこ》、森山汀川、そして節の五名だった。望月光男も誘われていたが、病気のため欠席した（伊藤昌治『長塚節文学碑への道』一六八頁）。赤彦の日記に「夜弦月を見つつ下山」とあり、夜中近く、諏訪湖の向こうに上弦の月が傾くころまで、歌に熱中していたらしい。

節はこの歌会での歌を「羇旅雑咏」に先駆けて、『馬酔木』二巻六号に発表している。


　九月五日、地蔵寺に集る、同人總《す》べて五、後庭密樹の間には清水灑々《さいさい》として石上に落ち、立つて扉を押せば諏訪の湖近く横《よこたは》りて明鏡の如し、此《この》清光を恣《ほしいまま》にして敢《あへ》て人員の乏しきを憂へず、題は秋の田、蜻蛉、残暑、朝草刈

（1）秋の田のかくめる湖《うみ》の眞上には　鱗なす雲　ながく棚引く
（2）武蔵野の秋田は濶《ひろ》し　椋鳥《むくどり》の筑波嶺さして空に消《け》につゝ　（道灌山遠望）
（3）豇豆《さゝげ》干す庭の筵《むしろ》に　森の木のかげる夕に　飛ぶ赤蜻蛉
（4）水泡よる汀に赤き蓼の穂に　去りて又來るおはぐろ蜻蛉
（5）秋の日は水引草の穂に立ちて　既に長けど　暑き此頃
（6）科野路《しなのじ》は蕎麦さく山を辿《たど》りきて　諏訪の湖邊《うみべ》に暑し此日は
（7）秣《まぐさ》刈り　霧深山をかへり来て　垣根にうれし　月見草の花

地蔵寺は上諏訪高島城の鬼門（北東）の守りに建てられた寺で、島木赤彦生誕の地から歩いて十分足らずの距離にある。杉山を借景とした江戸時代初期の庭が有名だ。灑々《さいさい》は絶え間なく落ちるさま。

参加者五名は、前年（明治37年）11月26日、伊藤左千夫の「旅之歌会」に集まった「十余人」の半分

にも満たず、節のいう「敢て人員の乏しきを憂へず」は負け惜しみに聞こえなくもないが、節の「客観写生」が左千夫によって『馬酔木《あしび》』誌上でさかんに批判されていたこの時期、それにもかかわらず四人集まったことに、節はかえって意を強くしたことだろう。

題ごとに歌を見てみよう。

「秋の田」：（1）「かくめる」は「囲める」。招待者への礼儀として、土地を讃めている。水田に囲まれた諏訪湖の上に、鱗雲が長くのびている。初秋らしいさわやかな光景である。詞書にもあるように、地蔵寺から上諏訪の町が見下ろせる。

尾山篤二郎は「諏訪湖をぐるりと水田が囲んでいる」と書いているが、諏訪湖の北東と南西は山が迫り、水田は南東の上諏訪と、北西の下諏訪にしかない。三角州末端が湖岸で弧を描くため、「囲む」形に見えるのだ。

（2）は東京郊外、明治34年の短歌一〇首連作「牛ぐみの歌」（全集 5：356～7）の近くの風景だと思われる。ムクドリの群が遠ざかるようすから、広々とした拡がりを感じさせる。

「蜻蛉」：『長塚節歌集』で茂吉は（3）を「あかあきつ」と雅語で、（4）を「おはぐろとんぼ」と俗語で訓《よ》んでいる。二首の風景は対照的で、（3）が広い空地、赤いナツアカネかアキアカネ、空中静止飛行の細かな翅の動きを示すのに対して、（4）は狭い水辺、青黒いオハグロトンボ、ひらひらと緩やかに翅を動かす往復運動を描いている。水の泡とオハグロトンボの組み合せは、前年の俳句「杭に塞《せ》く泡におはぐろ蜻蜓《とんぼ》かな」（全集 5：468）にも見える。トンボにもさまざまな種類があり、棲み場所も行動も異なることを意識して「写生」すべしと、節は実例を示して教えたのだろう。

「残暑」：（5）のミズヒキソウ（学名 *Persicaria filiforme*）も（4）タデ（たとえばイヌタデ *P. longiseta*）と同属で紅色の花をつけるが、花穂《かすい》は垂れず、細長い軸に間をあけて花が並ぶ。その様子が祝い事に用いる水引に似るところから、この名がついた。その花穂が長いように、「暦の上で秋になってひと月近くもたつのに、いつまでも暑い」と嘆く。実景を踏まえた序歌を節は得意としていた。（6）秋ソバの花咲く八ヶ岳山麓から来てみると、諏訪湖畔は約二〇〇メートルの標高差のせいか、それとも盆地ゆえか、残暑が厳しく感じられる。

（番外）諏訪歌会第一会が開かれた上諏訪地蔵寺の庭。「後庭密樹の間には清水灑々として石上に落ち」と詞書にある風景。

「朝草刈り」‥（7）夜に咲く月見草（オオマツヨイグサ）が、まだ萎まずに迎えてくれた。夜明け前に一仕事を終えて帰宅できた満足と誇らしさを、若い女の立場で詠った。牛馬のための朝草刈りは一般に女性の仕事なので、「朝草刈り」という題は、おのずから艶を含む。『土』では「月見草」が女の生殖能力の象徴となっている（拙著『節の歳時記』参照）。「垣根にうれし」に俗謡調が感じられるせいか、茂吉は『長塚節歌集』にこの歌を録していない。

9・06　霧ヶ峰のマツムシソウ

翌日節は赤彦の案内で、諏訪湖の東にある霧ヶ峰に登った。霧ヶ峰は当時まだ観光化されていなかったが、赤彦は週末を利用してしばしば登っていた。標高一八〇〇メートル足らずの頂上はなだらかだが、標高七六〇メートルの諏訪湖畔からの登りは険しい。

六日、諏訪の霧が峰に登る、途上

（23）たていしの山こえゆけば　落葉松《からまつ》の木深き渓に　鵙《もず》の啼《な》く聲

（24）立石の淺山坂ゆかへりみる　薄《すすき》に飛驒の山あらはれぬ

霧ヶ峰へは、歌会が開かれた地蔵寺から谷沿いに、角間新田を通る道が比較的ゆるやかだが、赤彦は眺めのよい立石道を選んだ。断層崖の上に立つ立石集落に、今では展望台が設けられ、湖面に反射する花火を撮影する名所となっている。二首はその「立石」を初句にそろえた一対。(23)立石の山を越えて、カラマツの植林された薄暗い谷に入ると、高い木の上でモズの鳴く声が聞こえた。

「落葉松」は文字どおり落葉性の針葉樹で、短枝《たんし》の先に束生《そくせい》する葉の姿が中国の松の描法に似ていることから、「唐松」と名づけられた。島崎藤村の『夜明け前』では、浅間山麓の「曠野《こうや》と、焼石と、砂と、烈風」にも耐える逞しい樹種として紹介されている。

横枝が水平に伸びて樹間距離を広くとるうえ、下枝が自然に枯れるので、カラマツ林内は見通しがきく。マツ林ほど疎らではなく、スギ・ヒノキ林ほど暗くもなく、灰褐色の鱗状の樹皮で覆われた幹の列が、奥までずっと見通せる様子を、「木深き谷」と詠んだ。モズの声も樹林越しにくぐもって聞こえる。二句「越え」と末尾「声」が響き合う。

針ケ谷鐘吉編『植物短歌辞典』正編の「落葉松」の項に四〇首が紹介されているが、その半数あまりがアララギ派歌人による。内訳は、島木赤彦(六首)、斎藤茂吉(四首)、土田耕平(三首)、藤沢古実《こじつ》(二首)、石原純《あつし》、高田浪吉、佐藤佐太郎、森山汀川《ていせん》、鹿児島寿蔵《じゅぞう》(各一首)で、信州の文化風土とアララギ派の親和性が読み取れる。ただし節の歌(23)は引用されていない。

(24)尾根筋か急斜面の一部だろう。ススキをかき分けつつ登っているとき、同行のだれかに教えられて振り返ると、諏訪盆地の奥に、飛騨(岐阜県)との境をなす乗鞍岳や焼岳はじめ、北アルプスの山々が見えた。木の少ない「浅山」を詠い、前の歌の「小深き渓」と対比させている。また(23)

の聴覚に対して、(24)の視覚という違いも、意図されたものだろう。

　このときの記憶から、「乗鞍岳を憶ふ」一四首が六年後に生まれるのだが、それについては次節で詳しく述べる。

(25) マツムシソウ

霧が峰

(25) うれしくも分けこしものか　遥々《はるばる》に松虫草のさきつゞく山
(26) つぶれ石あまたもまろぶたをり路《じ》の　疎《まば》らの薄《すすき》　秋の風ふく
(27) 霧が峰は草の茂山　たひら山　萩刈る人の大薙《おほなぎ》に刈る

(25) 苦しい登りだったが、辛抱した甲斐があった。目の前に遥々と、マツムシソウが咲きつづいているではないか。後述する「諏訪の短歌会第二会」の「秋の山」の題詠で、ひと月早く『馬酔木』二・六に発表されたものの再録である。
　マツムシソウ *Scabiosa japonica* は高原に群生するマツムシソウ科の越年草で、夏の終わりから初秋にかけて薄紫色の花をつける。花弁は頭状花序の周辺部で大きく、ふちが切れ込み、遠目には輪郭がおぼろで物悲しい印象を与える。『合評』に見る「半面に寂しい感じも伴っている」（鹿児島壽蔵）、「寂やか」（岡麓）などの評は、花のイメージから来るものだろう。茂吉は「長塚節の歌」（一九四四）で

「自由自在であつて既に大家の風格を示している」と評している。

初句から「うれしくも」と主観を述べる句法は、節には珍しく、万葉集にある長奥麿《ながのおきまろ》の、

苦しくもふり來る雨か　神《みわ》が崎　狭野《さの》のわたりに家もあらなくに　（3・265）

の本歌取りと考えられる。節はススキの「浅山坂」をかき分けながら、「苦しくも」と心の中でつぶやいていたのだろう。だが、急坂を登りきったとたん、目の前の風景が一変した。そこで思わず口をついて出たのが、「うれしくも」の句である。同じ場所で詠われた赤彦の歌が、その消息を伝えてくれる。

霧ヶ峰のぼりつくせば　目の前に草野ひらけて　花さきつづく　柿乃村人

長奥麿の歌の本歌取りとしては藤原定家の「駒止めて袖うち拂ふかげもなし　佐野のわたりの雪のゆふぐれ」（新古今6・671）が有名だ。

「うれしくも」の歌碑が、薙鎌《なぎかま》神社の鳥居脇に建っている。急な道を登りきった高原の南西端で、グライダー滑走路の下端にあたる。歌碑を建立した諏訪映画友の会のセンスの良さを示すものだろう。岡麓《おかふもと》揮毫の変体仮名による書体も美しく、ミズナラの繁みに半ば隠れた自然石は、見る角度によって富士山のようにも、マッターホルンのようにも見える（表紙カバー絵参照）。

諏訪では太平洋戦争前から、進歩的な青年たちが独自に映画鑑賞会を運営していたが、戦時体制で解散を余儀なくされた。解散前に何かを残そうと昭和14年、資金を募り建てたのが、この歌碑である。森山汀川は仲介者として、アララギ派による建設許可と、岡麓による揮毫をとりつけた。会では鉄平石の陰刻をもう一枚作り、その拓本の販売で、追加の資金を調達した。彼等の意気ごみと団結力、実

行力について、伊藤尚司著『長塚節　文学碑への道』（一九八二）が感動的に伝えている。

グライダー滑走路の脇のススキ原の縁に、マツムシソウは今でも点在しているが、その本数はごくわずかだ。近年、地元の有志が草原再生のために、計画的な山焼きはじめたので、近い将来マツムシソウの「咲きつづく」景色が復活するかもしれない。

(26)「つぶれ石」は「つぶら石」すなわち円い石のことで、ここでは火砕岩の中にある丸い安山岩などをさす。同じ日の柿乃村人（島木赤彦）の歌に

霧ケ根は霧の名どころ　その霧に苔むし古《ふ》りし石の名杼許古《などころ》　柿乃村人

があり、詞書に「山上奇岩多し庭石に用ふ」とある（『馬酔木』二・六）。

「たをり路」は山のくぼみ、峠あるいは峰のこと。諏訪の歌会第二会で胡桃沢勘内の「秋の山」題詠では、野鳥の通り道である峠に用いている。

秋さらば山のたをりに假庵《かりほ》たて　尾上《おのへ》の鳥網守《とあみも》り

(25) 霧ケ峰高原。長塚節歌碑のある薙鎌神社付近から見た。

て暮《くら》さむ　勘内

茂吉は「万葉集巻十六の『圓石《つぶれいし》の吉野の山』云々から暗指を得てこの作者のこまかい神経にしてはじめて云ひあらはし得るものである」と褒めている（『長塚節研究』上巻、一九頁）。安倍子祖父《あべのこおじ》による本歌はナンセンス歌で、折口信夫も『口訳萬葉集』で訳さなかったほどだが、さいわい大岡信が『続折々の歌』で採り上げたので、その訳を併せて紹介する。

わが背子が犢鼻《たふさぎ》にする都夫礼《つぶれ》石の吉野の山に氷魚《ひを》ぞさがれる　（16・3839）

（現代語訳）私の夫がふんどしにする丸い石は、じつは吉野山ですのよ、その吉野山に、なんと氷魚がぶらさがっていますのよ。

つまり「つぶれ石」は、「たふさぎ」（ふんどし）に最も不向きな素材として引き合いに出されたのだ。苦しい歩みを続けていると、他愛のない妄想が頭を離れないことがある。節は丸い石に足を取られそうになりながら、ふと「わが背子が犢鼻にする」を思い出したのだろう。(26)は表向きまじめな写生歌だが、万葉集に詳しい者なら思わずにやりとする下ネタが隠されている。

(27)霧ヶ峰は草が茂る平らな山だ。その草を刈るのに、大なぎに刈っている。地名を頭に置いた、国ほめ歌。「大薙ぎに刈る」から、柄の長い大鎌で立ったまま刈りたおす様子が想像される。「山」と「刈る」がそれぞれ二度繰りかえされ、民謡風の律動感を与えている。

「萩刈る」について、岩波文庫『長塚節歌集』の傍注に、「一に云う　草刈る」とあり、岡麓は「合評」で、「萩」より「草」の方が良いとしている。だが「萩刈り」は諏訪地方の方言で、冬場の馬の飼料を秋のはじめに収穫して貯蔵する、泊りがけの作業であることが、『馬酔木』二・六所載の、信州歌人らの歌から分かる。
諏訪郡北山村（現〒391-0301茅野市北山）出身の篠原志都児《しずこ》は、「萩刈の歌」一〇首連作を発表した。うち三首を録す。

冬馬の糧《かて》にとて干草を苅る之れを方俗「萩苅」と云ふ、萩苅といへば僕の地方では草小屋を設け十日自至《ママ》十五日を山籠《やまごも》りして苅り干すなり

北山の男おみな（女）が山こもり　萩苅る九月　曇らずもあれ
峯高み萩苅り居《お》れば　霧ごめに嘶《いなな》く馬の　聲のさびしも
朝月夜いまだ暗きに　萩にほの人と見ゆれば　聲かけて見し

松本島内村（現〒390-0851松本市島内）在住の胡桃沢勘内は、「萩刈り」の語を霧ヶ峰登山に参加するまで知らなかったようだ。

草山に草刈ることを　萩山に萩刈る　ときくことのおもしろ　勘内

諏訪の歌会第二会でそれが話題になり、万葉集巻十四の研究で方言の「活躍」に着目していた節が、「萩刈り」を用いて新東歌《あずまうた》を作ろうじゃないか、と持ち掛けたのだろう。『馬酔木』二・六には、「萩刈り」歌が計一三首載っている。その次の号に（27）を載せた節は、今さら「萩刈り」に注をつける必要を感じなかったのだろう。
高田浪吉は『合評』で、（26）を「歌謡のようで、この作者としては珍しい調子」と評しているが、「羇旅雑咏」に歌謡調は少くない。

明治44年「乗鞍岳を憶《おも》ふ」子規追慕の一四首

霧ヶ峰へ登る途中（24）「立石の浅山坂」で見た「飛騨の山」のイメージは、節の脳裡に深く刻まれ、六年後に復活する。きっかけは、病弱のために諏訪の歌会に出席できなかった望月光男が、三カ月後に節に贈った歌だ。

ひるさればおほよそに霧《き》る乗鞍を　朝けにみれば近くまばゆし　光男

節は書簡で「歌はありとて乗鞍らしき作は断じて無之《これなく》と存候《ぞんじさうらう》」（明治38年12月8日付、全集 6：134）と光男の着眼を褒めているが、内心いつかこの未開拓な歌材に自分も挑むつもりになったのかもしれない。

明治44年1月14日、望月光男が27歳の若さで病没すると、節は2月3日、勘内と久保田俊彦（赤彦）に宛て、悔やみの手紙を送っている。光男は勘内と同じ村に住んでいた。

7月末、勘内は前年からさかんに噴火を繰り返して話題になっていた焼岳の絵葉書を、節に送ったついでに、「（焼岳は）乗くら岳の右の方に當りて」としたためた。それを読んで「乗鞍岳の印象を小生の脳裡に新たにし」た節は、憑かれたように一四首を詠んだ。

前年に『土』連載を終えた節は、当時すっかり「散文の頭」になっていて、「小生には従來歌といふものは　もはや到底出来ぬものと観念もし、又歌はつまらぬものとひねくれたる考えも起こり申候ひしが、作りえたる時はやはり懐かしきものにて、有るは無きにまさりたる心持に有之《これあり》候」（8月6日付、胡桃沢勘内当て書簡）と、久しぶりに歌ができた感激を記している。ちょうど『アララギ』誌編集部から「正岡子規十周忌記念号」のための歌稿を請われていたので、この一四首を送った。

(1) 落葉松の　渓に鵙《もず》鳴く　淺山ゆ　見し乗鞍は　天に遥かなりき
(2) 鵙の聲　透りて響く　秋の空に　とがりて白き　乗鞍を見し
(3) 我が攀《よ》ぢし　草の低山　木を絶えて　乗鞍岳を　つばらかにせり
(4) おほにして　過ぎば過ぐべき　遠山の　乗鞍岳を　かしこみ我が見し
(5) 乗鞍と　耳に聲響き　かへり見て　何ぞもいたく　胸さわぎせし
(6) 思はぬに　天に我が見し　乗鞍は　然《し》かと人いはゞ　あらぬ山も猶《なほ》
(7) くしびなる　山は乗鞍　かしこきろ　山の姿は　目にかにかくに
(8) 乗鞍を　まことにいへば　只白く　山の間《ま》に見し　峰をそを我は
(9) うるはしみ　見し乗鞍は　遠くして　一目といへど　ながく矜《ほこ》らむ
(10) 乗鞍は　さやけく白し　濁りたる　なべてが空に　只一つのみ
(11) おろそかに　仰げば低き　蒼空を　遥にせんと　乗鞍は立てり
(12) 乗鞍は　一目我が見て　一つのみ　目にある姿　我が目に我れ見つ

（13）まなかひに　俤消《おもかげけ》たず　たふときもの　山に乗鞍　人にはたありや
（14）乗鞍は　一目見しかば　おごそかに　年を深めて　ますく〳〵思ほゆ

節の連作にしては、構成が見えにくいが、キーワードと内容から、仮に四連に分けてみた。

第一連、（1）～（5）の五首、乗鞍岳を見たときの驚きを回想する。視覚だけでなく、モズの声や人の声など聴覚も動員。五首全体に現われる「乗鞍（岳）」の位置を句の番号で書くと、四、五、四、四、一と、もっぱら後ろに置かれている。乗鞍の様子を表わす言葉は、（1）「天に遥かなりき」、（2）「とがりて白き」、（3）「つばらか」までが、客観的な姿。（4）「かしこみ」、（5）「胸さわぎ」では見る側の主観を示している。五首の末尾は、過去の助動詞「き」や、その連体形「し」、完了の助動詞「り」とイ段でそろえ、記憶を確認している。

第二連、（6）～（8）の三首では、夢幻的な印象を連ねている。「乗鞍」の句は、三、二、一とせり上がり、その様子は（6）「あらぬ山」、（7）「くしび（奇霊）、かしこき」、（8）「ただ白く」となる。主語が提示されるが動詞がつづかず、未完結の印象を与える。斎藤茂吉に宛てて「句法も偶然に、自ら嘗《かつ》て用ゐざりきと記憶するもの」（8月6日付け）と書いたのは、この三首のことだろう。

第三連、（9）～（12）の四首。（9）（12）で「一目」、（10）（12）で「一つのみ」をくりかえし、「乗鞍」の孤高と、それを見た時間の短さを述べている。

第四連、（13）（14）はまとめの二首。乗鞍の孤高に匹敵する人はいるか、と自問している。これを反語ととれば、とても人の及ぶところではない、と自答することになるが、正岡子規こそその人だというのが、隠された答えだろう。二年半の短期間だったが、たぐいまれな師と会えた喜びを表したものと解すれば、『馬酔木』の「正岡子規追悼號」の趣旨にもかなう。

9・07　諏訪の短歌会第二会　山里の記憶

話を明治38年にもどそう。霧ヶ峰登山の翌日、諏訪で二度目の歌会が開かれた。前回の出席者から森山汀川がぬけ、参加者は節を含めて四名。秘儀のような場だったと想像される。『馬酔木』二・六に収録された六首を、「第一会」からの連番で示す。

同第二會　七日、布半《ぬのはん》の樓上に開く、會するもの更に一人を減ず、題は
秋の山、霧、灯、秋の果物

(8) 杉深き渓を出で行けば　草山の羊歯《しだ》の黄葉《もみぢ》に　晴れ渡る空
(9) 鹽谷《しをや》のや馬飼ふ山の草山ゆ　那須野の霧に　日のあたる見ゆ（下野鹽原の奥）
(10) 山梨の市の瀬村は灯《ひ》ともさず　榾火《ほだび》がもとに夜《よる》の業《わざ》すも（多摩川水源地）
(11) 瓜畑の夜《よ》を守《も》るともし　風さやり　桐の葉とりて包むともし灯

（12）黄葉《もみぢ》して日にく散れば　なり垂れし庭の梨の木　枝も淋しも
（13）二荒山《ふたらやま》いまだ明けねば　闢本の圃《その》なる梨は　露ながらとる

「秋の山」は、霧ヶ峰での写生歌を披露しあうための出題だろう。前述のように節は「羇旅雑咏」の（27）を示したほか、もう一首詠んだ。（8）昼なお暗い杉の植林をぬけて、尾根に出ると、草山の草を刈ったあとに、シダ類の黄葉した風景に出会った。空は真っ青というよりスミレ色に近く、黄褐色のシダとの組み合わせが美しい。「羊歯の黄葉」としてゼンマイが思い浮かぶ。

「霧」（9）小貝川上流の塩谷《しおや》（〒329-2200栃木県塩谷郡塩谷町）から矢板、西那須野方面の「那須野」を見下ろすと、南東風が斜面をのぼる途中で雲を生み、その切れ目からさしこむ朝日が、薄く引き伸ばされた雲を明るく照らしている。20歳になる前に保養に出かけたときに見た風景だろう。

「灯」（10）多摩川源流の市の瀬村（〒404-0021山梨県塩山市一ノ瀬高橋）では、夜なべ仕事をするのに、ロウソクや灯油ランプなどを使わず、囲炉裏にくべたホダ（木の切れ端。ホタとも）をときどきかきたてて炎を上げ、その明かりをたよりに仕事を続けている。「夜の業」は夜なべのこと。縄をなうか、草鞋でもつくっているのだろう。『土』では国生《こっしょう》の貧しい小作人の家ですら「手ランプ」をともしているのに対して、この山里の生活のつつましさに驚いている。

明治32年11月、節は青梅から歩いて市之瀬の田辺に約一週間滞在したのち、秩父を経て帰郷している（全集6：378、口絵四に、宿に残した自筆名刺の写真がある）。「山梨の市ノ瀬村」について「大型手帳」に、「多摩川の上流。此は甲州の部を指すのである」（全集5：84）とあり、歌稿「市の瀬行」七首に、

「多摩川の水の源《みなもと》二た瀬ありて　二た瀬見しもの我ひとりのみ」「粟も稗も實らずときく山里の市の瀬人は人によき人」「棹にかけ軒に吊してこの里はもろこし黍をあまた貯ふ」があり、僻地の慎ましい生活に対する深い同情が読み取れる（全集5：298）。

（11）盗難をふせぐために瓜畑で番をする様子は、短篇「太十と其犬」や「青瓜と白瓜」にも出てくる。後者は月明かりの風景だが、この歌のように闇夜には灯も必要で、それが風に消されぬよう、キリの広い葉を丸めて覆っている。

「秋の果物」（12）ナシの実がみのって枝が垂れるころ、葉はすでに落ちていて、妙に淋しい。「梨」は現代のものよりずっと小ぶりで、おそらく片手でにぎれる程度の大きさだったろう。

（13）夜明け前、真っ先に日があたるはずの日光山系にもまだ日が当たらない時刻、ナシの実の収穫は霧の中でする。地味な褐色が、朝霧のなかでぼんやりと見え、手にとればびっしょりと露で濡れている。

常陸の国（茨城県）に関本は二カ所ある。一つは勿来《なこそ》の関の南、旧多賀郡関本村、現北茨城市関本町（〒319-1721～7）で、その七大字《おおあざ》のひとつ才丸《さいまる》（〒319-1726）について、節はこの年の5月に写生文「才丸行き」を発表したばかりだが、西に山があり、日光連山の東斜面は見えにくい。もう一つは下妻に近い真壁郡関城町関本（〒300-0122～7の六大字）で、ナシの産地として知られ、市村（一九八二）はこちらだとしている。

この会で節は、わざと信州以外の場所を詠ったが、その情景は、信州でも目にしうるものばかりだ。みすみすそれを見逃してきた迂闊さ、写生力の浅さを赤彦たちに悟らせることが、節のねらいだったと思われる。また視野を信濃一国にとどめず、甲斐・下野・常陸など「東国」全域にひろげよ、と諭《さと》したかもしれない。

前年来信した「左千夫先生」からは心象を大きく吐き出す詠風を教わった。そしてこんど「長塚さん」から、精緻な観察と研ぎ澄まされた言葉遣いを示された。やがて島木赤彦は信州の教育界を去り、歌人として東京で果敢に生きる決心をするのだが、その遠因のひとつとして、この時のショックがあったと思われる。

9・08　桔梗《ききょう》ヶ原のオミナエシ

翌9月8日、節は木曽路をめざすが、中山道第30宿・塩尻からすぐ南へは折れず、松本島内村に帰る胡桃沢勘内に同道して桔梗ヶ原まで足をのばした。勘内は明38・7・19付けの手紙で、「羇旅」を計画中の節に、「御來遊の頃は桔梗ゲ原（古戦場）の秋草最もよろしかるべくと存候《ぞんじそうろう》」と誘っていた。桔梗ヶ原は南北朝時代の一三五五年の古戦場で、北朝方による信濃国支配を決定づけた場所である。

八日、鹽尻峠を越えて桔梗が原を過ぐ

(28) しだり穂の粟の畑に墾《は》りのこる　桔梗が原の女郎花の花

(29) をみなえし茂きがもとに疎《まば》らかに　小松稚松《わかまつ》　おひ交り見ゆ

(28) 栽培植物アワと野生植物オミナエシの共存に眼をつけた。鄙びた黄褐色の穂が垂れるアワ畑の周辺に、緑がかった黄色のオミナエシが秋の風情を添えている。

「しだり穂」は辞書に見当たらず、おそらく「足引きの山鳥の尾のしだり尾」の響きを援用した節の造語で、アワの穂が垂れている状態をさす。古戦場の現況を「ハタ、ハリ、ハラ、ハナ」の緩やかな韻で詠っている。

(29) 松の木立の下にオミナエシが咲く風景は珍しくないが、ここではオミナエシが丈高く伸びている間に、マツの実生《みしょう》がひょろひょろとまばらに生えている。いかにも地味の乏しい風景だが、なぜか親しさを感じさせる。オ三音の頭韻とマ行七音が内にこもる。

この情景については、晩年の手記(未発表)が参考になる。

　諏訪の湖畔から鹽尻峠を越すと　壮大な松本平が眼前に展開するけれど、足は暫《しばら》く荒涼たる僻村を過ぎねばならぬ。桔梗が原の土地である。木曾へ出るのに迂回して桔梗原《ママ》を通過して見たことがあるが　別段の印象を止めて居ないが　女郎花のかなりにおほかつたことは忘れない。それも女郎花だけであつたらどうだつたか知れないが、そこら一帯の稚松が非常に短くて、却《かへつ》て女郎花の中に生ひ交つて居るやうであつたのが　私の興味を惹いたからである。先月十日に門司を發して列車が、いつか海岸近い松林の中を通る頃、一杯に此も非常に短い稚松があつて、剽軽な白い茅花《つばな》が其稚松の頭をするやうにして絶えず挑みかけて居るのを見た。輕快な茅花が好きになつたと共に　今更のやうに桔梗が原の小松を思ひ出すのである。

(推定、大3・7、「大型手帳中」より「女郎花と茅花」、全集5:84〜5)

節が門司から博多へ向かったのは大正3年6月10日のことである。

節には知る由もなかったが、桔梗ケ原北端の広丘村原新田はのちに赤彦が校長として赴任した場所で、太田水穂の生地でもあった。現在小学校の脇に建つ「塩尻短歌館」には「アララギ」の写生と「潮音」の象徴がバランスよく展示され、教えられることが多い。

近代短歌にとっても古戦場となった場所で、節は勘内と別れたと思われる。久々の一人旅、そしていよいよ木曽路である。木曽街道がこんどの旅の眼目であることは、7月17日に胡桃沢勘内と、親友の寺田憲にそれぞれ宛てたはがきにも書かれている。険阻な道を一人歩いてこそ「羇旅」なのだ。中山道の六十七宿のうちの「木曽十一宿」は、

33贄川《にえかわ》、34奈良井、35藪原、36宮越《みやのこし》＝「上四宿」、
37福島、38上松《あげまつ》、39須原＝「中三宿」、
40野尻、41三留野《みどの》、42妻籠《つまご》、43馬籠《まごめ》＝「下四宿」

に分けられる。このうち34奈良井から41三留野までの八宿を「奥筋《おくすじ》」と呼ぶこともある。諏訪を発った日、節は奥筋の入り口である奈良井宿で一泊した（9月14日付胡桃沢勘内宛てはがき、全集6：126）。

9・09　上四宿　鳥居峠の落葉松《からまつ》と樫鳥《かしどり》

九日、奈良井を發す

（30）暁のほのかに霧のうすれゆく　落葉松《からまつ》山にかし鳥の鳴く

奈良井と藪原の間に鳥居峠がある。両宿場から標高差三〇〇メートルの峠道は、傾斜が急で難所に数えられていた。

(30)霧が薄れゆくにつれて、直立するカラマツの幹が徐々に姿をあらわし、水平に張り出した横枝や、葉をつけた細枝も見え、林に奥行きが増す。「樫鳥」はカケスのことで「ジェージェー」と鳴いている。

木曽路の描写といえば、島崎藤村の小説『夜明け前』が有名だ。その発表は節没後の一九二九(昭和4)年だが、内容は幕末にさかのぼり、節の「羇旅」を想像する参考になる。主人公・青山半蔵(馬籠の庄屋の跡取りで、モデルは藤村の父)と、その義弟で妻籠《つまご》の庄屋・寿平治《じゅへいじ》がたどった順路は節と逆なので、読むとき多少注意が要る。

「お泊りなすっておいでなさい。奈良井のお宿《やど》はこちらでございます。浪花講の御定宿《おじょうやど》はこちらでございます」

しきりに客を招く声がする、街道の両側に軒を並べた家々からは、競うようにその招き声が聞える。半蔵等が鳥居峠を降りて、その麓にある奈良井に着いたときは、他の旅人等も思い思いに旅籠屋《はたごや》を物色しつつあった。

(中略)往来の方へ突き出したようなどこの家の低い二階にもきまりで表廊下が造りつけてあって、馬籠や妻籠に見る街道風の屋造りはその奈良井にもあった。

(新潮文庫『夜明け前』第一部第三章二、一二〇頁)

カケスは翼の一部が瑠璃《るり》色をしている。島崎藤村の自伝的小説『櫻の實の熟する時』（昭和30年発行）「六」に、「彼（捨吉）の心は何年となく思出しもしなかつた遠い山のかなたに狐火の燃える子供の時の空の方へ歸つて行つた。（中略）一緒に榎《えのき》の實を集めたり、時には橿鳥の落して行つた青い斑《ふ》の入つた羽を拾つたりした少年時代の遊びや友達の側へ歸つて行つた」の一節がある。

明治37年に「かぶら菜の莢《さや》喫む鶸《ひわ》のとびたちに黄色のつばさ　あらはれのよき」を詠って、写生の歌を開眼したばかりの節は、カケスの声を聞いてその翼の瑠璃色を思い出したかもしれない。

「キリ、カラ、カシ」とカ行頭韻が、拍子木のように覚醒を促す。霧が晴れるときに鳥の声で覚醒する歌として、三年後に榛名山で詠った、「うつそみを掩《おほ》ひしづもる霧の中に　何の鳥ぞも聲立て、鳴く」（明治41年9月11日『濃霧の歌』一五首のうち）がある。

（30）奈良井宿より鳥居峠を望む。折しも夏祭りで、宿場の街並みに提灯が並んでいた。

鳥居峠

（31）諸樹木《もろきぎ》をひた掩《おほ》ひのぼる白雲の　絶間にみゆる谷の秋蕎麦

鳥居峠は、北流して日本海に注ぐ奈良井川・犀川・信濃川流域と、南流して太平洋にそそぐ木曽川流域とを区切る、分水嶺の上にある。明治38年当時、峠越えの道は二通りあった。現在「明治道」と呼ばれる当時の国道は、明治13年6月の天皇行幸のために馬車で通行できるよう整備されたもので、等高線をなぞるように徐々に高度をかせぐ。谷筋をまっすぐ登る石畳の「旧道」は、皇女和宮《かずのみや》が京から江戸へ降嫁したときに整備されたもので（『夜明け前』参照）、節が歩いたのは後者だろう。

（31）種々の木からなる森を一面におおっていた雲海が、朝の上昇気流に乗って昇り始める。その動く白の切れ間に、ときおりじっと動かぬ白が見える。目をこらして暗い谷の奥をみると、ソバの花だった。こんな山奥にも人の営みがあるのだ。

「諸樹木《もろきぎ》」とあるように、峠の周囲はスギ、ヒノキ、カラマツなどの針葉樹に交じり、オニグルミ、イロハカエデ、イタヤカエデ、ミズキなどの広葉樹が生えている。峠近くには芭蕉の『更科紀行』に「木曽のとち　浮き世の人の　みやげ哉《かな》」とあるように、トチ（栃）の古木が残っている。救荒植物として植えられたものだろう。

「ひた」は「ひたすら」「ひた隠し」の「ひた」で、「いちず」の意。節の歌では「なにせむに今はひりはむ　秋風に枝のみか栗ひたに落つれど」（明治35年「悼正岡先生」）の例がある。ひたひたと雲が押し寄せるのと競《きそ》うように、節もひたすら登る。

鳥居峠は木曽御岳《おんたけ》を遠くからおがむ遙拝地で、大鳥居が立ち、脇には御岳行者たちの業績をしるした石碑が林立する。浦賀に異国船が来た安政3年、『夜明け前』の半蔵たちが通った年に作られた「三笠山刀利《とうり》天」の神像は、張り裂けんばかりに目が見開かれている。

日本海と太平洋の分水嶺にあたるこの峠は、渡り鳥の通り道としても名高い。

ちょうど鳥屋《とや》のさかりの頃で、木曾名物の小鳥でも焼こうと言ってくれるのもそこの主人だ。

鳥居峠の鶫《つぐみ》は名高い。鶫ばかりでなく、裏山には駒鳥《こまどり》、山郭公《やまほととぎす》の声が聴かれる。仏法僧も来て鳴

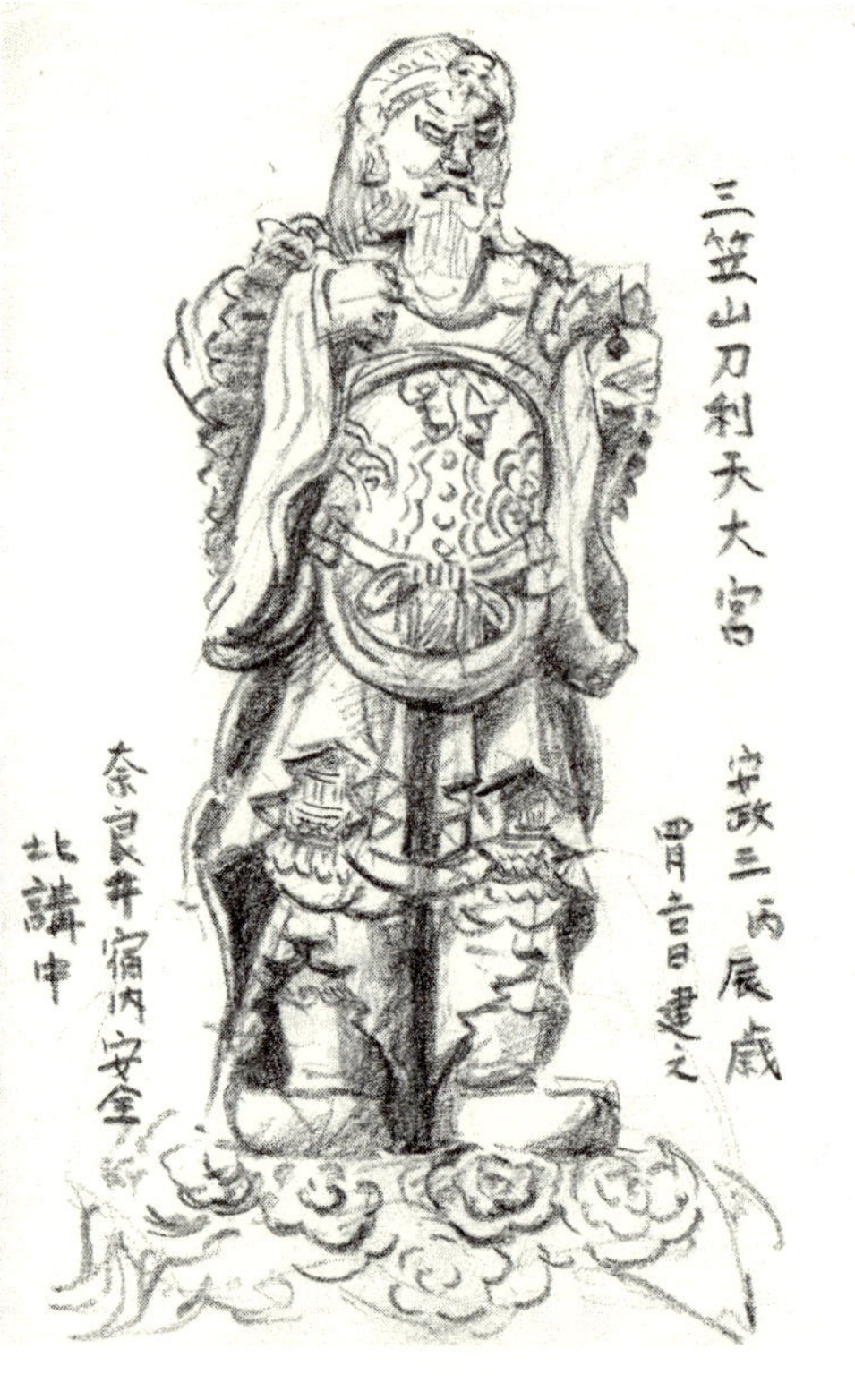

(31) 鳥居峠に立つ神像。建立はペリーが来航した安政三年。

く。ここに住むものは、表の部屋に向うの鳥の声を聴き、裏の部屋にこちらの鳥の声を聴く。そうしたことを語り聴かせるのもまたそこの主人だ。　（『夜明け前』第一部第三章二）

「鳥屋《とや》」は一種のブラインドで、囮《おとり》を鳴かせて渡りの群をおびき寄せるためのもの。江戸時代には手の指のように組んだ棒に、鳥もちをつけて待ち構えたが、明治13年ごろ美濃の網師によるカスミ網が伝わり、材料も木綿糸から、ガス糸、絹糸に改良された。電灯をともして囮の季節感を調整する技も開発された。ツグミやアトリなどの大群が鳥屋近くに降りてくると、タイミングを見計らって旗で脅し、網に突入させた。鳥屋の中には観光客を匿《かくま》えるほどの規模のものもあった（生駒勘七、一九七五）。

だが節は鳥の渡りにはあえず、鳥居峠の茶店では蓬餅《よもぎもち》を食っている（「旅行に就いて」明40・7・15発行『為櫻』一七号所載、全集5：32）。

（32）木曾人の秋田のくろに刈る芒《すすき》　かり干すうへに小雨ふりきぬ

宮の越附近

中山道第36宿・宮の越は標高約八五〇メートル。木曽義仲が元服・旗上げをした正八幡宮が近くにある。当時の地形図によれば、川の左岸は緩傾斜地でクワ畑に利用され、右岸の河岸段丘では川の水を引いて水田が作られ、木曽谷北部では比較的恵まれた土地だった。

（32）木曽の山地の田では、畦《くろ》に生えたススキを刈って干している。すると、せっかく干したところに小雨が降ってきた。

「クロ　カル　カリ　フリ」と音を連ねる、歌謡調の「刈り干し歌」。干したススキは、「木曽の岡船」と呼ばれる荷物運搬用の牛たちの、冬場の飼料として蓄えられた。この歌には、諏訪の歌会の題だった「秋田」と「(朝) 草刈り」が含まれ、赤彦らのへの挨拶の意味もあっただろう。

9・09～10　中三宿　王滝川の渓谷美と、須原のコオロギ

福島、上松《あげまつ》、須原の「中三宿」は、木曽路のなかでもっとも険しい部分で、福島には関所が置かれていた。広重の浮世絵「木曾海道六拾九次之内　福しま」は、関所の門を真ん中に据えた窮屈な構図を見せている。ここを通るときの緊張を、藤村は次のように描いている。

木曾福島の関所も次第に近づいた。(中略) 時には岩石が路傍に迫って来ていて、高い杉の枝は両側から覆いかぶさり、昼でも暗いような道を通ることはめずらしくなかった。谷も尽きたかと見えるところまで行くと、またその先に別の谷が展《ひら》けて、そこに隠れている休茶屋の板屋根からは青々とした煙が立ち昇った。桟《かけはし》、合渡《ごうど》から先は木曾川も上流の勢いに変って、山坂の多い道はだんだん谷底へと下って行くばかりだ。半蔵等はある橋を渡って、御岳の方へ通う山道の分れるところへ出た。そこが福島の城下町であった。

「いよいよ御関所ですかい」

佐吉は改まった顔付で、主人等の後ろから声を掛けた。

福島の関所は木曾街道中の関門と言われて、大手橋の向こうに正門を構えた山村氏の代官屋敷からは、河一つ隔てた町はずれのところにある。「出女、入り鉄砲」と言った昔は、西よりする鉄砲の輸入と、東よりする女の通行をそこで取締った。殊に女の旅は厳重を極めたもので、髪の長いものはもとより、そうでないものも尼、比丘尼、髪切、乙女などと通行者の風俗を区別し、乳まで探って真偽を確かめたほどの時代だ。（『夜明け前』第一部第三章二）

このような厳めしさも明治になって解消され、節は郡役所、警察署、林区署、税務署、山林学校を素通りしたあと、上松では名物「飴の餅」を、寝覚めの床では「寝覚蕎麦」を試している（全集5：32）。

（33）西野川の木曾川に合するほとり道漸《やうや》くたかし、崖下の杉の梢は道路の上に聳えたり
鉾杉《ほこすぎ》の茂枝《しげえ》がひまゆ　落合の瀬に噛《か》む水の　砕くるを見つ

木曾御嶽《おんたけ》に降る水は、北の西野川と南の王滝川に集められ、東で合して木曽川に向かう。詞書にある「西野川」は合流点以下の部分で、ふつう「王滝川」と呼ばれている。合流点の対岸にある神戸《ごうと》（合度・合戸）集落から、街道は「漸くたか」くなり、現在の鉄道よりも高いところを通っていた。半蔵らが「だんだん谷底へと下りて行」った道を、節は逆にのぼっている。

（33）眼下に根をはるスギの木は、道の上まで育ち、茂って混みあう枝の間を透かすと、王滝川と木曽川の水が互いに噛みあって砕けるのが見える。

この「瀬を噛む水」の壮観は、王滝川をさえぎる木曽ダムの建設で消滅した。

節は子規に入門したてのころ、左千夫と二人で日光まで取材にでかけ、

うちわたす二つの滝の下《しも》つせの　落合の瀬は木《こ》深《ぶか》み見えず　（明治33年「瀧」、全集3：19）

を詠った。これに比べて（33）は情報量が多く、動詞「噛む」「砕くる」による動的な視覚化でも優れている。

広重画「木曾海道六拾九次之内　上ケ松《あげまつ》」では、滝の下の急流にかかる橋を、天秤で柴を担ぐ男らが渡っている。『夜明け前』の半蔵は父親の病気回復を祈るために、合流点から西の行場に籠っている。

須原の地に入る、河聲《かせい》やゝ遠し

（34）男郎花《をとこえし》まじれる草の秋雨に　あまたは鳴かぬこほろぎの聲

（33）王滝川（詞書では西野川）が木曽川に合流する落合。木曽ダムによって「瀬に噛む水」は過去のものとなった。木曽川は画面の手前を右から左へと流れる。

第39宿。須原まで下ると川幅がひろがり、川原は丸い礫で埋められている。増水すれば荒れる川なので、集落と街道は川から遠ざかる。

(34) オトコエシの白い花がまじる草むらに、秋雨がしずかに降っている。川音が遠ざかったために、コオロギの声が聞こえるようになったが、雨のせいか弱々しく途切れがちだ。

オトコエシ（男郎花）*Patrinia villosa* はオミナエシ（女郎花）*P. scabiosaefolia* と同属である。萱《かや》や秣《まぐさ》を刈っていた時代にはその刈り跡にふつうに生えていたが、今では野生で見かけることが珍しい。オミナエシは庭先に栽培されることもあるが、オトコエシは人気がないようだ。

男女の別は当て字で、つぶつぶと細かな花を白い「米の飯」にたとえたのが訛って「おとこえし」に、黄色い「粟の飯」が訛って「おみなえし」になったそうだ。

須原名物として、草刈りのついでに集めた「種々の花を並べた花漬」のことを、節は記録している（「旅行に就いて」明40・7・15発行『為櫻』一七号所載、全集5：32）。

広重の浮世絵「木曾海道六拾九次之内　須原」では、にわか雨にあって小屋に逃げ込む人や、小屋で雨宿りする人たちが描かれている。頭から莫蓙をかぶる姿は節の旅装と変わらない。巡礼らしき人物が小屋の柱に何か書きつけ、その足元には虚無僧がしゃがんでいる。

のちに雨とコオロギの関係を詠った、メルヘンのような歌がある。

こほろぎのこもれる穴は　雨ふらば　落葉の戸もてとざせるらしき

（明41・12・5『比牟呂』所載「秋雑詠」、全集3：318）

終日雨やまず

(35) 木曾山はおくがは深み　思はねど見ゆべき峰も　隠《かく》りけるかも

(35) 木曽の山は奥が深く、また雨雲に隠されて、見えるはずの山も見ることができない。「おくが」は奥深くの意で、「か」は所、「見ゆべき峰」とは、中央アルプスの空木岳《うつぎだけ》（標高二八六三・七メートル）あたりだろう。北住（一九七四）は三句「思はねど」で切り、「奥が深いとは思わないけれど」と解しているが、ここでは二句で切り、「思いもよらず　隠れてしまった」と解した。「かくり」の訓は岩波文庫に拠った。

9月14日付胡桃沢勘内宛てはがきによると、この日節は須原に泊っている（全集6：126）。

十日、夙《つと》に須原を發す

(36) 木曾人の朝草刈らす桑畑に　まだ鳴きしきるこほろぎの聲

(36) 膝まで露でぐっしょり濡れながら腰をかがめて草の根元に鎌を入れる「木曽人」の耳を圧するように、コオロギが鳴きつづけている。

生駒勘七『木曽の庶民生活』（三四五頁）によれば、馬の飼葉にする朝草刈りは女の仕事だった。健《けな》気《げ》に働く山村の女性への節の優しい視線は、一九〇六（明治39）年発表の写生文「炭焼きの娘」などにも出て来る。「木曽」と「朝草刈り」を詠みこんだカ行八音、サ行五音の畳みかけが、山里の早朝のひそやかな空気を伝えている。諏訪の歌会以来詠いつづけてきた「朝草刈り」も、この歌が最後となる。

9・10　下四宿　栗強飯《こわめし》と美濃の長山

(37) 木曾人よ　あが田の稲を刈らむ日や　とりて焚《た》くらむ　栗の強飯《こはいひ》

長野々尻間河にのぞみて大樹おほし

木曽路の中でもっとも険しい部分を抜けると、地形がようやく開けてくる。尾張藩の隠密・岡田善九郎が実地調査した天保九年の報告書『木曾巡行記』によれば、長野は「木曾谷内にては能村《よきむら》にて田畑多く諸作物も取揚《とりあげ》多く、女馬も百拾弐疋《ひゃくじゅうにひき》程飼立て」、野尻も「田畑多く木曾川両岸にありて諸作物取上宜しく、蚕も出来て、能《よ》き宿立なり」とある（生駒勘七『木曽の庶民生活』四二、四四頁）。広重の浮世絵「木曾路駅　野尻　伊奈川橋遠景」では、滝の上に木の太鼓橋がかかり、画面左奥には空木岳らしい山が青く聳えている。

(37) 平地の少ない山間部で、たとえわずかでも米が穫れるのはめでたいことだ。その収穫を祝って栗を拾い、強飯（こわめし、おこわ）を蒸すのだろうか。慎ましい山里におけるハレの日を想像した、大らかで明るい民謡調の歌。

「あが田」は「上の方にある田」の意で、斜面に作られた棚田を指すのだろう。北住（一九七四）は「吾が田」（自分の田）と解しているが、市村（一九八一）は棚田をさす「上《あが》り田」に由来するだろうと推測している。

「名物栗こわめし」を出すスナック風の茶屋が、今でもこの近くに一軒あり、気風《きっぷ》の良いおかみが仕切っている。看板に「樹梨」とあるのは、「ジュリー」と読ませるのだろうか。近くには十返捨一九の狂歌碑が建っている。


渋皮《しぶかわ》の剥《む》けた女はおらねども　栗の強飯　ここの名物

「羇旅雑詠」には「甲斐人」「揖斐人」を詠んだ歌があるが、それらは案内してくれた歌友への儀礼の色合いが強いのに対して、「木曽人」を詠った(32)(36)(37)は、純粋に山村生活の厳しさを写生している。木曽に来たおかげでようやく羇旅歌らしいものができて、節は満足だったろう。

木曽は信州の中でもとくに山深く、人は粗野だとされていた。島木赤彦の懐古談によれば、左千夫と木曽の宿屋に泊まった翌朝、「おーい起きろ」と宿の女中に起こされた。驚いた左千夫が、「いくら木曽でも起きろとはひどい」と言ったそうだ。婚礼では、嫁が新郎に向かって「うぬを頼りに来たぞよ」と言う風習もあったという（宮坂、二八四頁）。


妻籠《つまご》より舊道を辿《たど》る、渓水に襯衣《しゃつ》を濯《すす》ぎて日頃の垢を流す、

又巨巌の蔭を求めて蓆《ござ》しきて打ち臥す、一つは秋天の高きを仰ぎ、一つは衣の乾く程を待つなり

(38) ゆるやかにすぎゆく雲を見おくれば　山の木群《こむら》のさや〱に揺る

(39) 冷《ひや》けき流れの水に足《あ》うら浸《ひ》で　石に枕ぐ　旅人われは

詞書の「蔭」が全集では「蓬」となっているが、岩波文庫（斎藤茂吉編）を参考に、「蔭」の誤植とした。(39) 初句初出は「冷けき」だが、旧全集（千樫編）では「ひややけき」となっている。詞書「蓆」には「むしろ」の訓もあるが、北住（一九七四）にしたがい「ござ」と訓んだ。

この二首から、木曽路の中で最も峻険な部分を抜けた安堵感がうかがえる。汗と雨で乾く間のなかった着物一式を、ようやく洗って干すことができた。(38) 青い空や白い雲を眺めつつ、(39) 我こそは真の旅人なりと、裸の節は得意げだ。

この時のことを回想したつぎの写生文が、歌の情景を詳しく伝えてくれる。

木曾街道もだん〱美濃に近づくに従つては、俗に金時の生まれたと稱する　泣きびそ山などといふ峻嶺が聳えて來る。愈々《いよいよ》街道十曲《じゅっきょく》峠といふ峠の一つで美濃になるといふ所に、木曾川へ落ち込む流れがある、日は煆《や》くが如く照りつけるので、其流れの岸で休息した。余は不圖《ふと》洗濯をしたくなつたので、褌《ふんどし》まで取つて清冽な水に押し揉《も》んで、煆くが如き石の上へ引き延して、大巌の蔭へござを敷いて、洗濯物の乾く間眠つた。眼を開いて見ると　緑深い山と〱の間から見える眞蒼《まつさお》な空に、折々白い雲がふわ〱出て　すぐ山へかくれる。緑樹の梢が搖《ゆら》ぐかと思ふと　涼

しい風が流れを渡る。一寸《ちょっと》足を動かすと　足の先が冷たい水につかる。實に何ともいへぬ心持であつた。洗濯物は一時間ばかりで乾いた。素裸になつて身體を洗つて、乾し上げた肌衣を着て出た時は　生れ變つたやうであつた。洗濯物は少し生乾《なまがわき》でもよい。それは直《すぐ》に復《ま》た汗じみるからである。

（「旅行に就いて」明40・7・15発行『為櫻』十七号所載、全集5：27～8）

馬籠《まごめ》峠を美濃に下る

(40) まさやかにみゆる長山　美濃の山　青き山遠し　峰かさなりて

(40) 広重「木曾海道　馬篭駅峠ヨリ遠望之図」にあるように、左にはけわしい恵那山がそそり立つが、右へ目を移すにしたがって尾根は低くなだらかに延び、伊勢湾にむかって裾をひく。

(40) 馬籠宿近くの展望台より見た恵那山（左）と「美濃のながやま」。右端は馬籠宿。左手前は杉山。その奥の丘の上の白い帯はスキーコースか？

木曽で繰りかえされた「カキクケコ歌」が、美濃に来て「マミムメモ歌」に代わった。マ行の粘りが、長く裾をひく山の重なりとよく合っている。初出の四五句は「峰かさなりて低き青山」だったが、改作の四句字余りで、はるか遠くまで眺める気分がより伝わるようになった。

一二年前にここを歩いた正岡子規は、木曽と美濃の違いを作物に見ている。

馬籠《まごめ》下れば山間《やまあひ》の田野稍々《やや》開きて麦の穂已《すで》に黄なり。岐岨《きそ》の峡中《けふちゅう》は寸地の隙《すき》あればこゝに桑を植ゑ一軒の家あれば必ず蚕を飼ふを常《つね》とせしかば今こゝに至りては世界を別にするの感あり。

桑の實の　木曾路出づれば　穂麥かな

けふより美濃路に入る。

（正岡子規「かけはしの記」、明治26年6月『日本』新聞に掲載）

節が(40)を詠ったと思われる馬籠宿近くの展望台には、藤村の父、島崎正樹の長歌の碑が建っている。「みすず刈る　信濃の国の　真木辰《まきたつ》　木曾の谷の外　名に負へる　神坂の邑は」で始まり、反歌「恵那の山高く聳えて　渓川《たにがは》の清く流るる　里しよろしも」。律義な国学者による万葉模倣である。「邑」の訓は「さと」もしくは「むら」。

『夜明け前』では正樹をモデルとする青山半蔵が、馬籠の庄屋と本陣を兼ねる旧家に生まれ、木曽福島の旦那様と、尾張の殿様から二重の支配を受けていた。上からの締め付けと、下からの突き上げの板挟みにも苦しむ。幕末から維新へかけて激動の時代、実務に向かない半蔵は平田篤胤の国学の理想に走り、夢破れて座敷牢で狂死する。純情多感な人物にとって、閉鎖的な木曽と、開放的な美濃の境目に住むこと自体、心の均衡を失わせる一因だったと、藤村は見ている。

山の中とは言いながら、広い空は恵那山のふもとの方にひらけて、美濃の平野を望むことの出来るような位置にもある。何となく西の空気も通って来るようなところだ。
（島崎藤村『夜明け前』第一部序の章、一）

「あの山の向こうが中津川だよ。美濃は好い国だねえ」
と（半蔵は）言って見せた。何かにつけて彼は美濃尾張の方の空を恋しく思った。
（島崎藤村『夜明け前』第一部第二章、一）

馬籠から美濃の山を見るたびに、心が二つに引き裂かれる人物に、「青山半蔵」とはうまく付けたものだ。

節もまた、家郷にあっては実務の苦手な「小旦那」として苦しむのだが、今は他郷である「美濃の長山、青き山」を前にして、何の屈託もない。

中津川に着いた節は、岐阜江崎の素封家・塩谷《えんや》熊蔵（鵜平、華園）に宛てたはがきで、「明日伏見泊木曽川を下りて明後日おたくまで御伺ひ申度《まうしたく》」と宿泊を依頼し、大垣の柘植惟一（潮音）にも、木曽路を抜けたことを知らせている（全集 6：126）。節の「羇旅」は一つの山場を終えた。

9・11　中街道　日吉《ひよし》の「草蝉」、次月《しづき》のマツとオミナエシ

節が前年にたてた「旅行予定覚えの書」（全集 5：138）では、中津川から大湫《おおくて》、細久手と中山道の宿場をたどるつもりでいた。だが実際に歩いたのは、その南に付けられた「中街道」である。

江戸時代初期の慶長から寛永にかけて整備された中山道は、西国雄藩による江戸侵入を恐れて、大湫（標高五六〇メートル）、細久手（四六〇メートル）と険阻な道を通るよう設計され、「上街道」の別名があった。「くて」は尾根上の湿地で、高所のわりには水に恵まれているとはいえ、その登り下りは旅人を悩ませた。

明治になると不便な「上街道」にかわって、高低差の少ない「中街道」が整備された。そのルートは、釜戸《かまど》（標高二三〇メートル）から土岐川沿いに白狐《びゃっこ》（標高二〇〇メートル）まで下り、芹生田（二八〇メートル）、南垣内、日吉本郷（二三〇メートル）、柄石峠《がらいし》（三一〇メートル）、次月《しづき》（二二〇メートル）を通り、御嵩《みたけ》の手前で中山道（上街道）に合流する。

「上」と「中」のほかに「下街道」もあった。釜戸から土岐川沿いに名古屋へ下る平坦路で、牛に

よる陶磁器の搬出に利用されたが、江戸時代には旅人相手の継立《つぎたて》（馬や人足の提供）が禁じられていた。明治天皇の行幸には下街道で瑞浪《みずなみ》を越えたあと、つづら折りに次月へ登る馬車道が整備されたが、岐阜、大垣へ向かう節には遠回りになる。

十一日、釜戸より日吉といふ所へ越す峠に例の蓙《ござ》をしきて打ち臥すに小き聲《こえ》にて忙しく鳴く蟲《むし》あり、日ごろも聞く所なり、蟬《せみ》の小さなるものなりと或人《あるひと》いふ、ちつち蟬といふものにや、草のなかにあれば假《かり》に草蟬とよびて

（41）汗あえて越ゆるたむけの草村に　草蟬《くさぜみ》鳴きて　涼し木蔭は

「日吉」は、旧十二か村を束ねる郷《ごう》の名で、明治22年行政村となった。詞書にある「日吉」はそのうち、南垣外から本郷にかけての小盆地のことで、その手前の峠とは、半原《なかばら》あたりと思われる。

（41）汗だくになって峠にたどり着き、木陰で涼んでいると、チッチゼミらしい蟬のか細い声が聞こえてきた。

「たむけ」は峠。「あセあえて、コゆるたむケの　クサむらに　クサぜみなキて　スずシ　コカげは」と、カ行サ行を重ねて涼しさを演出している。結句「涼し　木蔭は」は倒置で、汗をぬぐいつつ「おー、涼しい」と一息つくような息遣いが感じられる。類似の句法が、つぎの二首にも見られる。

畝《うね》なみに藍《あゐ》刈り干せる　津の國の安倍野《あべの》を行けば　暑し　この日は　（明治36年7月28日、「西遊歌」）

淡雪《あはゆき》の楢《なら》の林に散りくれば　松雀《まつめ》が聲は寒し　この日は　（明治37年「春季雑咏」）

前者では「藍・安倍野・暑し」とア音頭韻で、暑さに顎を出している気分が読みとれる。
セミと言えば、「羇旅」に先立つ「房州行」で、やはり名前の定かでないセミを詠っている。

五月廿二日家を立つ、宿雨《しゅくう》全く霽《は》れる、空爽《さはや》かなるにニンニン蟬のやうなる聲頻《しき》りに林中に聞《きこ》ゆ、其《その》聲必ず松の木に在るをもて人は松に居る毛虫の鳴くなりといふ

うら、かに楢の若葉もおひ交る松の林に松蟬の鳴く
青芒《すすき》しげれるうへに　若葉洩《も》る日のほがらかに　松蟬の鳴く
莢豆《さやまめ》の花さくみちの静けきに　松蟬遠く松の木に鳴く
松蟬の松の木《こ》ぬれにとよもして　袷《あわせ》ぬぐべき日も近づきぬ

二十五日、清澄《きよすみ》に來りてより毎夕必ず細く長く耳にしみて鳴く聲あり、人に聞くに蚯蚓《みみず》なりといふ、世にいふ蚯蚓にもあらず、蚯蚓の鳴かぬは固《もと》よりなれど、唯《ただ》之を蚯蚓の聲なりとして、打ち興《けう》ぜむに何の妨《さまた》げかあらむと

清澄の胡蝶花《しゃが》の花さく草村に　夕さり毎《ごと》に鳴く聲や何
虎杖《いたどり》のおどろがしたに探れども聲鳴きやまず　土ごもれかも
山桑を求むる人の　谷を出でかへる夕《ゆふべ》に　鳴く蚯蚓《みみず》かも
胡蝶花の根に籠《こも》る蚯蚓よ　夜《よる》も日もあらじけむもの　夜ぞしき鳴く

（全集 3：210〜2）

6月4日に那古の港を発った節は、16日付けで、岐阜県養老郡多良村（〒503-1621~3）の日比勉宛てに出した手紙で、「松蟬」と「ミミズ」の正体について教えを乞うている。日比が岐阜市名和《なわ》昆虫研究所の便箋を使っていたことから、何かのつてをたどれはせぬかと期待したのである。その手紙の最後に、次の五首を添えた。

松の木になくなる蟲を　蟬とおもひ　毛蟲とき丶て　しかぞ我がまよふ
清澄に鳴き居し蟲を　面白く夜ごとにき丶て　採りてだに見ず
螻蛄《けら》の鳴く聲にもあらず　腸《はらわた》にしみ透る聲　畑《はたけ》にも鳴く
聞え来し君が便りを待ち居ると　夜ごと〱に蟲き丶にゆかん
この蟲の羽蟲にあらば　名ぐはしき名和の知りびと　知らずといはめや

（全集6：117）

名和昆虫研究所（現名和昆虫博物館）は、岐阜城のある金華山の足元（〒500-8003岐阜県岐阜市大宮町2-18）にある。節はすでに5月19日、名古屋の欣人奥島金次郎から、また25日、大垣の潮音柘植惟一から、それぞれ名和昆虫研究所発行の「昆虫世界」を受け取っていた。だがそれでも足りず、「羇旅」から戻った10月19日、長野県の胡桃沢勘内と岐阜県の塩谷熊蔵（鵜平）にそれぞれハガキで、「チッチゼミ」について問い合わせている。動植物の名を正しく知ることは叙景写生の基礎だと、節は考えていたのだろう。

日吉より次月《しつき》といふところへ越す

（42）をみなへし短くさける　赤土の稚《わか》松山は　汗もしとゞに

次月《しづき》は「次は月吉」という意味の地名である。日吉川沿いの中新世（第三紀）瑞浪《みずなみ》層群日吉層は、ウミニナに近い巻貝のビカリヤ *Vicarya yokoyamai* の化石を多く産する。その内部が方解石やオパールで置き換えられて出来た螺旋状の石は、古来「月のおさがり・日のおさがり」と呼ばれて珍重され、それらを産する場所に「月吉・日吉」の名がついた。

（42）の意味は次に引用する写生文から明らかだろう。場所は柄石《がらいし》峠らしい。

美濃の中津川から再び木曾川へ出る所に　赤土の小松山がある。短かく痩せた女郎花がよろ〳〵と咲いて居る。往來の人も無い寂しい峠であつたが、赤土の禿げた処の多い山だけに　非常に暑い、此の峠に只一本の大きな栗の木があつた。毬《いが》が落ち散つて居る。余はろく〳〵栗の毬もはらはずに、早速莫《さつそくござ》を敷いて寝た。實《じつ》に嬉しかつた。富貴《ふうき》の子が金銭の貴きを知らぬが如くに、僅《わずか》に一本の栗の木の有り難さは、疲れた旅客で無ければわからぬ。

（「旅行に就いて」明40・7・15発行『為櫻』十七号所載、全集5：29）

オミナエシと稚松のとりあわせは、（29）桔梗が原の歌にも見られるが、ここでは「しとど」に汗を流す歌人の姿が、風景の一部になっている。「汗もしとどに」の先行例に、

箱根山汗もしとどに越えくれば　肌冷かに雲とびわたる（明治36年「西遊歌」）

がある。箱根では流れる汗がすぐに冷めているが、（42）では、赤土にしたたる汗の痕を見つめながらの、苦しいあゆみが想像できる。

現在このあたりはアラカシが茂っているが、陶磁器生産のために薪を採っていたころは、アカマツ

がまばらに生えるはげ山が多く、大正7年の地形図には「荒地」の記号がついている。

中街道は次月から西へ半里で中山道に合流し、14日柘植惟一宛てはがきによると、節はこの日第49宿・御嵩《みたけ》を経て第50宿・伏見に泊まっている。

広重の「木曾海道六拾九次之内　伏見」は、野に出た安堵感あふれるのびやかな構図で、街道脇のスギの大木の木陰で巡礼が飯を食い、あるいは昼寝をするところへ、三味線をもつ「ごぜ」（盲目の女説教語り）が杖を頼りに通りかかる。

9・12　木曽川と犬山城

伏見から鵜沼まで船で木曽川を下る「日本ライン下り」は、志賀重昂《しげたか》著『日本風景論』（明治27〈一八九四〉年）に紹介されて有名になった。正岡子規はそれよりまえ、明治24（一八九一）年6月に伏見で一泊し、翌朝、小舟に他の客七八人と乗り合わせた。二人の船頭が操るところに岸から、昨日の水難犠牲者の遺体を見たら知らせるように、との伝言があり、客を脅《おど》かしている（正岡子規「かけはしの

42）日吉層から採集されたビカリアの化石と、その内部がオパールなどで置換されてできた「月・日のおさがり」。瑞浪市化石博物館展示。

記」）。

節も舟で下るつもりでいたが、寝坊でもしたのか、「中津川泊にて木曾川を下らむと欲し、伏見驛にやどり、舟に乗り遅れ徒歩にて参り候」と、胡桃沢勘内宛て9月14日付けはがき（全集 6：126）に書いている。

十二日、中山道伏見驛より川を下らむとして成らず、獨《ひと》り國道を辿《たど》る

（43）木曾川《きそがは》のすぎにし舟を追ひがてに　松の落葉を踏《ふ》みつゝぞ來し

（43）なんとか舟に追いつけるかと思って、休まず駆け下ってきたが、なかなか追いつけない。松並木の下に積もった松葉で足を滑らさぬよう、気を付けながら急いできた。

現在JR高山線の車窓からも見える険しい崖や、水面から突き出る奇岩の数々をゆっくり楽しむ暇もなかったのだろう。「追ひがてに」は、「なかなか追いつけない」の意で、万葉集 2・95にある藤原鎌足の歌「吾はもや安見児得たり　皆人の得がてにすとふ安見児得たり」の「得がてに」あたりを応用したのだろう。節の先行例では、日露戦争で傷つき、大陸で療養中の旧友・瀧口冷泉に宛てた見舞いの一首がある。

ますらをや痛手すべなみ　黍《きび》の幹《から》を敷寝《しきね》の床も　去りがてにあらむ　（明治37年「憶友歌」）

忠勇の志《こころざし》厚《あつ》い君も、傷を負ったのでは仕方がない。コーリャンの幹を敷いた粗末な寝床に寝て

いるのは辛かろうが、当分は床を離れることもままならぬだろうと、想像をまじえた同情の歌である。

木曽川に沿ってさらに下ると両岸の山はなくなり、右岸の低湿地には第52宿・鵜沼が、その前方左岸には尾張（愛知県）の犬山城が見えてくる。

木曾川の沿岸をゆく

（44）鱗なす秋の白雲《しらくも》棚引きて　犬山の城《しろ》　松の上《うへ》に見ゆ

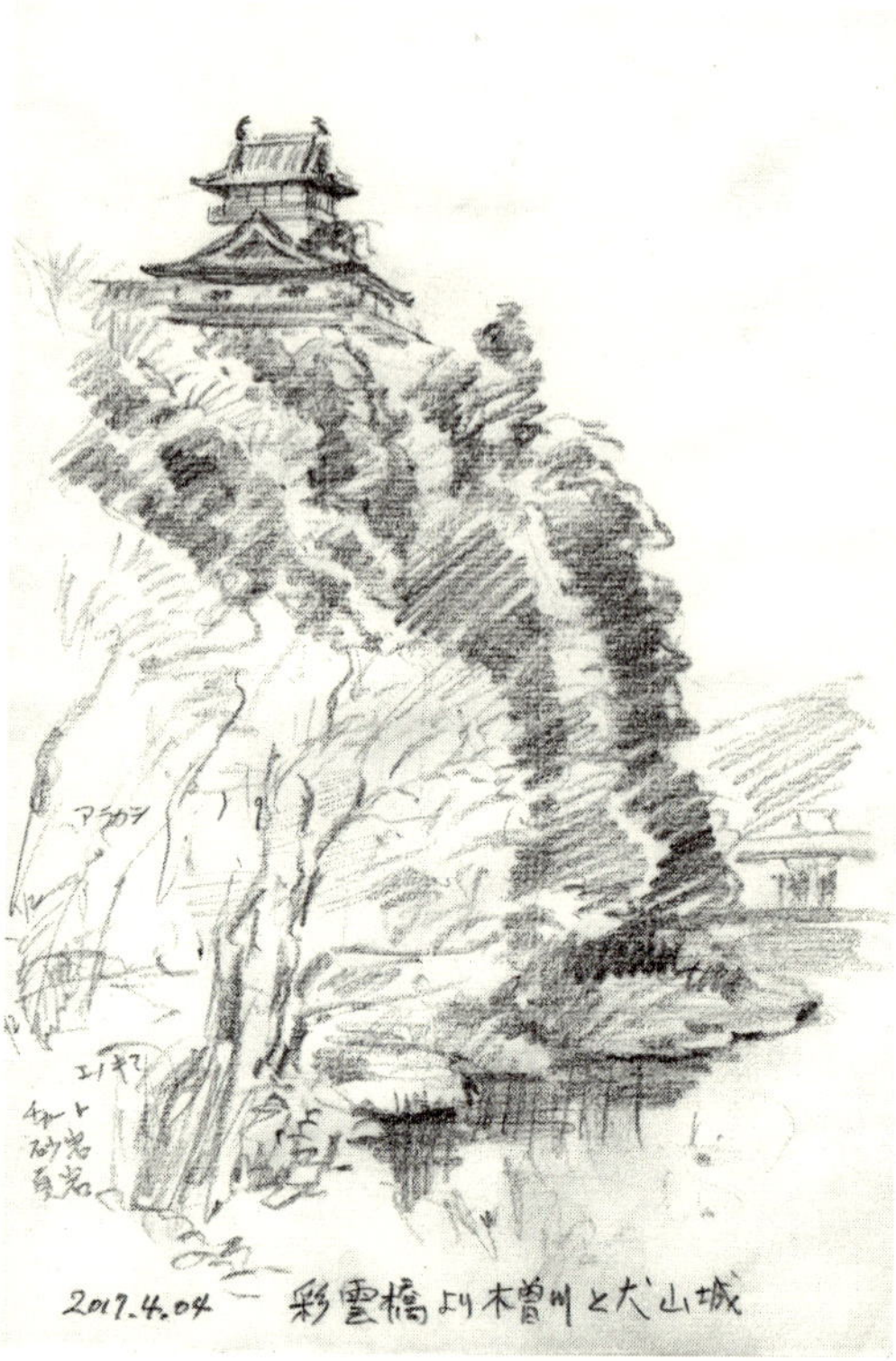

（44）彩雲橋より木曽川と犬山城。

（44）赤土の山にアカマツが生え、白と黒の犬山城がそびえ、青い秋空には白い鱗雲が棚引いている。

現在見る犬山城の城山は、アラカシなどの常緑樹に覆われて鬱蒼としているが、栄泉画「木曾街道鵜沼ノ駅　従犬山遠望《いぬやまより》」では、アカマツの木がひょろひょろと立つはげ山のてっぺんに、天守閣がそびえている。「城とまちのミュージアム」に展示されている明治初年の写真にも、マツの巨木を透かして天守閣を見上げるものがある。（44）は木曽川の土手を城にむかって歩きながら、マツと雲の間に聳える城が徐々にせり上がるのを見て詠ったものだろう。

節が亡くなるひと月前の、大正4年元旦発行の『アララギ』八・一に発表された「鍼の如く　其の五」の末尾に、次の歌が載っている。

（大正三年六月）九日、三たび播州を過ぐ

播磨野は朝《あした》すがしき浅霧の　松の上なる白鷺の城

9・12　各務《かがみ》ヶ原の草刈り歌

各務が原

（45）浅茅生《あさぢふ》の各務《かがみ》が原は群れて刈る　秣干草《まぐさ》　眞熊手《まくまで》に掻く

各務が原は古代から交通の要衝で、東山道美濃八駅の一つが設けられていた。強酸性土壌の小高い土地は水にめぐまれず、近世の度重なる開発努力も成功を見ず、堆肥や秣用に青草を刈る入会地《いりあいち》として共同管理されてきた。明治に砲兵基地が置かれ、大正5（一九一六）年に航空基地ができ、戦後航空自衛隊に引き継がれて、現在に至る。

（45）チガヤが短く、あるいはまばらに生えている「浅茅生」で、大勢の人が群れて草を刈り倒し、干したものを熊手でかき集めている。

カ行六音、ガ行三音のパーカッションに、マ行のベース五音がからむ、心地よい歌謡調の草刈り歌。三句末尾「かる」と結句「かく」もたがいにひびきあう。

「群れて刈る」は入会《いりあい》地での共同作業のようで、「熊手」でかき集めていることから、男中心の立ち仕事が想像される。（27）「萩刈る人の大薙に刈る」と似た雄大な風景である。あるいは軍馬用の糧秣を刈るために兵卒が動員されていたのかも知れないが、それならそうと、詞書でことわっただろう。いずれにしても、主として女が腰を折って手鎌で刈る「朝草刈り」とは異なり、ミレーの絵を思わせるバタ臭い図である。

9・15　大垣のまんじゅさげ赤し

このあと節は、長良川左岸の鏡島《かがしま》村江崎（〒501-0117）にある、塩谷《えんや》（古くは「しおのや」）熊蔵（鵜平、華園）宅に三泊した。江崎はJR東海道線の西岐阜駅と穂積駅の間の鉄橋からすぐ北に見える集落で、その対岸は中山道の第54宿・河渡《ごうど》である。芭蕉が奥の細道の旅を大垣で終えたこともあって、美濃は俳句の盛んな土地だが、塩谷鵜平は子規の教えを受けた近代俳人で、自由律に進んだ。

　　十五日、江崎なる華園氏のもとを辭して大垣に至る

（46）松蔭《かげ》は　篠《しの》も芒《すすき》も異草《ことぐさ》も　皆悉《ことごと》くまむじゆさげ赤し

（47）鱠江《なまづえ》の縄手をくれば　田のくろの菽《まめ》のなかにも　曼珠沙華赤し

結句を「まんじゅさげ赤し」で揃《そろ》えた一対。「曼珠沙華」はヒガンバナ科の多年草ヒガンバナ（彼岸花）の別名で、「天上に咲く赤い花」を意味するサンスクリット語「マンジューシャカ」に由来する。鮮紅色の花弁が反りかえる形から「狐花」「剃刀花《かみそりばな》」「天蓋花《てんがいばな》」とも呼ばれる。三倍体の染色体を持ち、種子ができず球根で増えたため、遺伝的に均質である。色や草丈に変異が少なく、秋の彼岸（秋分の日）の墓参りのころ一斉に咲くことから、「彼岸花」「墓花」「仏花」「死人花」「幽霊花」などの名もある。節が通りかかったのは、秋の彼岸の約一週間前だった。

（46）松並木の下に生える篠（メダケの仲間）とススキはともに丈が高く、そのほかさまざまな草が

茂る陰にあっても、ヒガンバナの赤は目立っている。「コトぐさ・コトゴトく」の同音くりかえしが、あちこちに頭を並べているヒガンバナの賑《にぎわ》いを暗示する。

（47）街道が宿場を離れると、両側に水田が広がりはじめたが、その畦道に植えられたダイズ（畔豆《あぜまめ》）の葉の下からも、ヒガンバナが花を咲かせている。結句は初出「さくまむじゆさげ」を改め、（46）にそろえた。

「鯰江」は「生津」（〒501-0211）のことだろう。東から流れてきた長良川が、南へ向きを変える曲がり角の右岸、河渡《ごうど》宿のすぐ南西にあたる。現在住宅が建て込んでいるが、当時は一面に湿田だった。「縄手」は歴史民俗用語辞典に「往還筋などの立場《たてば》から立場の間の人家のない所にある田畑」とある。（46）街道の松並木から（47）街道脇の畦道へと視点は変わるが、どこを向いてもヒガンバナの赤が美しい。一双の屏風絵のような対である。

塩谷鵜平自筆の句碑が、河渡の東、鏡島《かがしま》の「弘法さん」こと乙津《おっしん》寺の境内にある。「曼珠沙華　いよいよ長良　川の色」と三行書きで、ヒガンバナの花を、鵜飼の篝火が長良川に映った様子に見立てたものと思われる。

鵜平は明治36年2月25日創刊の地方歌誌『鵜川』の発行人として、節に歌の発表の場を与えていただけでなく、明治45年5月、節が「自分にとっては多額だが、裕福な華園には容易な額」百円を無心したときも、快く貸したようだ。喉頭結核の宣告を受けていた節は、家族に内緒の借金で、大正元年8月、法隆寺夢殿の秘仏、東大寺三月堂宝庫にあった戒壇院の四天王や、京都の寺の障壁画などを見ている。その印象を鵜平に報告したらしく、鵜平は翌大正2年5月31日付で、つぎのように返信している。

（雑誌）新小説（の広告）を見てから、兄《けい》の（短篇集）「芋掘」が待たるることになりました

鐘、金銅佛《こんどうぶつ》、ソレもヱイが、要するに興味といふ丈《だ》ケのことですからな

ソレよりは芋掘に兄の生活がうかゞはれるかとも思つてをります

（全集 別巻：362〜3）

鵜平は『鵜川』終刊後、パンフレット型の個人雑誌『土』を終生発行しつづけた。

9・16 養老の瀧

節がつぎに向かった大垣には、柘植潮音《つげちょうおん》、本名惟一がいた。明治10年東京生まれで、節より二年年長、第一高等学校時代に子規のもとで俳句・短歌を学んだ。長身で面長な顔立ちを、子規は「垂氷《つらら》の融けたところ」に譬え、略画も残している。

潮音が編集する『鵜川』は、子規の没後『日本』新聞と『日本週報』に互選で発表するしかなかった弟子たちにとって、貴重な発表の場だった。節もその創刊号から歌を発表している。

潮音は節を歓待し、まず「水都」大垣の湧き水を見せてまわったあと、養老の滝へ案内した。今の養老鉄道「美濃高田」駅のあたりから石畑、柏尾を経て、「たき道」をだらだら登ると、やがて標高三五〇メートルあたりで、落差約三〇メートルの滝が見えて来た。

それから更に養老の水を見せやうといふので、草鞋穿《わらぢばき》で連立《つれだ》つた。田甫《たんぼ》を過ぎて遥かに養老の

山を望んで行く。到る所の村々に清冽な水が吹き出して居る。（中略）山へか、ってから右手遥かに小さな瀧が見える。養老はあんなものではない　あれは秣《まぐさ》が瀧といふのだと　柘植氏は語る。

（一九〇八（明治41）年発表「松蟲草」三、全集２：388）

十六日、潮音氏に導かれて大垣より養老山に遊ぶ、途に遥に
小瀑布をのぞむ

(48) 多度山《たどやま》の櫟《くぬぎ》がしたに刈る草の　秣《まぐさ》が瀧はよらで過ぎゆく

養老の滝は万葉集にも「古《いにしへ》ゆ人の言ひくる老人《おいびと》の変若《を》つとふ水ぞ　名に負ふ瀧の瀬」（大伴東人、6・1034）と詠われ、「多度」についても「田跡《たど》河の瀧を清みか　いにしへゆ宮仕へけむ　多藝《たぎ》の野の上《へ》に」（大伴家持、6・1035）がある。「たぎの野」は伊吹で傷ついた倭建命《やまとたけるのみこと》が能褒野《のぼの》へ向かうときに通った場所として、古事記に記《しる》されている。

(48) クヌギが多く植わり、その下には、なるほど秣になりそうな草が茂っている。滝が見えて来たので、あれが養老の滝か、と問うと、案内の潮音は笑って、「あれはまぐさの滝だから、寄らないよ」と先を急がせた。

二三句「櫟がしたに刈る草」は「秣」を導入する序詞だが、農人・節らしい目の付けどころである。中京地区に向けて薪炭生産用のクヌギが植わっていた。

「秣の滝」は聖武天皇が養老巡行のおり、騎馬隊がこのあたりに秣を求めたことから名付けられた。

「多度山」は養老山系全体をさし、現代の地図にあるようにその南端の主峰（標高六〇〇メートル）だけを指すのではない。この年（明治38年）潮音からの年賀状には「多度山はけさ眞白なり　滝の上の玉松が枝も雪積みぬらむ」が添えられていた。

（49）落葉《をちば》せるさくらがもとの青芝に　一むら淋《さび》し　白萩の花

養老公園

（49）紅葉したサクラの紫褐色と青芝と、白萩の組み合わせに、初秋のさびが感じられる。のちの「冴え」に連なる節の美意識だが、いささか味が薄いのは、案内してくれた潮音への儀礼のために、無理して作ったからだろう。三年後の明治41年に発表した写生文では、観光地にありがちな俗気を記録していて、歌と散文で風景の見方が異なることがわかる。

養老の地へつくとそこは公園である。あたりには料理屋なども建てられてあるが　一帯にさびしく　櫻の木だけは葉があかくなつて　はらはらと芝生に散るのである。白い花の芙蓉が其《その》木蔭にさいて居る。それから常盤木《ときはぎ》の木立へはひると　ざあ〳〵と落ち來る水が所狭く湛《たた》へて居る。手を入れて見ると大垣の水よりも更に冽々《れつれつ》として居る。柘植氏は稍《やゝ》得意である。其水の近くに一つの庵室がある。素心庵とかいふので　白い衣の尼さんが居る。柘植氏はそこへ腰を掛ける。尼はもういゝ年のやうである。それしやの果《はて》であるとかで　それが此所《ここ》に閑寂の生涯を營んで　客に一杯の茶を鬻《ひさ》いて居るのだといつた。

（「松蟲草」三、全集2：388～9）

「それしゃ」は「其者」、その道に通じた玄人の意味で、ここでは水商売の女をさす。文では白芙蓉、歌では白萩と、選ぶ点景が違うのも興味深い。白芙蓉と言えば、この二年後に縁談があった元下妻城主の次女・井上艶子を、白いフヨウの花にたとえている。仲介に立った岡麓への手紙に添えた三首。

此手紙書きてありしかば　晝《ひる》めでし芙蓉の花を　夜もめでけり
いまゆ後手紙を君に書かまくは　芙蓉の花に灯ともして書かむ
夜みれば殊によろしき白花の芙蓉なるべき　其女子《そのおとめご》を

（明40・9・20、全集6：197）

養老の瀧

（50）白栲《しろたへ》の瀧浴衣《たきあみごろも》掛けて干す　樹々の櫻は紅葉《もみぢ》しにけり
（51）瀧の邊の槭《もみぢ》の青葉　ぬれ青葉　しぶきをいたみ　散りにけるかも

「もみぢ」を詠みこんだ二首一対。ただし（50）の「紅葉《もみぢ》」はサクラの葉の色が赤に変わる現象をさし、（51）の「槭《もみぢ》」はカエデ科のイロハカエデ、別名タカオモミジという樹種を指す。同音異義を並べるのは節のくせだ（くわしくは拙著『土の言霊《ことだま》』参照）。

（50）「白妙の」は「瀧」と「衣」の両方にかかる。滝の近くにある樹々をざっと見渡したところ、紅葉しているのはサクラぐらいで、そこに滝に打たれた人の着物が干してある。

色の配合に趣味が感じられ、山かげの瀧の冷気を伝えるほか、どうということのない歌で、これも案内してくれた潮音への儀礼として詠われたのだろう。全集では初出にしたがい、(50)の結句「紅葉散るかも」とするが、(51)「散りにけるかも」と重複してうるさい。ここでは岩波文庫にある「紅葉しにけり」を採った。

アララギ合評では「瀧浴衣」を節の造語だろうと推測している。近い語として水着を意味する子規の「薄色《うすいろ》の**潮あみごろも**　風になびき　小磯に帰る妹　今日も見つ」(一八九八)があるが、これ自体『続後撰集』秋中・三五〇「しほたれ衣」あたりからの造語だと思われる。

(51)紅葉するのを待たずに散るイロハカエデを惜しむ歌。滝の水の落下に引きずられて、滝つぼまで吹き下りた風が、行き場をもとめている。二三句「槭《もみぢ》の青葉　ぬれ青葉」が俗謡のように流れるのを、四句「しぶきをいたみ」(しぶきがひどくて)で締めている。

この場の状況についても、散文が残されている。

> そこを立つて　道は狭いところを過ぎる。左はすぐに渓で　既に散りはじめた櫻の薄紅葉が渓に莅《のぞ》んで其《その》狭い道を掩うて連《つらな》つて居る。其櫻の薄紅葉の行き止りに養老の瀧は白く懸《かか》つて居るのである。そこのあたりも右は瀧につづいた峭壁《せうへき》で左は渓で狭い所である。其峭壁のもとにはさつきの尼が出しておくといふ小さな四阿《あづまや》の店があつて　そこに一人廿《はたち》ばかりの女が居る。柘植氏は其《その》四阿へ衣物《きもの》を脱ぐ。余《よ》もそこへ衣物を脱ぐ。女は少し隔《へだ》たつた小さな板圍《いたがこい》の建物から　白の短い肌衣《はだぎ》のやうなものを二枚持つて來てくれる。瀧に打たれるには此衣物を貸してくれるのだといつた。瀧にはさつきから二三人打たれて居る。(中略)一打ち打たせて出ると　體がいくらか疲れたやうである。瀧の側に立つて仰いで見ると　峭壁の上部からさし出た槭《もみぢ》の枝が　疾風に吹き

撓《たわ》められるやうに止まずさわ〳〵と動いて居る。槭の葉はまだ青いのである。（中略）櫻の木にはさつきの人々のでもあらうか　外《ほか》にも二三枚掛けてある。

（明治41年4月1日発行『アカネ』一、三所載「松蟲草」三、全集 2：389～90）

9・17　揖斐川　簗《やな》のとどろき

十七日、潮音蓼圃《りょうほ》の兩氏と揖斐川の上流に鮎簗《やな》を見る

（52）揖斐川《いびがは》は鮎の名どころ　揖斐人の大簗《おほやな》かけて　秋の瀬に待つ

（53）揖斐川の簗落つる水は　たぎつ瀬と　とゞろに砕け　川の瀬に落つ

「蓼圃」は『鵜川』同人の松原蓼圃。茂吉編『長塚節歌集』（岩波文庫、一九三三）では「揖斐川」を「えびがは」としていたが、二〇一四年版では「いびがは」となおっている。全集でも「いびがは」。場所は現在の養老鉄道の北の終点、揖斐川駅の近くだと思われる。鉄道のなかった時代、節らは大垣から片道四里を歩き通したのか、それとも人力車をとばしたのかもしれない。

二首は「揖斐川」で始まり、結句中央「瀬に」を置き、動詞終止形で力強く結ぶ一対。（52）は「揖斐人の……秋の瀬に待つ」と「人」が主語、（53）は「簗落つる水は……川の瀬に落つ」と「水」が主語、というところに機智が見られるが、万葉調に熟練した歌人による儀礼歌の域を出ない。

簗の水音の大きさは、節に強い印象を与えたようで、二年後の明治40年10月29日、柘植惟一に宛てた八首連作の最初に、

揖斐川の簗落つる水の　とゞとして聞ゆる妻を　其人は告《の》らず　（全集6：211）

と詠んでいる。「潮音が妻を迎えたとの噂はまるで有名な揖斐川の梁の音のように遠くまで聞こえているのに、本人は隠しおおせたつもりでいる」といった戯《ざ》れ歌で、「とど」は「とどろ」と同根のオノマトペである。

（52）揖斐川の梁《やな》。川の水を分けて、簀の子の間から落とし、流下した落ちアユを捕える仕かけ。木の支柱が増水で浮き上がらぬよう、礫を詰めた竹籠を重石にしている。

連作ではこのあと、これから子供を何人も生み続けることだろう、という趣旨の戯《ざ》れ歌がつづき、最後を「はた〳〵と盥《たらい》打つ時　めぐし子は　たらひ〳〵と足らひたるべし」で締めくくっている。「盥」は「足らひ」（足りている）に通じ、盥で女の尻を打ってこれ以上孕まぬようおまじないをしたらよかろう、とお節介な忠告の歌である（全集6：211）。

節はこの歌が気に入ったらしく、私信に添えるだけでなく、翌年2月刊行の『アカネ』創刊号にも「潮音に寄す」と題して発表した（全集3：310～1）。たてつづけに縁談にしくじったころの節の戯れ歌には、友人の夫婦生活をうらやむ気持ちが露骨に出ている。

明治36年「狂體十首」その六には、盥の底を打つ数だけ、次の子との間の年齢が開く、という俗信を詠っている。神楽・催馬楽などを真似た節の「狂体」「変体」の試作のうちで、もっとも古代の韻律に近い一首といえるだろう。

芋の子の子芋こそ、九つも十もよけれ、としごとに子もたるをみな、子はもたせこそ盥のそこを、一つうち二つうち、三つ四つや五つ六つうち、七つうたばとしの七とせ、へだて、ぞ子はもつらむや、八つうたば八とせや（全集3：90）。

近江・京都東山

甲州（山梨県）、信州（長野県）、美濃（岐阜県）、と陸封国を旅してきた節は、ついに近江（滋賀県）に至る。近江も陸封国だが、巨大な「江《あはうみ》」（琵琶湖）をかかえる水運国で、京都に近く、かつて都が置かれたこともある。節の歌から東歌《あずまうた》風の歌謡調が消え、折からの雨の影響もあって、細みの歌が目立つようになる。

9・19　湖岸の秋雨と、山科の天智天皇陵

十九日、大垣を立《ママ》つ、雨

(54) 近江路《あふみぢ》の秋田はろかに見はるかす　彦根が城《しろ》に雲の脚《あし》垂《た》れぬ

(54) 三句「見はるかす」の主語が特定しにくく、いささか難解な歌である。上《かみ》の句からうける印象は、不破の関を越えた歌人が広々とした水田風景を「見はるかす」姿だが、四句には、彦根城から

水田を見おろす気分が感じられる。節はこのとき天守閣に登っていないが、擬人的に彦根城が秋田を見はるかす、という解釈も可能だろう。結句で視点が後退し、天守閣の上の雨雲から「雲の脚」が垂れる全景が見える。現段階ではとりあえず、このような視点の移動を包みこんだ、柄《がら》の大きな歌として鑑賞したい。結句初出では「雲低く垂る」だったが、改作で字余りとした。

石山寺《いしやまでら》附近

(55) 蜆《しじみ》とる舟おもしろき勢多川《せたがは》の　しづけき
水に秋雨《あきさめ》ぞふる

(55) 琵琶湖の水が流れ出す勢多川（瀬田川）には、田上《たなかみ》山などから流下したマサ（花崗岩の風化でのこされた石英砂）が堆積し、シジミ漁が盛んだ。その珍しい漁労風景を包むように、静かに秋雨がふっている。「セタ」に引かれてサ行五音。うち三音は句頭

(55) 瀬田の唐橋（右）と田上山（左）。シジミ漁の舟のかわりに、カヤックの練習風景を見た。

にたつ。

琵琶湖のシジミ漁は、二人乗りの小舟で、一人が鉄枠の「たま」(手網《たも》)の長い竹竿を弓なりに撓《たわ》ませて湖底の砂を掻きとり、舟に揚げると、相方がその中身をより分ける(長谷川嘉和『近江の民具』)。近年シジミが捕れなくなったが、石山寺門前の料亭では今でも名物「蜆飯」を供している。

二日後の9月21日、柘植惟一(潮音)に宛てたはがきで節は、「石山にて月見などするものは阿呆《あほう》と存候《ぞんじ》　蜆とる舟だけは面白く感申候《かんじまうし》」と書き(全集6:126)、近江八景「石山の秋月」などにとらわれない、旅する写生歌人の心意気を自慢している。それは当時いかに「近江八景」の呪縛が強かったかを示すものでもある。

瀬田は八景のひとつ「瀬田の夕照」で知られているが、中国の瀟湘八景では「漁村夕照」となっている。歌川広重もそのことを意識していたらしく、「近江八景(魚栄版)」の「瀬田夕照」では唐橋の近くに、シジミ漁と思われる二人乗りの小舟を二隻描き、漁村風景にしている。

節もまた、瀬田→夕照→漁村という連想から、とくにシジミ漁に注目したのではなかろうか。

粟津

(56) 秋雨に粟津野《あはづの》くれば　葦の穂に湖《うみ》静かなり　遠山は見えず

(56) 秋雨が静かに降っている。風はなくヨシの穂も湖面も静かで、遠くの山は雨にかすんで見えない。

初句から四句まで「ア・ア・ア・ウ」とア行頭韻でゆったりつなぎ、結句「遠山は見えず」で突き放している。

近江八景「粟津の晴嵐」は一般に、風で雲が吹き払われた晴天と解され、絵画では岸の松林が描かれてきたが、瀟湘八景「山市晴嵐」は、山中の町に靄《ヘイズ》がただよう風景をいう。(56)は雨の風景だが、静かな秋雨にかすんで遠山が見えない様子は、「山市晴嵐」につらなる落ち着きがある。深読みかもしれないが、節はここでも「不即不離」のパロディーを狙ったのではないだろうか。

節は近江が気に入ったようで、このあと二度も訪ねている。

近江から逢坂山を越えると山城の国である。逢坂山は「逢ふ」の字に掛けて、和歌に詠まれてきた。百人一首の「これやこの行くも帰るも別れては　知るも知らぬも逢坂の関」を詠んだ蝉丸の墓が、関所のそばにある。

節は9月21日付で柘植惟一に「逢阪を越えて見たくなり候て汽車はすて中候《まうし》　名物走井の餅といふを味《あじわ》ひ中候」と書き送り（全集6：126）、蝉丸の墓については触れていない。走井の餅は「餡を中へ包んで三角形にした器用に出來た餅」で、一盆十個で三銭だった（「旅行に就いて」明40・7・15発行『為櫻』一七号所載、全集5：32）。

逢阪を越えて山科村に至り、天智天皇の山陵《さんりょう》を拝す

(57) 秋雨《あきさめ》の薄雲《うすぐも》低く迫り來る木群《こむら》がなかや　中の大兄《おほえ》すめら

（57）天智天皇山稜。

（57）秋雨を降らせる雲が降りてきて、山稜の上の方は見えないが、深い木の茂みの奥に天智天皇の魂が鎮まっているのが感じられる。

「こむら・すめら」の脚韻と、「なかや・なかの」の頭韻、結句3・3・3の字余りに、呪文のような響きが感じられる。

天智天皇は長い間「中大兄皇子」として国政にたずさわった。すなわち「中の大兄すめら」である。

山稜は天智天皇が造営した近江大津京を背後にかばう形で、南を向いている。京都市営地下鉄東西線の「御陵《みささぎ》」駅が最寄りで、参道はゆるい登り坂になり、両側に植えこまれた常緑広葉樹が美しい。「鏡の山」の手前に鳥居が建ち、さらに手前には二重に柵が設けられ、一般人は白州から拝むようになっている。柵の手前には庭石とヒノキの植えこみがあり、柵のすぐ奥にはマツが植わっている。丁寧に管理されているが、鳥居の奥に横一列に並ぶ若いヒノキのスクラムに阻まれて、「木群がなか」は見えない。

もっとも前掲の柘植惟一宛てはがきの続きには「山科村字御陵《あざみささぎ》といふ京的の村を過ぎて天智帝の山陵蔚《うつ》然たるを遥に仰ぎ申候」とあり、また千樫編「旧全集」（一九二九）でも詞書に「逢坂山を越えて山科村に入り、遙に山稜を拝す」とあるように、節は鳥居前まで登らず、現在の御陵駅近くの参道入口あたりから遥拝したようである。

天智陵については万葉集2・155に「山科御陵《やましなのみささぎ》より退散《あらけまか》りし時、額田王の作れる歌一首」がある。

やすみしし　わご大君の　かしこきや　御陵奉仕《みはかつか》ふる　山科の　鏡の山に　夜《よる》はも　夜《よ》のことごと　昼《ひる》はも　日のことごと　哭《ね》のみを　泣《な》きつつありてや　ももしきの　大宮人は　去《ゆ》き別れなむ

9・20　京都東山　法然院、北白河、詩仙堂の秋雨

9月19日、節は京都東山、銀閣寺の南にある鹿ケ谷《しし》に、医学生・松田道作を訪ねた。松田は国生《こっしょう》の南にある水海道《みつかいどう》の出身で、水戸中学で節の一、二年上級だったが、第一高等学校から京都帝国大学医学部に進んだ。

出発にさきだって節は道作に、泊めてもらえるか問い合わせていたらしく、道作から明治38年7月22日付けで、快諾の返信が来た。鹿ケ谷の「学舎」は貧しく、ランプのホヤ掃除から便所掃除まで下

宿人みずからしなくてはならないが、その分気兼ねは要らず、「不紳士的に来遊し給え」と書いている。道作の子である小児科学者・松田道雄によれば、節は草鞋《わらじ》ばきに蓆を背負って現われ、「松田はんとこ乞食が泊りよった」と近隣の噂になったという（長塚節記念会編『節――回想と研究』一一頁）。

京都到着の翌日、節は南西の山崎方面へ行くつもりでいたが、「此間《この》小雨止まず（中略）朝よりの降《ふり》なれば出立《しゅったつ》を見合せ白河村一乗寺村など探り　芭蕉庵、蕪村の墓、詩仙堂をみて下鴨の社より他の名所少々見物」した（柘植惟一宛てはがき、全集 6：126～7）。あいにくの雨だったが、むしろその雨が興をそえ、節はこの日だけで七首詠んでいる。その道すじはのちに西田幾多郎らが好んで散歩したことから、「哲学の道」と呼ばれるようになった。

二十日、雨、法然院

(58) ひや、けく庭にもりたる白沙《しらすな》の松の落葉に秋雨ぞ降る
(59) 竹村《たかむら》は草も茗荷《めうが》も黄葉《もみぢ》して　あかるき雨に鵯《ひよ》ぞ鳴くなる

浄土宗の善気山萬無教寺、通称「法然院」は大文字山のふもとにあり、ストイックな専修《せんじゅ》念仏の道場である。節の没後多くの文人に愛され、河上肇、谷崎潤一郎、内藤湖南、九鬼周造、福田平八郎、稲垣足穂らの墓がある。

(58) さして広くない境内に、長方形の砂山が二基向かいあう。その上面は平らに均され、熊手で筋がつけられている。松葉が落ちている上に、秋雨が降っている。

庭の盛り砂という低いところに目を据えつつ、その上にある松の木や秋雨へと意識を上昇させる。時間がゆっくりと流れ、初句「ひややけく」が気温の低さだけでなく、静謐《ひつ》と厳粛を感じさせる。初出では二句「もりたる庭の」だった。

斎藤茂吉はこの歌を評して、「白沙に秋雨の降る法然院の歌も閑寂の極致で、この作者が芭蕉の『**月清し遊行《ゆぎやう》がもてる砂のうへ**』を感嘆してゐた、その心持が既にこのへんの歌にあらはれてゐた」（『長塚節研究』上巻、一九頁）と指摘する。「月清し」の句は、『奥の細道』の終わり近く、芭蕉が越前敦賀の気比《けひ》神宮に夜参して旧暦8月14日の月を見たときの作である。

社頭神さびて、松の木《こ》の間《ま》に月のもり入《いり》たる、おまへの白砂霜を敷けるがごとし。往昔《そのかみ》、遊行《ゆぎょう》二世の上人《しやうにん》、大願発起《ほっき》のことありて、みづから草を刈《かり》、土石《どせき》を荷《にな》ひ、泥渟《でいてい》をかは《わ》かせて、参詣往来《わうらい》の煩《わづらひ》なし。古例《これい》今にたえず、神前に真砂《まさご》

（58）法然院の砂山。

を荷ひ給ふ。「これを遊行の砂持《すなもち》と申侍《まうしはべ》る」と、亭主のかたりける

月清し　遊行《ゆぎやう》がもてる　砂のうへ　（松尾芭蕉『奥の細道』）

一遍上人の弟子で、時宗《じしゅう》第二世・他阿上人が、毒竜の住む明神付近の沼に砂を運んで埋め、代々の上人たちがその事業を引き継いだ。そうして盛り上げられた尊い砂が、満月前夜の光で照らされている。

敦賀の気比神社の参道の脇には、畚《もっこ》を担ぐ遊行上人の銅像がある。禅寺の枯山水の超俗的な厳しさとはちがい、他力宗の慈愛を偲ばせる砂盛のしずまりは、法然院の庭の砂山にも通じる。北住（一九六七）は節の秀歌百首の一として（58）を採り、凡兆の句「禅寺の　松の落葉や　神無月」と相通ずるところがあると言う。

（59）さまざまな草木が黄葉しはじめたなかで、竹藪の足元にあるミョウガの象牙色に近い明るい黄色が眼についた。雨はすこし小降りになり、あたりはぼんやりと明るい。「ヒーヨ、ヒーヨ」と鳴くヒヨドリの声に励まされて、雨が上がる気配すら感じられる。

初出「黄葉《もみぢ》せる茗荷もしるき竹村の　あかるき雨に鵯《ひよどり》の鳴く」を、大幅に改作している。四句「アかるき　アめに」、五句「ひよぞ　ナく　ナる」の頭韻と、音節数「43（休）3（休）4」の、間《ま》をとった折り返しがゆったりと心地よい。

白河村

（60）女郎花《をみなへし》つかねて浸《ひ》てし白河の　水さびしらに降る　秋の雨

「白河村」は左京区北白川の古称。比叡山西南麓の花崗岩が風化して「白川砂」となり、たまって「白川扇状地」を形成する。古くから男は石切り、女は花の行商を生業《なりわい》としてきた。

いはほきる音もしめりて　春雨のふる日しづけき　白河の里　（明治天皇）

白河天神宮の歌碑に刻まれた御製には、「巌切る《いはほ》」民のなりわいを気遣う、新時代の帝王の気持ちが読み取れる。

白川女《め》もまた天皇の生活と結びついていた。

白川女の服装は、労働着であり、正装である。紺色の木綿の筒袖に同じ紺のかすりの前垂れをつけ、下着やはばきも足袋もまっ白なものを使う。飾り気はないが、村から都へ出るという改まった気持ちが感じられて清楚である。（中略）

彼女たちは、御所へ花を献上しにいって、草引きなどを奉仕した。彼女たちの労働着が、質素な中にきりっとした清浄さをそなえているのは、そのせいだといわれる。箕《み》は元来、五穀を扱う器である。藤と竹とで編んだ箕に花を盛ったのも、自分たちの運ぶ花の納まる先を尊んだからかもしれない。

（駒敏郎（一九七三）『京都散策1　東山の道』保育社）

(60) 華やかでいてどこか淋しげなオミナエシの黄色と、白川砂からなる川床の白の対比が、しずかな秋雨にとけこんでいる。「つかねて」は「束ねて」。

白川女が売りに行く花は種々あるが、そのうちオミナエシを、売る前の準備として水で晒している。オミナエシは中国語で「敗醤」（腐った味噌）と呼ばれるように、納豆に似た臭いがする。活けたときに水が濁りやすいため、あらかじめ流水でさらしたものと思われる。節は9月21日柘植惟一宛てはがきに、「女郎花の束ねたるを流《ながれ》に活けておく所など花賣少女の白河に候」と書き送っている（全集6：127）。

翌39年10月12日発行『馬酔木』三・六に、節は次の六首を発表している（全集3：286）。

仮装行列に加はりて予は小原女に扮す、小原女に代りて歌を
作る

白河の藁屋さびしき菜の花を　我が手と伐りし花束ぞこれ
菜の花に明け行く空の比枝山《ひえやま》は見るにすがしも　其《その》山かづら
白河のながれに浸でし花束を箕《み》に盛り居れば　つぐみ鳴くなり
おもしろの春の小雨や　花箕笠《はなみがさ》　花はぬるれど我はぬれぬに
あさごとに戸の邊に立ちて喚《よ》ぶ人を　花賣《うり》われは　女し思ほゆ
浄土寺の松のさび花　さびたれど　石切る村の白河われは

薪などを売る大原女と、花を売る白川女を混同してはいるが、夜明け前に花を伐り、明け方の東の空を仰ぎ、流れに浸けた花を箕に盛り付け、その箕を頭上に乗せて傘代わりにして、町の家々の戸の前で売り声を挙げ、白河の村にもどるまでの、一日の流れを示している。色白の節は女装が似合い、得意だったそうだ。

第二首「比枝山」は東に聳える比叡山。「山かづら」は明け行く雲の意だが、「箕」の材料である藤蔓に掛けているのだろう。「菜の花」が「明け行く空」の色を示すのか、それとも明けはじめた地上

の花の色をさすのか、二通りに解釈できるが、須磨における芭蕉の文と句をヒントにしたとすれば、後者だろう。

卯月《うづき》なかごろの空も朧《おぼろ》に残りて、はかなき短夜《みじかよ》の月もいとど艶《えん》なるに、山は若葉に黒みかかりて、ほととぎす鳴き出づべきしののめも海のかたよりしらみそめたるに、上野《うへの》とおぼしきところは麦の穂浪《ほなみ》あからみあひて、漁人《あま》の軒ちかき芥子《けし》の花のたえだえに見わたさる。

海人《あま》の顔　まづ見らるるや　芥子の花

（『笈《おい》の小文』）

節の第六首「浄土寺」は銀閣寺が建てられる前にあった天台宗の寺の名で、付近の字《あざ》の名でもあった。「さび花」は初出「花さび」。花粉をつけたマツの雄花を指すのだろう。「われは」は額田王の「秋山われは」を踏まえ、松に「（夫が）待つ」を掛けて、石切りを生業とする夫との慎ましい生活への充足を、誇らしげに謳っている。

明治43年12月23日に節は、「京都白川風俗花賣女《うり》」と題された絵葉書を中蚰《ぐき》友彦宛に送り、「此の如き女白河村より來る、只今の如き寒さにも花を箕に盛り申候　風情ある姿に候はずや」と書き添えている（全集６：338）。

（61）秋雨のしく〳〵そゝぐ竹垣《たけがき》に　ほうけて白きたらの木の花
一乗寺村《いちじやうじ》

瀟洒な住宅地に料亭が点在する北白川から北へ、京都造形大学の建つ瓜生山《うりゅうやま》の西尾根を回り込むと、一乗寺村に出る。現在でも水田や果樹園が残っているが、明治時代には一面の水田だった。節の歌もここに来て野趣を帯びる。

(61) 秋雨が降りやまない。竹垣の向こうにはタラの木の花が白い花穂《かすい》をひろげている。タラの木は二次林植生として伐採跡地などによく生えるが、ここでは料亭向けにタラの芽を栽培していたのだろう。道に覆いかぶさるように花穂をひろげている。その伸び放題に「ほうけ」た白が、秋雨の侘しさと調和している。

「しくしく」は「重《し》く」をかさねたもので、万葉集では打ち返す波や、くりかえし思う心などに用いられた。二三四句は初出「しくしく降るに竹藪にほのかに白き」だったが、改作では「シクシクソソぐ」とサ行音を連ねた。

タラの木と言えば、節は正岡子規に毎年タラの芽を贈っていた。子規没後の一年間、「桜芽」の号で歌を発表していたのは、喪に服す気持ちからだろう。「たらめ」と読む人もいるが、「ずいが」が正しいようだ。子規が亡くなった翌年の4月17日の作、

春雨の日まねくふれば　たらの木の萌えてほうけぬ　入りも見ぬとに　（明治36年、全集3：102）

例年なら毎日のように見回って、ちょうど食べごろの芽を摘んでは、先生のところに送ったものだが、今年は送る相手がなく、藪の中のタラの芽は、降り続く春雨に勢いを得て、伸び放題になっていることだろう。自分が摘みに行かないものだから。ここでは「ほうける」に、師と別れた直後の哀切とはちがった、やや放恣な虚脱感が託されている。

詩仙堂

(62) 落葉せるさくらがもとにい添《そ》ひたつ　木槿《むくげ》の花の白き秋雨
(63) 唐鶸《からひは》の雨をさびしみ鳴く庭に　十《と》もとに足らぬ黍《きび》垂れにけり

宮本武蔵と吉岡一族の決闘で有名な一乗寺下がり松から坂を登ると、江戸時代初期の漢詩人・石川丈山《じょうざん》が隠棲した詩仙堂がある。節は途中で右に折れて、蕪村の墓のある金福寺《こんぷく》にも寄っているが、歌はつくらなかった。蕪村のことは子規が称揚している。

詩仙堂の内壁には中国の詩人の肖像が九人ずつかかげられている。四面あわせて三十六歌仙ならぬ三十六詩仙ということで、この通称がある。庭は山の斜面を開いたもので、段畑に白沙を敷いたその縁に、木や草花が植えられている。もったいぶらず親しみやすい庭だ。

(62) 五句「白き」はサクラの落葉の紫褐色と対比され、ムクゲの花の色と、雨の印象の両方を兼ねたものだろう。

現在サクラの木は、詩仙堂の下から二段目の庭にあり、その樹下にイロハカエデと藤棚がある。ムクゲの木は見当たらず、八重のスイフヨウ（酔芙蓉）が藤棚の脇にあり、さらに下の段には一重のスイフヨウがある。

酔芙蓉《スイフヨウ》の名は、朝に白く開花し、昼をすぎて紅色を帯びる様子が、あたかも酒気を帯びたように見えるところからついた。フヨウとムクゲは近縁だが、葉の形や葉の裏の毛の有無で区別される。白を偏愛し、過去に「白芙蓉」を詠ったこともある節が、フヨウをムクゲと見誤ったとは考えにくく、節の当時はムクゲが植えられていたが、その後スイフヨウに植え替えられたのだろう。

(63)「唐鶸」はマヒワの異名で、「ちゅいんー、ちゅいんー」と鳴く。「黍」はモロコシ。草箒のような穂の軸は黄土色だが、実が熟すと紫褐色になり、重みで垂れる。十本に満たないというのだから、農家の庭先に見立てた造園として植えられたものだろう。

(62) 詩仙堂。

この歌の「本歌」になったと思われる句が、芭蕉の『野ざらし紀行』の中にある。

閑人の茅舎《ぼうしゃ》を訪《と》ひて

蔦《つた》植ゑて　竹四五本の　嵐かな

〔現代語訳〕盧牧亭の庭には蔦が紅葉し、四五本はえている竹には風が吹き渡ってざわめき、そのたびに蔦の葉もひらめく。まことに簡素にして風雅な、好ましい閑居のたたずまいである。

（富山奏校注『芭蕉文集』）

このあと節は東山の斜面を下り、南西へ向かった。

9・20　下賀茂神社　神のみたらし

下賀茂に詣づ、みたらしの上には樟《くすのき》の大樹さし掩《おほ》ひて秋雨のしづくひまもなし

(64) 糺《ただす》の森　かみのみたらし　秋澄みて檜皮《ひはだ》はひてぬ　神のみたらし

「御手洗《みたらし》」はふつう、神社の入り口で手を洗い口を漱《すす》ぐ施設をさす。現在下賀茂神社では、南の鳥居の両脇に一か所ずつと、西の駐車場わきに一か所ある。とくに鳥居の東のものは堂々たる自然石の船形磐座《ふながたいわくら》で、基部は舟の形をした木枠で囲まれている。さすがに下賀茂神社ともなれば御手洗ひとつ

とっても厳かだ。詞書の「みたらし」はそれを指すのだろうが、北住（一九七四）のように、歌（64）もそうだとするにのは、異議がある。

　初句「糺の森」は広い神域をさし、二句前半「神の」もスケールが大きい。その視野を急に口漱ぎ場まで狭めるのは不自然だ。また（64）の響きは、記紀歌謡なみに荘重だ。一二句の力強い（ぶっきらぼうな）断言は「倭《やまと》は国のまほろば」（日本武尊《ヤマトタケルノミコト》の望郷歌）を思わせ、二五句反復からは「八雲立つ出雲八重垣　妻籠みに八重垣つくる　その八重垣を」（素戔嗚尊《スサノオノミコト》の婚礼歌）のエコーが聞こえてくる。

　そもそも「みたらし」は下賀茂神社の代名詞に近い。『新古今和歌集』巻十九「神祇歌《じんぎか》」の中に、加茂の宮の歌が七首あり、うち二首に「みたらし」が、一首に「ただす」が詠みこまれている。

　そのほか「みたらし」とつくものに、次がある。

①御手洗川：糺の森から湧き出る小川の名。
②御手洗社：御手洗川をまたいで建てられた摂社井上社の別名。
③みたらし祭り：土用の丑の日に行われる「足つけの神事」の別名。
④みたらし団子：湧き水に押されて砂利のすきまから湧き上がる空気の泡をイメージして作られた食い物。

　下鴨、上賀茂の両神社は、母と子を祭神とするやしろである。下鴨にはおん母の、玉依姫《たまよりひめ》……。これは泉の精ともいってよい美しい女神だし、上賀茂にはそのお子の、別雷《わけいかずち》がまつられている。雷神は雨をつかさどる。この親子の神は、いわば農作とは切り離せない水の恵み手として、古代人の尊崇をうけた神々なのだ。

（杉本苑子、一九七四）

（64）下賀茂神社の御手洗社（井上社）。

以上のことから、（64）はこの神域を讃める歌とみるべきだろう。

（64）糺の森、そこはまさに神のみそぎ場だ。秋空は青く澄み、社《やしろ》の屋根を葺く檜皮は濡れて紫褐色に冴えている。こここそ神のみそぎ場。

四句「ひてぬ」（初出）を、岩波文庫は「ひでぬ」と濁らせている。先例として「はりの木の皮もて作る染汁に**浸て**きとみゆる榛の木の花」（明治37年「榛の木の花」）、（39）「ひややけき流れの水に足うら**浸で**石に枕ぐ旅びとわれは」（60）「女郎花つかねて**浸て**し白河の水さびしらに降る　秋の雨」があり、

「浸つ」「浸づ」の両形が見られる。

清濁どちらを採るにしても、(64) の「ひつ・ひづ」は神社の屋根の檜皮が水に濡れて美しい様子を表わしたものだと察しがつく。ただしこれを自動詞として用いるなら、「ひぢぬ」と上二段活用させるのが正しく、「ひてぬ、ひでぬ」と下二段活用では他動詞「浸す」の意味となる。仮にそうだとして気になるのは、目的語が「檜皮を」でなく「檜皮は」となっていることと、「時雨」を主語をとするなら三句「秋澄みて」と矛盾することだ。このように文法・語法上の疑問はいくつか残るが、神域の深さと清浄感をあらわした歌と見て、まず間違いないだろう。

節はクスノキに注目しているが、糺の森の植生は、箒を逆立てたような樹形のケヤキ、エノキ、ムクノキなど、ニレ科エノキ類の落葉広葉樹が主である、林床には葵祭で「かざし」にされるウマノスズクサ科の草本フタバアオイ *Asurum caulescens* がある。これらは周辺の東山などに茂る常緑のシイ、カシ、クスノキなどと比べて、より寒冷に適した植生である。有名な「底冷え」のせいで、京都の冬は低地が枯れて、山地が青々とする。だが近年、地球温暖化の影響で、糺の森にもアラカシなどの常緑広葉樹が侵入しているそうだ。

9・21　伏見桃山　天田愚庵《あまだぐあん》の故地を訪ねる

翌日節は、学舎から南東へ伏見を訪ねている。琵琶湖から流れ出た瀬田川は宇治川と名を変え、J

の字を描いて峡谷を削り、京都盆地の南東の隅にある宇治であふれ出る。かつては巨椋《おぐら》池という湿地が広がっていたが、豊臣秀吉がその北岸に水路を設け、伏見桃山城を築いた。

秀吉没後は、家康が伏見城を建て直し、大阪に籠る秀頼と京都の朝廷に睨みをきかせつつ、東国との連絡を保った。一六〇二（慶長7）年、島津忠恒謁見、一六〇五（慶長10）年、朝鮮国使節引見と、江戸幕府が固まるまでの政治・軍事拠点として、伏見は利用された。

歴史の栄光と挫折が刻まれた伏見で、節は農地の秋景色に目を向けている。

二十一日、伏見桃山

(65) 柿の木の林がもとはおしなべて　立枝《たちえ》の獨活《うど》の花さきにけり
(66) みちのへに草も莠《はぐさ》も打ち茂る圃《はた》の桔梗《ききやう》は枯れながらさく

(65) 傾斜地に植えられたカキの木の幹が屈曲し、その根元に植えられたウドは直立して、セリ科独特の傘をひろげ、小花を群生させている。曲と直、赤と白の対比が面白い。
(66) 花畑の脇には雑草、なかでも莠（エノコログサ）が生い茂り、キキョウが葉の枯れかけた状態でひっそりと花をつけている。わびしいようでいて豊かな色彩。都市近郊の花卉園芸は、時期をずらしてさまざまな種を植えるので、水田地帯のように斉一ではなく、どこか雑然としている。雅《みやび》と鄙《ひな》びをとりまぜた洛外の初秋風景。
この日は秋の彼岸の入りにあたり、そのこともあってか、節は前年亡くなった天田愚庵《あまだぐあん》の庵《いおり》を訪ねた。

愚庵和尚《ぐあんおしやう》の遺跡を訪《おとな》ふ、庵室の縁《えん》の高きは遠望に佳《か》ならむがためなり、戸《とざ》は鎖したれど時久しからねば垣も未だあらたなり。清泉大石のもとを流る

(67) 梧桐《あおぎり》の庭ゆく水の流れ去る垣も朽ちねば　いますかと思ふ
(68) 巨椋《おほくら》の池の堤《つつみ》も遠山も淀《よど》曳《ひ》く舟も　見ゆる此庵《このいほ》
(69) 桃山の萱《かや》は葺《ふ》きけむ此庵《このいほ》を　秋雨漏《も》らば掩《おほ》はむや　誰

天田愚庵（一八五四～一九〇四）は、本名・甘田五郎。磐城平《いわきたいら》の藩士の家に生まれ、慶応4（一八六八）年、戊辰戦争に参戦。戦後、父母と妹の消息を尋ねて諸国を遍歴するうちに、山岡鉄舟の教えを受け、清水次郎長の養子となり、その伝記『東海道遊侠伝』を著した。天龍寺派の滴水禅師に参禅して出家し、鉄眼を名乗り、号愚庵。漢詩と和歌を能《よ》くし、『日本』新聞の文苑壇（文芸欄）を担当する正岡子規に、万葉調和歌の手ほどきをした。

明治30年秋、愚庵が桂湖村《かつらこそん》に託して柿を贈ったのに、子規から返礼がない。愚庵は10月27日付湖村宛て書簡の末尾に、つぎの歌をしたためた。

まさおかはまさきくてあるか　かきのみのあまきともいはず　しぶきともいはず

表向きは柿の返礼の催促だが、返事がないと君の身に何か起こったかと心配するではないか、とい

う含みが、二句止めの強い語調に感じられる。「まさおか」と頭韻を踏む「真幸《まさき》く」は、「磐代《いはしろ》の浜松が枝をひき結び　まさきくあらばまた返り見む」（万葉集2・141）を詠んだあと刑死した有間皇子《ありまのみこ》の故事を思い出させて切実だ。愚庵もまた結核による喀血の経験をもち、二人はどちらが先に死ぬかといった不吉な冗談を平気で交わす仲だった。子規の句に、「和尚病んで禅寺《ぜんでら》の柿猶《なほ》渋し」がある（齋藤卓児『愚庵の研究』九八頁）。真実をごまかさぬ気骨で、二人は良い勝負をしていたのだろう。子規は、「只々《ただだた》俳句は詩に比して暴露《スッパヌギ》に傾くの嫌《きらひ》あり。然《しか》れども暴露《スッパヌギ》却《かへっ》て是《こ》れ禅家《ぜんか》の真面目《しんめんぼく》なりと信ず」と愚庵に書いている（明治29年12月4日付、齋藤卓児『愚庵の研究』九四頁）。

子規は催促の手紙を受け取るまでもなく、10月28日付けで俳句を三句添えて礼状を送っていた。「猿」は柿好きの子規がみずからを呼んだ蔑称。「釣鐘」は柿の品種である。

御仏に供へあまりの柿十五
柿熟す愚庵に猿も弟子もなし
つりかねの蔕《へた》の所が渋かりき

これと行き違いに「まさおかは」の歌を受け取った子規は、あらためて歌で答えることにした。取り次いだ湖村がそれを勧め、添削にもあたったと言われている。全部で六首だが、のちに子規歌集『竹の里歌』に録された三首だけ引用しよう。

御佛にそなへし柿ののこれるを　われにぞたびし　十《とを》まりいつ、
籠にもりて柿おくりきぬ　古里の高尾の楓《かへで》色づきにけん
柿の実のあまきもありぬ　柿の実のしぶきもありぬ　しぶきぞうまき

これをきっかけに子規とその一門が手掛けた短歌革新運動の概略は、以下のとおりである。

二年目（明治31年）子規、「歌よみに与ふる書」を新聞連載。

四年目（明治33年）左千夫と節、相次いで子規に入門。愚庵、伏見桃山に移転。

六年目（明治35年）子規没。

七年目（明治36年）左千夫、節ほか、歌誌『馬酔木』を発行。

八年目（明治37年）愚庵示寂。左千夫、節らが編集し、子規遺稿集『竹の里歌』発行。

奇しくも「柿八年」を経て「根岸趣味」を世に問うたわけで、節の「羇旅」はその翌年にあたる。

愚庵が新しい庵の建築に数寄《すき》を凝らしたことは、彼の「桃山結盧歌」（明治33年8月）から知ることができる。

三吉野の吉野若杉　丸太杉　柱にきりてつくる此庵《このいほ》
甍《いらか》には黄金《こがね》をふきし桃山の高城《たかき》の跡にいほりす　我は
桃山の高城の跡の礎《いしずえ》の　千引《ちびき》の石を庭石とせり

豊臣秀吉が築いた桃山城の石垣から巨石を移して、そのわきに水を流すという、豪快かつ細心の作庭が想像できる。
(67)アオギリの木の下を水が流れ、垣根も見たところしっかりして真新しい。愚庵没後二度目の秋だが、まだ庵主が中に住んでおられるかのようだ。
緑の幹が直立するアオギリは愚庵のお気に入りで、清水山寧坂《きよみずさんねいざか》の旧庵にも植わっていた。孤高と愚直をつらぬく己の生き方を託したのかもしれない。その緑を映して、庭の浅い水の流れも深く見える。

青梧《あおぎり》の翠《みどり》すずしき閼伽《あか》の水　親の御《み》ためと朝な朝な汲む

（明治30年、「愚庵十二勝歌」のうち「碧梧井」）

「垣も朽ちねば」の着眼は、屋敷の傷みがまず垣根に現われるという経験知に基づく。

乾《いぬい》の方の垣根の側に来た時に内儀《かみ》さんは、**垣根**の土に附いた処を力任せにぼりぼりと破った。おつぎも両手を掛けて破った。幾年となしに　隙間を生ずれば小笹《おざさ》を継ぎ足し継ぎ足ししつつあった**竹の垣根**は、土の処がどすどすに朽ちているので　直《す》ぐに大きな穴が明いた。おつぎは其処《そこ》から潜《く》ぐって出た。

（『土』第10章）

この視点は、『土』の愛読者だった藤沢周平も応用している。

又八郎は、**垣**を内と外からしめつけている**竹**を足がかりに、乗りこえようとした。爪先《つまさき》を横にわたした竹にかけ、一気に垣の上に身体をのり上げたとき、**縄が腐っていたらしく、竹が落ちた。**

——主人が留守だと、垣根もこのていたらくだ。

腰をさすって立ち上がりながら、又八郎はそう思った。

（藤沢周平『用心棒日月抄』所収「最後の用心棒」）

(68) 近くには巨椋《おぐら》池の土手が、奥には遠くの山々が見え、右手には淀の合流点から、綱に引かれて上る船が見える。ここからの眺めはさすがによろしい。

「おほくら」は「おぐら」の古称。巨椋池も今ではほとんど埋め立てられているが、当時は宇治川が山峡を抜けてすぐのところに拡がっていた。淀は現在京都競馬場のあるあたりで、そこから淀川を

(68) 天田愚庵の庵。いわき市松ヶ丘公園に移築されたもの。

下れば大阪と結び、三支流を遡れば、桂川から京都、宇治川から大津に至り、木津川からは奈良の近くにせまる、畿内の水運の要《かなめ》だった。歌では綱を曳いて上る船だけが詠われているが、下る船もあり、賑やかに行き交っていたことだろう。鬼怒川のほとりで高瀬船を見て育った節にとって、船が行き来する風景は懐かしいものだった。

庵のあった場所は、国道七号線の江戸町交差点から北へ一〇〇メートルたらずの坂の途中で、その眺めの良さを、愚庵自身も詠っている。

遠山は葛城の山　信貴の山　生駒の山のいただきも見ゆ

近山は宇治の高山短山　小幡《こはた》笠取　八幡《やはた》山崎

青丹よし奈良の都の春日野の　春日の山も霞みてぞ見ゆ

民謡調の「山づくし」だが、調子の軽さの裏に、これでもかといったしつこさが見られる。節はこの三首の山々を「遠山も」の一句にまとめ、残った字数を、「巨椋《おほくら》の池の堤」と「淀曳く舟」に充てている。
いわき市松ケ丘公園に移築された庵室の「縁の高」さは、縁《えん》＊側というよりベランダに近く、庭からは梯子《はしご》段を昇るようになっている。「遠望に佳ならん」ことへの執着は、尋常でない。

＊「縁」の字、初出は木偏と糸偏つきの旧字「櫞《えん》」だった。全集三巻の「縁」は略字として正しく、橋田（一九二六）引用（一〇七頁）の「椽《たるき》」は誤り。

愚庵は父母の消息を訪ねて諸国を遍歴した。もし妹が生きていれば苦界に身を沈めているかもしれぬと、写真術を習い、暗箱を担いで遊郭なども丹念に訪ね歩いた。庵を結んだのちも特別注文の縁側から人の往来を見守り続ける和尚の諦めきれぬ思いを、節は詠んだのだろう。(68) は愚庵への鎮魂歌として味わいたい。同じ趣旨の歌が翌年にも詠われた。

七月五日岩城の平の町赤井嶽に登る
山上の寺へとまる、六日下山

赤井嶽　とざせる雲の深谷に　相呼ぶらしき山鳥の聲　（明治39年「青草集」、全集 3：279）

これが鎮魂歌であることは、次の本歌から疑いない。

山鳥のほろほろと鳴く声聞けば　父かとぞ思ふ　母かとぞ思ふ　（行基菩薩『玉葉和歌集』）
父母の　しきりに恋し　雉子《きじ》の声　（芭蕉）

(69) 伏見の人たちが家の屋根葺きに使ってきた桃山の茅も、やがて古びれば、今日のような静かな秋雨ですら漏るほど荒れるだろう。その時はいったい誰がその穴を覆うのだろうか、と反語の形で、主《あるじ》のいない庵《いおり》の寂しさを詠っている。結句初出「掩はむや誰」を、『岩波文庫』では「誰か掩はむ」としている。

一見常套的な無常歌だが、これも愚庵の本歌を知って読むと味わい深い。

斧とりて急げ工等《たくみら》　久方の雨ふらぬ間につくれ　此庵《このいほ》
我庵は奇《く》しき庵かも　五月雨《さみだれ》の梅雨《つゆ》につくれど　雨にさやらず
桃山の小松が下の茅《かや》刈りて　昨日《きのふ》苫《とま》葺き　今日《けふ》　雨のふる

建築途中で雨に遭わぬかとハラハラさせられたが、梅雨の直前に屋根を葺き終えた喜び。愚庵の無邪気で破天荒な気分が素直にあらわれている。だがそのあるじも、今はいない。

左千夫は、「愚庵法師か（が）桃山城跡の巨石を其庭に移し据えたりと聞て詠める」八首を詠っている。うち三首。

豊臣の大まへつ君か（が）かきなて（で）ゝめて（愛で）けむ石か　それの大石
苔さひ（び）て古《ふ》るき大石二つ三つ狭庭《さには》に据《すゑ》て　めて（愛で）ほこるかも
苔むして神さひ（び）立てる大石に　雨しそゝか（が）ばいよゝ（良）けんかも

（明治33年11月30日『仏教』一六七号。『左千夫全集』第一巻九〇～一頁）

(69) 四句「秋雨漏らば」は、左千夫の三首目第四句「雨しそそがば」の逆手をとったものかもしれない。

このあと節は淀川堤を男山まで歩き、対岸の山崎から汽車に乗り、大阪に泊っている（全集 6：127、柘植惟一宛てはがき）。

丹波・丹後

9・22　丹波　早すぎた栗に子規を偲ぶ

9月22日、節が宮津から胡桃沢勘内宛てに出したはがきによれば、「大阪より丹波路を汽車にて舞鶴港にいたり、更に汽船にて與謝《よさ》の海を當地（宮津）にいた」っている（全集6：127）。

　　　　二十二日、丹波路

(70) 何鹿《いかるが》の和知《わち》のみ渓の八十村《やそむら》に　名に負《お》ふ栗山　いまだはやけむ

(70) 何鹿郡の和知の谷すじに散る村々は、有名な丹波栗の産地だが、栗の収穫期はまだのようで、熟した栗の実を見ることはできないのが残念だ。

「何鹿」は丹波国の郡名で、和知は村名。JR山陰線の園部－綾部間に「和知」駅があるが、この路線が開業したのは、「羇旅」五年後の明治43年である。節が見た「何鹿の和知」は、前年（明治37（一九〇四）年）11月3日に開通したばかりの阪鶴線（現福知山線）綾部駅あたりだろう。

丹波は山国として知られるが、京に近いために山深さが誇張されたきらいがある。中山道沿いの切り立った山々にくらべて地質は古く、低い連山が小盆地をとりまき、比較的開けた景観が主である。山肌に展開する散村を「八十村」と呼んだ。

丹波の栗は古くから名産とされ、『延喜式』にも記されている。それが見られなかった残念さを、古い地名を連ねて格調たかく詠ってはいるが、写生派らしからぬ「虚景」にすぎない。なぜこんな歌を録したのかという疑問が湧く。

思うに、前日伏見で愚庵の庵を訪ねたことから、柿がとりもつ愚庵と子規の縁に触発され、おそらくそれへの対抗心もあって、子規と自分をとりもつ栗の縁に思い至ったのだろう。子規との初対面を、節は次のように回想する。

國元から持つて行つた**丹波栗**の二升ばかりを出すと、それはどうして保存して置くのか　といふやうな問があつた。砂と交《まじ》へて土中に埋めて置くといふやうなことを話すと、ウム　と聞き取れない程にいはれて　暫《しばら》くは黙して居られた。自分は**丹波栗**を先生に進めたといふことで咏んだ二三首の歌を見せ　先生は唯々じいつと見詰められて居られたが、その内一つを　これ丈は別に悪いこともないが、あとのはもつと尻が締らなくてはいかないのです　と言はれた。自分は嬉しいやうな恐ろしいやうな氣がして聽いて居つた。

（明37・4・5発行『馬酔木』10所載「竹の里人（三）」、全集5：15）

ここでいう「丹波栗」は品種名で、産地は節の地元茨城県だったと思われる。節が詠んだという歌は残っていないが、子規の俳句「真心の　虫食い栗を　もらひけり」が残っている。

二年後に子規の訃報がもたらされた時、節は子規に贈るために、実家で栗を拾っていた。

年のはに栗はひりひてさゝげむと　思ひし心すべもすべなさ

さゝぐべき栗のこゝだも掻きあつめ　吾はせしかど　人ぞいまさぬ

なにせむに今はひりはむ　秋風の枝のみか栗ひたに落つれど　（明35・9・19）

そして三年後の命日からさらに三日後、節は丹波にきたわけだが、今年は栗の生育が遅れているのか、有名な丹波栗を見ることができない。師を失った喪失感が蒸し返されての、「いまだはやけむ」であろう。子規の俳句「渋柿や　高雄の紅葉　猶早し」も重ね合わせたと思われる。

（70）ＪＲ山陰線和知駅のとなり、安栖里駅附近の散村。ただし山陰線は「羇旅雑咏」の時代まだ開業していなかった。

9・22〜23　天橋立を縦横に写す

丹波と丹後では風土が異なる。丹波は小盆地が低山に囲まれ、谷筋の岩は黒く、水は粘土の微粒子を含んで碧玉色によどむ。丹後では花崗岩の山が海まで迫り、白砂青松の海岸を作る。日本三景のひとつ天橋立を、節はさまざまな角度から写生してまわった。

丹後舞鶴の港より船に乗りて宮津へ志《こころざ》す

(71) 眞白帆《ましらほ》のはら、に泛《う》ける與謝《よさ》の海や　天《あま》の橋立　ゆほびかに見ゆ

(71) 湾には白帆を張った舟がパラパラと浮いている。汽船の右舷には天橋立の水平な砂州が延び、松の並木が斜めに立ち上がっている。ゆったりと開けた風景だ。

「はらら」はちりぢり、ばらばらに相当するオノマトペで、「浜に出でて　海原《うなはら》見れば　白波の　八重折るが上《うへ》に　海人《あま》小舟　**波良良**《はらら》に浮きて　大御食《おほみけ》に　仕へ奉《まつ》ると　遠近《をちこち》に　漁《いさ》り釣りけり」(万葉集20・4360)の用例がある。

「ゆほびか」は「ユオビカ」と読み、広々とゆったりして、気が大いに晴れる感じを現わす。源氏物語「若紫」で「あやしく他所《ことどころ》に似ず、ゆほびかなる所に侍る」と明石の浦を描写している。これにちなんで、明石の市立文化資料館の敷地に「ゆほびか」と陰刻された石碑があるが、林立する高層建築に視界がさえぎられて「ゆほびか」の原風景を思い浮かべることはむずかしい。

節が海から見た（71）の風景に近いものを陸から見たければ、栗田《くんだ》岬の西岸、獅子《ちし》崎のあたりがよい。近くの稲荷山中腹の「観望の地」は、雪舟が「天橋立図」を描いた場所とされるが、藪が茂って見通しがよくない。

この日節が泊まった宮津は、かつて北前船でさかえた港町で、「二度とゆくまい丹後の宮津　縞の財布が空《から》になる　丹後の宮津でピンと出した」と民謡に唄われた。だが節約家の節は遊興にふけることなく、早々と眠りについたことだろう。

二十三日、橋立途上

（72）葦交《あしまじ》り嫁菜《よめな》花さく與謝の海の　磯過ぎくれば霧うすらぎぬ

（72）宮津から天橋立に向かう海沿いの道で、ヨシの根元にヨメナが咲いている「磯」を過ぎるころ、朝霧が薄くなってきた。

「磯」は本来、海や湖に面した岩場をさし、砂の「浜」と対比される。大正初年の地形図では、宮津から橋立にかけての浜はほとんど砂で覆われ、磯があったとすれば、一・九メートルの独立標高点ぐらいだろう。

ただし節の歌では、砂浜に「磯」を用いる例もあり、あまり厳密ではない。とくにこの歌では「アシ・ヨメ・ヨサ・イソ・ウス」の韻律がさわやかな朝の気分にあうので、たとえ浜であっても「磯」と詠んだ可能性は高い。

橋立

（73）橋立の松原くれば　朝潮に篠葉《しのは》釣る人　腰なづみ釣る

（73）文殊の脇から成相山の麓までおおよそ一里、松の木が並ぶ天橋立の砂州を歩いていると、腰まで海水に浸かって「篠葉」を釣っている人がいる。
日本海は太平洋にくらべて干満差が小さく、湾内は波がおだやかで、腰まで浸かって釣りができる。波の荒い太平洋岸では見たことのない、のどかな風景である。「篠葉」は汽水域に生息する魚で、スズキ目ヒイラギ科のヒイラギ *Leignathus nuchalis* の別名。

成相山《なりあい》に登る

（74）こゝにして竪《た》さに見ゆる橋立の　松原通ふ人　遠みかも
（75）松原を長洲《ながす》の磯と　さし出《いで》の天の橋立　海も朗《ほが》らに

砂州を渡りきると籠神社《この》があり、成相寺（標高三六〇メートル）への参道が始まる。股覗きで有名な「笠松」の展望台は、中腹の標高一五〇メートルあたりにある。節の遺品「大型の手帳」には、好きな景色の一つとして「成相山の中腹から見瞰《みおろ》した天の橋立」が記されていて（全集5：84）、（74）を詠ったのは笠松展望台だと思われる。

（74）展望台から見下ろすと、天橋立は足元から対岸にかけて縦に見え、そこを行き来する人の姿が遠く見えている。

遠景と言っても、人の動きが認識できる程度には近い。その微妙な距離が、孤独を楽しみつつどこか人恋しい、旅人の気分を刺戟する。

「竪《たた》さ」は「たてさま、竪に」の意で、「たてさのみち　よこさのみちに随ひて、邑里《むら》を定む」（『日本書紀』「成務」）や、「竪様《たたさ》にも　かにも横様《よこさ》も　奴《やつこ》とぞ　吾《あれ》はありける　主《ぬし》の殿門《とのど》に」（万葉集 18・4132）の例がある。

節の歌では、

なりひさご竪《たた》さに切りて伏せたれど　その片ひさごありか知らなく　（明治35年）

瓜むくと幼き時ゆせしがごと　竪さに割《さ》かば尚《なほ》うまからむ　（大正3年9月9日）

の二例があり、前者は、千葉県滑川《なめがわ》付近にある雙生《ふたご》

（74）成相山中腹の笠松展望台から「竪（たた）さ」に見下ろした天橋立。

76）大内（樗）峠から「よこさま」に見た天橋立。

丘を讃めた歌。丘の形を縦割りにしたヒョウタンになぞらえ、残りの片割れはどこへ行ったやら、と冗談を言っている。

後者は、旅先で瓜を喰った時の歌で、出されたような半月切りではなく、子供の頃によく食ったように、長く三日月形に切ってくれれば、もっとうまかろうに、とつぶやいている。

(75) 天橋立の砂州と松原は対岸までずっとつづき、その両側にある海も明るく開けている。

弓の木村より樗峠《あふち》にのぼる

(76) とりよろふ天の橋立　よこさまに見さくる山を　來る人は稀

「樗峠」はふつう「大内峠」と呼ばれ、「王落峠」とも書かれる。天橋立が海面に浮かぶ一文字のように眺められるところから、「一字観公園」の別称もある。手前に阿蘇の内海があり、橋立の奥には、宮津湾から栗田《くんだ》の岬などが見える。

(76)「たたさ・たたさま」のつぎは、「よこさ・よこさま」からも見てみようと、西の樗(大内)峠まで出かけてみたが、こんな酔狂はほかにいなかろう。自嘲めかした自慢の歌である。

「とりよろふ」に意味はなく、「大和には群山あれど　とりよろふ天の香具山　登り立ち国見をすれば　国原《くにはら》は煙立ち立つ　海原《うなはら》は鴎《かまめ》立ち立つ　うまし国ぞあきつ島大和の国は」(万葉集1・2)の「天の香具山」との音の類似から、「天の橋立」に援用した。節は持統天皇の国見をまねて、この景観を独り占めしている。

岩瀧村より船にて宮津へ渡る

(77) 與謝《よさ》の海　なぎさの芒《すすき》吹きなびく　秋風寒し　旅の衣《ころも》に

大内峠から東へ下った浜辺に岩瀧村があり、「与謝の海」あるいは「阿蘇の海」と呼ばれる内海から、外海である宮津湾へ出るには、橋立南端の水道にかかる橋をくぐる。

(77) 与謝の内海も、なぎさのススキが靡くほど風が吹いている。旅の軽装に、その風が寒く感じられる。

茂吉評「『旅の衣』は萬葉巻十二(三一四六)に、『草枕旅の衣の紐解けぬ思ほせるかもこの年頃は』があり、巻十三(三三一五)に、『泉河渡瀬《いづみがはわたりせ》ふかみわが背子が旅ゆき衣ひづちなむかも』がある。『旅の衣に』の句の入った歌は後撰集、後拾遺集にある。この結句などはさう新しくない感じであるが、

『なぎさの芒吹きなびく』云々で新しくなつてくる」（『長塚節研究』上巻、一九頁）。「吹きなびく」は（1）「楊《やなぎ》吹きしなふ」と似た表現だが、「吹きしなふ」がヤナギの枝の上下動を示したのに対して、（77）「吹きなびく」は旗のような横への動きである。ヤナギとススキでは風に吹かれた時の姿も動きも異なるのを、このように詠みわけている。

「旅の衣」について節は、「余は大抵《たいてい》旅行の時期を夏から秋の初めと定めておくが、此れは旅装の軽便を欲するからで、學生の旅行期と一致して居る。單衣《ひとへ》一枚着たまゝで、肌衣はシヤツとヅボン下と越中褌《ふんどし》とを別に一組荷物へ入れる」（明治40年発表『爲櫻』所載「旅行に就いて」、全集5：27）と、軽装を自慢している。例年は夏に旅をしていたが、この年は秋なので、急に寒さを感じたのだろう。

宮津より栗田村に越ゆる坂路にたちて

（78）鯵網《あぢあみ》を建て干す磯の夕なぎに　天の橋立霧たなびけり

（79）干蕨《ほしわらび》蓆《むしろ》に曝《さら》す山坂ゆ　かへり見遠き天の橋立

宮津から栗田《くんだ》へ抜けるために、平坦な浜辺から、標高八〇メートルの峠にさしかかるときの景色の変化を、「干し物」の違いで示す二首一対。

（78）浜には漁に使った鯵網が干してある。風も浪も穏やかな夕方、天橋立のあたりには霧が棚引いている。

（79）坂にさしかかればそこは山里で、蕨を干している。振り返るたびに天橋立がどんどん遠ざかる。
ワラビはこの時期にも収穫するのか、それとも初夏に塩漬けにしたものを塩抜きして干しなおしているのだろうか。結句「天の橋立」で、三日間の写生を締めくくっている。

9・23　由良『山椒大夫』の暗い記憶

天橋立のおおらかな神話的風景から峠を一つ越すと、安寿《あんじゅ》と厨子王《ずしおう》の悲話で名高い由良である。

栗田村より由良港にいたる、右は峻嶺笠《しゅんれいかさ》を壓《あつ》して聳《そび》え、左は海濤脚下巌《かいとうきゃっかいわ》を噛《か》む

(80) 由良の嶺《ね》に栗田《くりた》の子らが樵《こ》る柴は　陸《くが》ゆはやらず　蜑舟《あまぶね》に漕ぐ
(81) 眞柴《ましば》こり松こる子らが　夕がへり疾《と》きも遅《おそ》きも　磯に立ち待つ

「栗田」の読みは「くんだ」が一般的で、当時の地図にもそう仮名がふられているが、斎藤茂吉は岩波文庫『長塚節歌集』で、『地名辞典』にしたがい「くりた」と訓む、とことわっている。茂吉が参照したと思われる冨山房『大日本地名辞典』（一九〇〇）には「栗田」の右に「クンダ」、左に「クリタ」と仮名が振られている。

歌の音韻からも「クリタ」が望ましく、（80）「クリ、コラ、コル」「クガ、コグ」、（81）「コリ、コル、コラ」と類音がくりかえされる。（81）「松、待つ」にも同音のくりかえしが見られる。

（80）栗田の子供たちが由良の峰で刈り取った柴は、けわしい山道を担いで戻るのではなく、漁民の小舟に積んで帰る。

（81）松の枝や柴を集め終えた子供から順に、夕暮れの浜辺に降りてきて、遅い子がくるのをのんびり待っている。

茨城県の僻村で小作人らが燃料に苦労しているのを見てきた節にとって、各地の燃料事情は、生活の厳しさを測る尺度だった。五年後に書かれる『土』では、燃料の欠乏が原因で、盗みや失火に発展する。栗田《くんだ》の子供たちが、焚き木取りを終えてぼちぼち浜に降りてくる、その安堵に共感するこの二首は、いかにも手堅い写生歌のように見える。

だが、「山椒大夫」ゆかりの地で「柴刈りの子ら」とくれば、明治の人達は厨子王丸の苦労をただちに連想しただろう。（81）「疾《と》きも遅きも　磯に立ち待つ」のどかな風景は、仕事のおそい厨子王への手助けを村人に禁じた三郎の無慈悲と対比される。そのうえ（80）「陸《くが》ゆはやらず　蜑舟に漕ぐ」とくれば、直井の浜（現在の直江津）親子生き別れの場が、口をついて出てきたはずだ。

（人買い・山岡の）太夫このよし聞くよりも、今が初めのことならば、舟路《ふなじ》を売るとも、陸《くが》（陸路）を売るとも、しすまいた（うまくやった）と思い、「舟路を召《め》さりょう、陸を召さりょうか」と問いければ、御台《みだい》このよし聞こしめし、「舟路なりとも道に難所のなき方《かた》を、教え給われ」と仰

せける。（荒木茂・山本吉左右編注『説教節　山椒太夫・小栗判官他』平凡社・東洋文庫、六頁）

のどかな漁村の夕景色はそのままでも美しいが、「山椒大夫」の悲話を重ね合わせると、いっそう深みが増す。節はあくまでも実景を詠いつつ、その微妙な言葉づかいで過去の記憶を呼びもどしている。この二首は鎮魂歌として読みたい。

二首に先立つ漢文調の詞書も異様だ。詠われた奈《な》具《ぐ》海岸に行ってみると、たしかに山が海にせまってはいるが、「頭にかぶる笠を押しつぶすごとく崖がそびえ」るほど急峻ではなく、「波が打ち寄せて岩を噛む」も穏やかな秋の季節にふさわしくない。その空疎な誇張は、子規が「歌よみに与ふる書」で批判した古今集歌人らの態度と、なんら変らないように思われる。

だが子規は、文学上の嘘をすべて禁じたわけではなかった。「霜が深くて白菊が見えぬ」などという

(80) 栗田の近くの奈具海岸。「峻嶺笠を圧して聳え」はどう見ても大げさだ。

みみっちい嘘は興ざめだが、「雀が舌を切られただの狸が婆に化けた」といった途方もない嘘は「面白く候」と、むしろ奨励している。節の詞書も、ばれることを期待しての嘘であるなら、子規の教えに背くことにならず、大げさを好む説教節の表現とも矛盾しない。

説経節は一般に、リズミカルに語る叙事的な「コトバ」と、ねっとりうたう抒情的な「フシ」からなり、その区別は名前を変えて、浄瑠璃や浪曲にも受け継がれてきた。二首の歌（80）（81）が「フシ」で、漢文調の詞書が「コトバ」にあたると考えれば、この一連は短いながら語り物としての要素をそなえていることになる。

中世に説教僧の手で広められた説教節は、江戸時代から明治時代にかけて、瞽女《ごぜ》たちによって農山漁村に広められた。瞽女の来訪が節の故郷でどれほど待たれていたかは、『土』15章と、短篇小説「太十と其犬《その》」に詳しい。

またそれが茨城県に限らなかったことは、信州の胡桃沢勘内に宛てた明治43年6月29日付書簡から確認できる。節は当時の療養先、茨城県真壁郡河間村（羽方〒308-0014）の奥田医院の場所を、「（常陸と）下野境《しもつけざかい》（茨城・栃木の県境）にて小栗判官の遺跡（〒309-1101茨城県筑西市小栗）に近き處に候」と記している。「小栗判官」は「山椒大夫」と並んで人気のあった説教節の一つで、それ以上の説明を要しなかったのだ。

9・24　由良の川霧

二十四日、由良の港を立つ

(82) 由良川《ゆらがは》は霧飛びわたる　曉《あかとき》の山の峽《かひ》より霧飛びわたる

(83) 曉《あかつき》の霧は怪しも　秋の田の穂ぬれに飛ばず　河の瀬に飛ぶ

(84) 由良川の霧飛ぶ岸の草村に　嫁菜《よめな》が花はあざやかに見ゆ

大正2年修正の五万分の一地形図「由良」に記された、河口に面した漁村が、節のいう「由良の港」だろう。

(82) 夜明け前、舞鶴湾の雲海が標高五〇メートルほどの峠をこえて流れ落ち、由良川の川面を飛ぶように渡っている。茂吉は「山間から由良川へ向つて朝霧の押寄せてくる光景である」といっている。「あかとき・あかつき」の訓は岩波文庫によった。

「霧飛びわたる」を二五句で繰り返す句法について茂吉は、「高市《たけち》の黒人の作、萬葉巻三(二七一)の『櫻田へ鶴《たづ》鳴きわたる年魚市《あゆち》潟潮干《しほひ》にけらし鶴鳴きわたる』などの聲調を學んで、由良川といふ固有名詞と、『曉の山の峡より』で新しく活かしてゐる」(『長塚節研究』上巻、二〇～一頁)と書いている。

「羇旅雑咏」中の二五句反復の歌として、(64)「糺の森　かみのみたらし　秋澄みて檜皮《ひはだ》はひてぬ神のみたらし」をすでに紹介した。茂吉は処女歌集『赤光《しゃっこう》』（一九一三）の冒頭に、「左千夫先生死んだ」という電報を受けとったときの歌「ひた走るわが道暗し　しんしんと堪《こら》へかねたるわが道くらし」（悲報来）を置いている。

（83）由良川の霧はまったく不思議だ。秋の田の上を飛ばず、川の瀬の上を飛んでいる。初二句で「怪しも」と不審がり、あるべき姿からの逸脱を三四句で示し、五句で現状を述べている。茂吉注「『穂ぬれに飛ばず河の瀬に飛ぶ』の如き観察は、古代人が既にかういふことを見て居り、又かういふ表現は、古事記履仲天皇巻の『おほ坂に逢ふやをとめを道問へばただには告《の》らず當藝麻《たぎまぢ》道を告る』あたりにも見える」。

霧が飛ぶなら「秋の田の穂ぬれ」を飛ぶべきだ、とする根拠は、万葉集「秋の田の穂の上《へ》に霧《き》らふ朝がすみ　いずべの方にわが戀《こ》ひやまむ」（2・88）だろう。だがそこからの逸脱を「おもしろ」でなく「怪しも」とまで言ったのは、「川の瀬を飛ぶ」様子があまりに異様だったからにちがいない。由良川の河口部は砂州で半ば閉ざされ、川幅が一キロに拡がっている。「大雲川」の別名があるのは、満潮で逆流した暖かい海水が、放射冷却で冷えた陸地の冷気に触れて、霧を発生させやすいからだろう。由良川河口はそれ自体が霧の発生装置なのだ。

その河口を少し遡ったところに、長年の川砂の採取でいまは跡形もないが、「河の瀬」があったことが、大正初年の地形図「舞鶴湾」から確認できる。激流に引きずられた川霧が渦を巻き、湧き上がるのを、「飛ぶ」と呼び、「怪しも」と嘆じたものと思われる。

近くの観光説明板によれば、川の中に残る二つの島のひとつは、かつてもっと大きかったそうで、山椒大夫が奴隷たちを住まわせていた場所に比定されている。

(84) 由良川の水面のすぐ上には霧が飛んでいるが、岸の草むらでは、ヨメナの花が霧に濡れて、あざやかに見える。

左千夫の「野菊」は山道の点景として出てくるが、節の「嫁菜」は天の橋立でも由良川でも、霧に濡れて色鮮やかだ。

四所《ししよ》村間道

(85) からす鳴く霧深山《きりふかやま》の渓のへに　群《む》れて白きは　男郎花《をとこへし》ならし

(86) 諸木々《もろきぎ》の梢染めなば　萱《かや》わけて栗ひらふべき　山の谷かも

由良川を河口から約一里半さかのぼり、東へ峠を越えて西舞鶴が見下ろせるところが、四所《ししよ》である。

(85) 霧が深い山道で、カラスの声を聞きながら歩いていると、白っぽい視界のなかで谷の向こうに、ひときわ白い花のようなものがおぼろに見えた。オミナエシのように円盤状の塊だが黄色くはないので、オトコエシだろう。

(86) このあたりの山の栗は未熟で、雑木の梢もまだ青々としている。この梢が赤や黄や褐色に染まるころになれば、丈の高いチガヤをかき分け、谷に降りて栗を拾えるのだが。

丹波・丹後三日間の旅の十七首を、「早すぎた栗」で首尾照応させている。

摂津・播磨

9・25　須磨・舞子

舞鶴から阪鶴鉄道（現在のJR福知山線）で大阪に出て一泊した翌日、節は須磨へ向かっている。須磨は摂津の国の南西の隅にあたり、北から迫る山の裾に、播磨との境の関所が置かれていた。白砂青松、秋の月の美しい歌枕で、光源氏の流罪地とされている。

最近須磨寺商店会の手で復刻された大正14年7月、山内任天堂発行の「須磨百首かるた」を見ると、古歌にまじって明治天皇、山縣有朋、正岡子規らの歌が選ばれているが、百首のうち一九首が「須磨の浦」ではじまり、ついで「月影」九首、「須磨の海人《あま》」六首、「藻塩焼く」四首となる。初句を聞いただけでは取れない札が全体の三分の一を占め、このかるたを楽しむには、よほどの記憶力が必要だろう。

節はここに来て、古典的風景と当世風景をそれぞれ一首詠っている。

廿五日、攝州須磨寺《せっしゅうすまでら》

（87）須磨寺の松の木の葉の散る庭に　飼ふ鹿悲し　聲ひそみ鳴く

山陽電鉄の須磨寺駅から北へ坂を登ると、真言宗須磨寺派の大本山福祥寺、通称須磨寺がある。

（87）須磨寺の境内にはマツの木の葉が落ち、そこに飼われたオスのシカがメスを求めて「フイー」と鳴く声が、遠慮深そうに、また寂しげに聞こえる。

須磨寺や　吹かぬ笛聞く　木下闇《こしたやみ》　（芭蕉『笈の小文』）

須磨寺の裏山には現在スダジイやアラカシなどの照葉樹が生い茂っている。境内にシカは飼われていない。

須磨敦盛塚《すまあつもりづか》

（88）松蔭《まつかげ》の草の茂みに群れさきて　埃《ほこり》に浴《あ》みしおしろいの花

須磨寺には明治39年、大和田建樹作詞の唱歌「一の谷の　軍《いくさ》破れ　討たれし平家の　公達あわれ／暁《あかつき》寒き　須磨の嵐に　聞えしはこれか　青葉の笛」で有名な「青葉の笛」が寺宝としてあり、境内には敦盛の「首塚」がある。

だが彼が討たれた場所と伝えられる「敦盛塚」は、寺から西一里にあり、室町時代か桃山時代の造営とされる大形の五輪塔が建っている。

子規に入門したての明治33年、節は習作として「平家物語」一〇三首を詠んだ。その中に「たすけんは　いとしもやすし　然れども人目しあるを　あな憂《う》ものゝふ」がある（全集5：317）。熊谷直実の心になって詠ったもので、敦盛の若さにおどろき、助けようとしたが、すでに源氏の軍勢が見ているので、討つしかない、と武士の世の厳しさを嘆いている。敦盛は元服したての数えで17歳、今なら高校一年生ぐらいの年恰好だった。

（88）敦盛は平家の公達《きんだち》のたしなみとして、化粧をしていた。その墓の脇に、外来種オシロイバナが生え、白粉《おしろい》ならぬ埃を浴びつつ原色の花を咲かせているのが、冗談ぽくておもしろい。

茂吉評に、「須磨敦盛塚のほとりで詠んだものだが、敦盛を偲んで誰かが『おしろい』を植ゑたものであらうか。それが澤山《たくさん》花をつけてゐるが、『埃を浴みし』といふので、そこに哀情をこもらせてゐるのである。主観語が無くともそれが一首の中に融込《とけこ》んでゐると看做《みな》していゝ」（『長塚節研究』上巻、二一頁）とあるが、次の写生文によると、節が意図したのは哀情よりむしろ、俳諧風の乾いたユーモアだったようだ。

須磨の浦の一の谷へ歩いて行く。乾き切つた街道を埃《ほこり》がぬかる程深い、松の木は枝も葉も埃で煤《すす》が溜つたやうに見える、敦盛の墓の木蔭にはおしろいが草村をなしてびつしりと咲いて居る、柔かな葉はやつぱり埃が掛つて居るが、赤や黄の相交つた花には目立つて見えぬ、敦盛とおしろいの花といふ偶然の配合に興味を感じて　名物の敦盛蕎麦へはいる、店先にはガラスの駄菓子箱があつてもそれも埃である、（中略）然し段々俗化して行く須磨の浦に　こんな野暮臭い名物が昔の儘《まま》に存して居るのは　却《かへつ》てゆかしい心持がする、おしろいの花も　蕎麦屋が植ゑてそれが段々

に殖ゑてこんなに茂つたのだと思ふと　一入《ひとしほ》感
じがよくなる、
（明治39・10・12発行『馬酔木』三、六所載「須磨明石」、全集2：326）

須磨と言えば、日清戦争のあった一八九五（明治28）年、子規（29歳）が記者として従軍先で喀血し、送還されて療養したのが須磨だった。次の歌では「暑《あつ》」と「敦盛」を掛けている。

夏の日のあつもり塚に涼み居て　病気なほさね
ばいなじ　とぞ思ふ

退院後も七年を生き、俳句と短歌の改革を成し遂げたその気迫に撃たれる。「敦盛蕎麦」は国道わきに今もあるが、オシロイバナはなく、隣にファミリーレストラン「ガスト」が建っている。

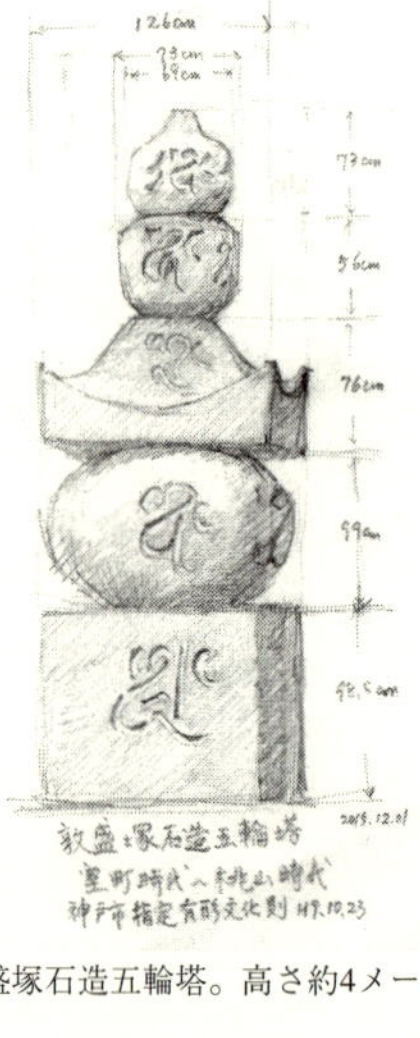

（88）敦盛塚石造五輪塔。高さ約4メートル。

舞子濱《まひこ》

（89）落葉掻《か》く松の木《こ》の間に立ち出でゝ　淡路《あはぢ》は近き秋の霧《イ海》かも
（90）舞子の濱　松に迫《せま》りてゆく船の白帆をたゆみ　いし漕《こ》ぐや　人

舞子は須磨の関の西、播磨の国にあり、明石海峡大橋の橋脚が建っている。ここの松原は明治天皇がことのほか愛でた場所として、御製の歌碑が建ち、掃除もとくべつ行き届いている。

（89）松林の落葉を、熊手かなにかで掻いて掃除をしている。その松原を通って浜に出てみると、海面に薄くただよう秋の霧が中景を隠すせいか、淡路島が驚くほど近く見える。

結句は初出「秋の霧かも」を千樫編旧全集、茂吉編岩波文庫では「秋の海かも」とするが、新全集では「秋の霧かも」にもどしている。「ウみ」なら「アわじ」と響きあい、「キり」なら「ちカキ、あキ、カも」と響きあう。「秋の海かも」は大らかな景色を示し、「秋の霧かも」は淡路の近さに驚く気持ちを強調する。

（90）舞子浜の松に迫るようにしてゆく船も、風が凪《な》いでいるため帆がたるみ、漁師は潮流に負けじと必死で漕ぎつづけている。

「いし」は副助詞で体言、または用言の連体形に付き、強調を示す。萬葉集に「言《こと》清くいたくもな言ひ　一日だに君いし無くは　あへかたきかも」（4・537）の例がある。

当時の松林や帆船の様子は、「孫文記念館（重要文化財　移情閣）」に展示された写真が参考になる。松は海風にいたぶられて陸側になびき、船は二本マストに台形の帆を一枚ずつ掛けている。

9・25　明石　夜の網漁

（91）淡路のや松尾が崎に　白帆捲《ま》く船明かに　松の上《うへ》に見ゆ

明石人丸社《ひとまるしゃ》

山陽電鉄「人丸」駅の北の丘に、柿本人麻呂を祀った「人丸神社」がある。仁和年間（八八五〜九年）、楊柳寺の僧・覚証が夢に人麻呂と会い、そのお告げにしたがって境内に設けた人丸塚は、元和3（一六一七）年、小笠原忠真が封ぜられて築いた明石城の坤櫓《ひつじさるやぐら》の側に、今も残されている。丸い塚はモッコク、ウバメガシ、クロガネモチ、ヤマモモなどで覆われている。この築城にともなって楊柳寺は東へ移転し、さらに明治の神仏分離で、曹洞宗・人丸山月照寺と柿本神社、通称人丸社に別けられた。節が訪ねたのは東漸をくりかえしたあとの「人丸社」である。

（91）海峡の向こうには、淡路島の北端に近い松尾が崎が見え、近景には松の生えた斜面が海へと下っている。その間に挟まれて、白帆を捲いた船が浮かんでいるのは、風に逆らって進んでいるのだろう。

人丸社は東経一三五度の子午線上にあり、そのすぐ南には一九六〇（昭和35）年、天文科学館が建てられたため、節が見た広々とした風景は失われた。前述の「ゆほびか」の碑がある明石市立博物館は、このすぐ近くである。
　この日、節は明石で一泊した。

　明石の淋しい檐《のき》下を辿《たど》つて來ると、おい泊まらないかと後から呼び掛けるものがある、振《ふり》かへると縁臺《えんだい》の上に寝て居た親爺《おやじ》が起きあがりつゝいつたのである、古ぼけた紙看板の吊つてあるみすぼらしい店だ、いくらで泊めるかと聞《きい》たら胡坐《あぐら》を掻きながら辨當《べんとう》付で廿七銭にまけてやらうといつた、辨當はいらんといふとそれぢや廿四銭でいゝといふことになつた、滅相《めつさう》に安いので遂《つい》泊る氣になつて覗いて見ると　涼し相《さう》な一間《ひとま》がある、草鞋《わらぢ》をとる、井戸へ案内してこゝで足を洗ふがよいといふ、足を洗ふと店先で茶を一杯汲んで　そこへ膳を出す、さうして二階へ蚊帳《かや》が釣つてあるから何時《いつ》でも行つて寝るがいゝといふのである、案に相違したが廿四銭の泊りだと思ふと不平はない。　（明治39・10・12発行『馬酔木』三、六所載「須磨明石」、全集2：327）

当時素泊まりは三五銭が相場なので、その三分の二にあたる二四銭は、かなり安い。おまけに夜は、地引網漁を見ることができた。

　濱で網を曳いて居るから行つて見たらどうだと亭主がいふので　草履《ざうり》を借りて横丁から心あてに濱へ出る、闇い夜であるが　海だけはぼんやり白んで　淡路島がすぐ目の前に見えて　ともし灯がほのかに光る、淡路島は夜でも近いのである、海岸では唯わつ〳〵といふ騒ぎである、漁師は今一所懸命に網へたかつて居る所だ、驅け戻つてはつかまり〳〵　よつさ〳〵と勢よく引つ張る、沖では聲を限りに叫ぶのが聞える、網がだん〳〵引き寄せられるに隨《したが》つて沖の聲がだん〳〵に近づく、だん〳〵に近づいて網が太くなつて來ると　漁師の活動が一層劇《はげ》しくなる、網に引つからまつた鰯《いわし》がしら〳〵と見えて來る、袋の中では今獲物《えもの》が非常な混雑をして居るだらうと思ふ、あたりには人が一杯に群《むらが》つて居る、小供等は手に〳〵小笊《こざる》を持つて　鰯のこぼれを拾つて居る、渚の浪にぬれながら網から盗んで居るのもある、明石の濱の小供が茲《ここ》へ聚《あつま》つて仕舞《しま》つたかと思ふ程　うぢや〳〵して居る、沖からの叫び聲がとまると　小船が二艘《さう》ついた、袋はもう引きつけられたのと見えて　網を引く手も止つた、盥《たらひ》の中の鰌《どぜう》が人の足音に驚いたといふ様に　騒いで居やしないかと考える、闇《くら》さは闇いのに　人越しだから何も分らないのだけれど　騒いで居るやうな氣がするのである、漁師共は鰯を船の中へ搔き込みはじめた、細鱗《さいりん》は見るうちに船一杯になつた、砂濱へ搔きあげる小さな塚のやうに置いてある、此騒擾《このさうぜう》のうしろには老松が一列に聳えて、梢からは天の川が悠然たる淡路島へ淡く落ち込んで居る、静かな宵である（明治39・10・12発行『馬酔木』三・六所載「須磨明石」、全集2：327〜8）。

以上が翌年の写生文、以下は直後に詠んだ五首連作である。

明石にやどる此夜大漁

(92) 沖さかる船人をらび　陸《くが》どよみ　明石の濱に夜網《よあみ》　夜曳《よるひ》く
(93) 瀬戸の海きよる鰯《いわし》は　彌水《いやみづ》の潮の明石の　潮和《なぎ》に曳く
(94) 鰯引く袋をおもみ引きかねて　魚籃《びく》に（て）すくふ　磯の浅瀬に
(95) いわし曳く網のこぼれはひりはむと　渚の闇に群れにけるかも
(96) 明石潟　あみ引くうへに天の川　淡路になびき　雲の穂に没《い》る

（92）船が沖へ出て網を流し、船人の合図で、陸に居る者が掛け声に合わせて曳いている。（80）由良の柴刈りの歌を思い出させる「船」と「陸《くが》」の掛け合いでは、沖の船からの合図が「をら」ぶのを受けて、浜では大勢が「どよ」む対比が面白い。「夜網・夜曳く」の繰り返しもリズミカルで、心が浮き立つ一首。

陸に住む農民にくらべて声が大きいのは漁師の常だが、明石港附近もちかごろマンションが建ち並び、「おしずかに！　お願いします。周辺の住宅のご迷惑になりますので、大きな音や声などを出さないよう、ご協力をお願いします。兵庫県・明石市」という看板が立っている。

（93）大漁の網を強い潮の流れに持って行かれないように、短い「潮《しお》なぎ」の時間にあわせて曳く緊迫感を、民謡調で軽快に詠った。

「きよる」は「来寄る」。「彌水《いやみづ》」の「いや」には「彌・益・重・転」の字が当てられ、程度のはなはだしさを示す副詞。「弥栄《いやさか》」などの合成語がある。明石海峡の急な潮流を「いや水」と呼ぶことを節は、同宿の男から教わった。

　宿へかへると　合宿《あひやど》の荷車引《にぐるまひき》がほろ酔《よひ》になつて饒舌《しやべ》つて居る、金物商で暫《しばら》く四國を詐《だま》し廻つて居たが　今では此の通り發心《ほつしん》して荷車引になつたのだ　といひながら　剃りたての頭を叩いた、静かな様でも明石の瀬戸は　潮時が悪いと千石積でも動きがとれぬ、いつか和船で垂水《たるみ》から渡らうと思つて酷《ひど》い目に逢つたことがある、「**阿波の鳴門か　音頭《おんど》が瀬戸か　又は明石のいや水か**」といふ位だからな　といふ様なことをいつて　青い頭をまたべたりと叩いた、蚊は明石の名物である。

（前掲「須磨明石」、全集２：328）

「阿波の鳴門か」は瀬戸内海の難所づくしの民謡で、「音頭」は「音戸」が正しく、呉と倉橋島間の海峡の名。(93)では「いや水の」が枕詞のように働き、「イわし・イやみず」「シオの・シオなぎ」の頭韻が心地よい。

浜に立って「明石のいや水」を実感することはむずかしいが、舞子駅近くの「橋の科学館」を訪ねれば、橋脚を洗う激しい潮流の映像を見ることができる。

(94)「鰯引く袋」は「磯の浅瀬」近くまで引き上げると、浮力を失い重みを増すので、「魚籃にすく」って網を軽くしている。

「魚籃」は「びく」「ぎょらん」「うをかご」の三通りに読め、音節数はそれぞれに二、三、四となる。四句を七音とするために、「ぎょらんにすくふ」と読む案もあるが、「びくにてすくふ」と「て」を補う斎藤茂吉案（岩波文庫）を採用した。なお明治37年の俳句「魚籃や　竹の葉を敷く　鮭一尾」（全集5：467）は「うをかご」と読ませるのだろう。

(95)網が浜に上がると、その隙間からイワシがこぼれ出すのを、「渚の闇に群れ」て浜の人達が拾っている。「ひりふ」は拾う。

(96)「潟」は、砂州で外洋と隔てられた内海ではなく、遠浅の浜の意味。天の川が浜の後ろの松林から中天を通り、対岸の淡路島にかかっている。ア行頭韻による雄大な風景は、作業に夢中の漁師たちにはない、詩人の視点である。芭蕉の「荒海や　佐渡に横たふ　天の川」（『おくのほそ道』）のほか、場所がら「ほととぎす　消え行く方《かた》や　島一つ」（『笈の小文』「須磨」）も思い出される。

茂吉注「『天の川』が淡路の方になびいて居るところも雄大だが、その末が海雲の中に没してゐる光景は、實地でなければ到底《とうてい》この如き表現は不可能である」（『長塚節研究』上巻、二二一頁）。

節が旅の前に友人らに出した書簡では、このさき備前（岡山県）まで足をのばすつもりでいたようだが（全集6：121）、明石で折り返すことにした。明石は芭蕉が旅をした西の端でもある。

翌日節は東へ一里あまりもどった。

廿六日、垂水濱《たるみはま》

(97) 茅淳《ちぬ》の海　うかぶ百船《もも》八十《やそ》船の　明石の瀬戸に眞帆向ひ來も

今でこそ神戸や明石の繁栄の影でさびれているが、垂水は古くから海人《あま》族の拠点で、海《わたつみ》神社が置かれている。西に明石海峡、東に須磨の関をひかえ、水陸それぞれの動きを監視できる、防衛にも略奪にも有利な地点である。
(97) 東を見ると、大阪湾に広く展開する何十隻もの船が、追い風に帆を膨らませて、明石海峡を目指し集まって来る、その壮観。
前述のように、この時代の漁船は二本マストに台形の帆を上げていたが、「真帆」は反物をつないだ古風な四角帆を連想させる。おそらく、それが節の狙いで、(20) 蔦木の橋で見たのと同じ詩的作為（古色）が感じられる。「ちぬのうみ・ももふね・やそふね・まほ」と古語をつらね、記紀歌謡のように大らかな調べである。

子規は一八九八年、「潮《しほ》早き淡路の瀬戸の海狭み　重なりあひて白帆行くなり」と詠んでいる。

9・27　京都東山　南禅寺近くの水車と鳴子

26日節は大阪経由の汽車で京都へ向かい、鹿ケ谷の「学舎」に戻ったようだ。翌27日には琵琶湖疏《そ》水《すい》沿いに南東へ向かっている。

(98)　廿七日、南禪寺《なんぜんじ》附近

葉鶏頭《かまつか》もつくる垣内《かきつ》のそしろ田に　引板《ひた》の縄ひく　其水車《そのみづぐるま》

(98)　金色にみのった田の脇に、ハゲイトウの赤褐色が渋く落ち着いている。狭い田圃の稲を鳥害から守るために、水車を回して鳴子の縄を引いている。稲刈り直前の穏やかな初秋の、みやびと鄙《ひな》びが混ざりあった洛外風景。

「そしろ田」は「十代田」と書く。律令の定めるところでは、一段（反）が五十代《しろ》。したがって「十代」は五分の一反、すなわち二畝《せ》（約二アール）で、仮に当時の米の収量を反（一〇アール）当り二五〇キロとすれば、五〇キロほど穫れる広さだが、ここでは比喩的に、きわめて狭い田をさしている。引板《ひた》は「ヒキタ」が訛って「ヒイタ、ヒタ」となったもので、稲を食いに来る鳥を追い払うための鳴《なる》子《こ》のこと。人を置いて番をさせるほどでもない「そしろ田」なので、無人の水車で対応している。

初二句の「カ・ツ」のくりかえしと、四句の「ヒ」のくりかえしが軽やかだ。『長塚節歌集』では二句「赤き垣内」と改作して、「カキ」を繰り返している。四五句【322・223】と、間に休符

（98）南禅寺境内に建つ琵琶湖疏水のれんが造りアーチ。

をおかない折り返しの流れがよく、結句「その水車」も民謡か俗謡を思わせる。

当時南禅寺では、境内を走る琵琶湖疏水（明治23年竣工）のレンガ積みアーチがまだ新しく、近くの蹴上からは水力発電所（明治24年開業）の機械音が聞こえていたはずだ。発電所の「あの水車」の轟音に対抗する、おもちゃのような「その水車」。ちょっと「いけず」な京風わらべ歌と見るのは、深読みにすぎるだろうか。

9・28　洛北1　八瀬の窯風呂《かまぶろ》、大原の粽笹《ちまきざさ》

廿八日、八瀬の里に竈風呂を見る、岩もて洞穴のやうにつくりたるものなり、朝に穴のうちに火を焚けばぬくもり終日去らず、鹽俵をしきて内に入りて戸を閉ぢて打ち臥すなりとぞ、けふは冷えたる儘《まま》なり、家のさまは人を待つけしきにて庭には枝豆も作れり

(99)　おもしろの八瀬《やせ》の竈風呂《かまぶろ》　いま焚《た》かば　庭なる芋も掘らせてむもの

八瀬は京都盆地の北東の角からさらに北へ、高野川《たかの》をさかのぼったところにある。比叡山ケーブル八瀬駅は大正時代にできたもので、八瀬集落はそこから半里上流の、河岸段丘上にある。古くから比

叡山への補給基地となっていた。

竈風呂は一種のサウナで、近世まで八瀬名物の一つに数えられていた。荒壁で人の入れる穴蔵のような竈《かまど》を作り、中で青松葉、青木を焚き、灰をかきだしてから、塩俵や塩水をかけて湿らせた荒莚《あらむしろ》を敷き、その上に横たわって蒸気に浴するもので、医効があるとされていた。

ここも天田愚庵ゆかりの地で、明治33年秋、愚庵が料亭の女将テイとその娘ヒサと、人力車で大原三千院に紅葉狩りに出かけている。八瀬で愚庵は車夫も誘い、二人で窯風呂に入ったが、煤で真っ黒になったという。女性二人は入らなかった（柳内《やない》守一著『天田愚庵の生涯　愚庵物語』）。

(99) いやあ、何とも珍しい。いまは焚いていないのが残念だが、もし焚いてくれるなら、ついでに庭に植わった芋をすこし掘らせて、蒸し焼きにして喰ってみたいものだ。感傷をきらって下世話な情景に眼を転ずる、俳諧趣味の懐古の歌である。

詞書に「家のさまは人を待つけしきにて　庭には枝豆も作れり」とあるのは、風呂上がりにビールで一杯、という謎のように読める。「芋」は節の作品ではサトイモを指すことが多いが、ここではサツマイモだろう。焼き芋は明治になって普及し、高浜虚子の自伝的小説『俳諧師』（一九〇八）には、貧窮に苦しむ文学青年とその愛人である元芸者が、空きっ腹を焼き芋で満たす悲喜劇が描かれている。森鷗外の自伝的小説『ウィタ・セクスアリス』（一九〇九）には、貧乏な学生たちが焼き芋を「書生の羊羹」と呼んでいたことが出ている。『土』（一九一〇）9章では、地主の畑から「サツマ」を盗み、油粕を使っているだけあってさすがに甘い、と勘次が言ったことが、幼い与吉の告げ口で村人に知れわたる。

八瀬集落のいちばん上手にある「かまぶろ旅館ふるさと」に、明治29年の京都内国勧業博覧会の際に作られた二基のうち一基が保存されている。石を組み、粘土で固め、表面を漆喰で覆ったもので、外形はモンゴルの包《パオ》に似るが、煙出しや煙突はみあたらない。焚口に合せて、M字形の木製の蓋がある。

節もこれを見ているはずだが、詞書には、岩を刳りぬいた洞穴と書いている。二基のうちもう一基はそのような形をしていたのか、あるいは明治の作とは別に、崖にうがたれた古い窯があったのか、郷土史家の研究を待ちたい。

八瀬の窯風呂の歴史は古く、大海人皇子が壬申の乱での傷をこの窯風呂で癒したといわれる。背中に負った矢傷を治したので「矢背」と名付けられた、とは、よくあるこじつけ地名語源説で、「八」は瀬の多さを示す神聖数。瀬が多いということは、それを区切る淵も多いことを意味する。瀬はさらに、岩床を越える早瀬と、礫をなめる平瀬に分けられ、そ

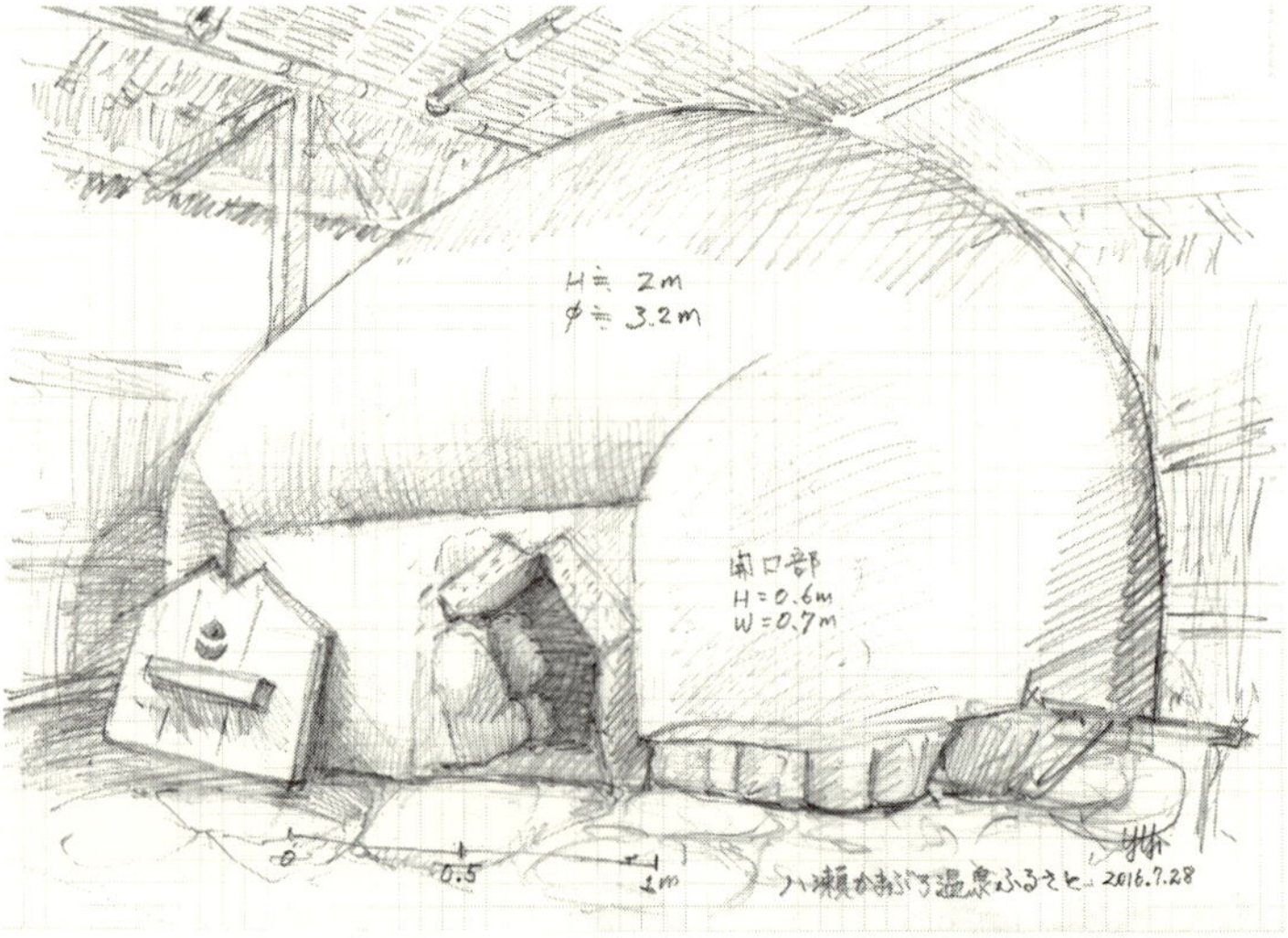

(99) 八瀬の竈風呂（かまぶろ）。石積みの構造を粘土で塗り固めている。
入り口左に置かれているのは木のふた。

の微地形に合わせて、棲む水生昆虫の形や生き方が分化した。「八瀬」は可児藤吉《かにとうきち》と今西錦司による「棲み分け」説を生んだ、京都北山らしい地名である。

大原

(100) 粽《ちまき》巻く笹《ささ》のひろ葉を　大原《おほはら》のふりにし郷《さと》は　秋の日に干す

八瀬から高野川沿いに若狭路、別名「鯖街道」を北へ一里余りさかのぼったところに、大原の小盆地がある。『平家物語』では「小原《おはら》」とあり、ここから薪炭を頭にのせて都で売り歩く女は、大原女《おはらめ》と呼ばれた。東の山すそに三千院が、北西の谷筋に寂光院があり、どちらも比叡山延暦寺に関わる名刹である。

粽は米の粉を練って茅《チガヤ》の葉で巻いて蒸した「茅巻《ちまき》」のこと。チガヤのかわりに笹の葉や真菰《マコモ》で巻くこともある。大原で干す笹葉は、祇園祭で撒く粽のためのものだろう。現在では、大原より奥の百井《ももい》などの集落で生産されるそうだ。

(100) 風の穏やかな初秋の一日、西の山に日がかげるまでのいっとき、笹の葉の甘いにおいと、稲の穂の糠《ぬか》臭いにおいが、小盆地に充ちている。

「大原のふりにし郷」は万葉集にある、天武天皇と藤原夫人《ぶにん》の贈答歌を本歌としている。

わが里に大雪降れり　大原の古りにし里にふらまくは後《のち》　（2・103）
わが岡の龗神《おかみ》に言ひてふらしめし雪の摧《くだけ》し　そこにちりけむ　（2・104）

折口信夫著『口譯萬葉集』の訳を借用する。

天武天皇「お前は羨《うらやま》しかろうね。私の住んで居る里には、こんなに大雪が降つたぞ。その大原の、さびれてしまうた里に降るのは、大方後のことだらう」。

藤原夫人「大變御自慢ですが、あなた様の處へ降ったのは、わたしが住んで居ます岡の雨竜《アマリョウ》に頼んで、わたしの慰みに降らした雪の砕片《カケラ》が、其處まで散つていつたのでありませう」。

（夫人のゐられた大原の地は、飛鳥ノ岡の上にあつて、當時の都飛鳥浄見原宮は、岡つゞきを半里ばかり南の、麓にあつた事を知ると興味がある）。

このやりとり、機知では藤原夫人の勝ちだが、天武天皇の「大雪、大原」「フレ、ハラ、フリ、フラ」という類音の大らかな繰り返しも捨てがたい。

節が訪ねた大原は、京都北東郊の別の地だが、「都にちかく鄙びた里」という点で飛鳥の大原と似ている。節も天武天皇に触発され、「マキマク、アキ」「ササ」「ヒロ、ハラ、フリ」「ロハオオハラ」「ヒニホス」と過剰なまでの音の連ねや折り返しを楽しんでいる。

寂光院途上

(101) 鴨跖草《つゆくさ》の花のみだれに押しつけて　あまたも干せる山の眞柴《ましば》か

大原の集落から北西へ草生《くさお》川をすこしさかのぼったところに、寂光院がある。聖徳太子の創建と伝えられる天台宗の尼寺だが、平清盛の次女で、安徳天皇の母だった建礼門院（一一五五〜一二一三）が出家し、平家一門の冥福を祈った場所として知られる。
『平家物語』「灌頂巻《かんじょうのまき》」のうち「小原入御《をはらへのじゅぎょ》」のくだりによれば、建礼門院がわずかな女房を連れて寂光院入りしたのは文治元（一一八五）年9月の末。新暦では10月末の、紅葉の季節だった。

道すがらも四方《よも》の梢の色々なるを、御覧《ごらん》じ過ぎさせ給ふ程に、山陰《やまかげ》なればにや、日も漸《やうや》う暮れかかりぬ。野寺の鐘の入相《いりあひ》の音《おと》すごく、分くる草葉の露滋《つゆしげ》み、いとど御袖《おんそで》濡れまさり、嵐烈《あらしはげ》しく、木の葉みだりがはし。　（『平家物語』「小原入御」）

いつまでもめそめそ泣いてばかりもいられず、まずは冬の焚き物の心配をしなくてはならない状況だった。

(101) 道のわきの崖の下の、水がにじみ出るあたりにツユクサが生えている。そこに山から切り出した柴を積み重ねるとき、ツユクサが押しつぶされるのもかまわない。「あまたも干」す中には、大原女が京へ売りに行く薪も混じっていただろう。

単なる叙景ではなく、農作業を想像させる、農村歌人の作らしい一首。焚き木を多く必要とする山里生活の厳しさと、備えがある安堵感が入りまじり、落飾したての建礼門院の心細さや、ツユクサの水気の多い茎がぷちぷちと立てる音まで想像されて、艶な歌である。

寂光院

(102) あさ〳〵の佛のために伐《き》りにけむ　柴苑《しをん》は淋し　花なしにして

(102) きっと毎朝の勤行《ごんぎょう》のために花を伐りつづけた結果だろう、花のないシオンの畑は見るからにさびしい。下の句で実景を述べ、上の句でその原因を推量する倒置法で、結句を据わらせた。シオンの花が飾られた仏壇と、その奥に並ぶ位牌、前に座って平家一門の菩提を弔う尼僧たちの姿などが目に浮かぶ。

シオン（紫苑、***Aster tartaricus***）はキク科の多年草で、秋に薄い青紫の花をつける。その色は平安貴族に愛され、青や蘇芳と合わせて襲《かさね》の「紫苑色」とされた。花が咲いていれば、平家物語ゆかりの寺の秋景色にふさわしいのだが、残念なことに葉と茎ばかりで、「淋し」い。

『平家物語』「灌頂巻《かんじょうのまき》」の「小原御幸《をはらごかう》」のくだりに、文治2年の初夏4月、後白河法皇が輿《こし》で寂光院を訪ねると、「老い衰へたる尼一人」（安房内侍《あわのないし》）が迎えて、建礼門院はこの上の山へ花摘みに出かけたと伝える。ややあって「濃き墨染の衣着たる尼二人」がけわしい山道を降りてくる。その一人が建礼門院で、「花筐臂《はながたみひぢ》にかけ、岩躑躅取具《いはつつじとりぐ》して」降りてきた。

寂光院で拝む「仏」とは、幼くして入水《じゅすい》した安徳天皇はじめ、滅亡した平家一門の霊のことだろう。仏の数が多いので、庭の花も多く消費される。

初句「あさあさの」が、『岩波文庫』では「朝な朝な」の短縮形「あさなさな」となっているが、どちらを採るにしても「毎朝の仏事のために」という意味に変わりはない。明治33年、子規に入門したばかりの節は、習作として「平家物語を讀む」一〇三首を詠んだ。そのうち「建礼門院のくだり」一四首の中に、

庵の床に佛を据ゑて　**朝な朝な**　谷の流に閼伽《あか》くみまつる　（全集 5：308）

がある。「庵の床」は「いほのとこ」と訓ませるのだろう。「閼伽」は仏事用の清浄な水のこと。この本歌として、正岡子規「わが庭」の

朝な朝な一枝折りて　此の頃は乏しく咲きぬ　撫子の花　（明治31年）

がある。病床で死を見つめていた子規が、枕頭のナデシコの切り花を慈《いつく》しんでいる。上体を起こして庭を見ると、残された花はわずか。季節が終わりに近づいているのだ。この花がなくなったら、つぎは何が病床の自分を慰めてくれるだろうか。はたして来年また同じ花を見ることができるだろうか。子規晩年の花の歌や句はどれも良い。

これだけ本歌がそろい、(102)は大原に来る前から半ば用意されていたふしがある。「あさなさな仏のために」でも悪くはないが、「あさあさの仏」の方が死者の霊を実感させて、私は好きだ。

9・28〜29　近江2　森可成と天智・弘文両天皇をしのぶ

大原から琵琶湖西岸の堅田《かたた》へ出るのに、節は仰木峠《おおぎ》（標高五七三メートル）を東へ越えたようだ。

堅田浮御堂《うきみだう》

(103)　小波《さざなみ》のさゝ〳〵來よる葦村《あしむら》の　花にもつかぬ夕蜻蛉《ゆふあきつ》かも

堅田の町は琵琶湖の両岸が迫った喉首の西岸にある。中世には武装集団「堅田衆」が、商船を海賊から守るという名目で通行税を取り、堺にさきがけて自由都市を経営した。荘園で潤う比叡山や三井寺を向こうにまわし、新しい宗教や実践を歓迎した。一休禅師（一三九四〜一四八一）が十年間修業した祥瑞寺や、蓮如上人（一四一五〜九九）が初期の普及活動拠点とした本福寺がある。

湖上に立つ柱の上に建てられた浮御堂は、平安中期に『往生要集』を著した恵心僧都源信《えしんそうずげんしん》の開基とされる。穢土《えど》（けがれた現世）から橋を渡った先に、千体の阿弥陀仏が並び、浄土を演出している。

(103)「志賀」の枕詞である「小波《さざなみ》」が、ヨシの根元を「さやさや」と洗っている。夕日を浴びて飛ぶトンボは、ナツアカネ、もしくはアキアカネだろうか。白いヨシの花に風下から近づくが、決して止まろうとはせず、空中を群れ飛んでいる。

波音の「さやさや」は、人麻呂の歌「笹の葉は深山《みやま》もさやにさやげども　我は妹思ふ　別れ来ぬれば」（万葉集2・133）を思い出させ、葦《あし》（植物和名ヨシ）の葉ずれにつながる。滋賀県立琵琶湖博物館に、背丈をはるかに越え鬱蒼たるヨシの群落が再現されている。堅田の近くでは、おとせの浜と、淡水真珠の養殖がさかんな内湖の岸にわずかに残されている。

茂吉評「『葦村の花にもつかぬ夕蜻蛉かも』といふのは、堅田浮御堂での作だが、初秋の氣持はこの歌句にも無限に漂うてゐる。作者は芭蕉の俳句などを念中に有《も》ちつつこのあたりを徘徊したものの如くである」（『長塚節研究』上巻、二一一頁）。

近江八景の影響は(103)にも見てとれる。瀟湘八景「平沙落雁」が、近江八景で「堅田落雁」となったのは、こあたりの砂州にガンの群が多く降りて来たからだろう。ガンはヨシとの組み合わせで

「蘆雁図《ろがんず》」に描かれてきた。そのヨシにむかって「落ちる雁」ならぬ「花にもつかぬトンボ」を見て、興をおぼえたものと見える。

節没後の話になるが、節の友人で日本画家・平福百穂《ひゃくすい》が昭和4（一九二九）年、「堅田の一休」を発表した。葦の中の廃船に座禅を組む若き宗純が、暁烏《あけがらす》の声に大悟徹底した機微を描いたものだ。「堅田の一休」の図版を載せた秋田県角館町平福記念美術館発行（平成10年10月10日）『開館10周年記念　平

（103）近江堅田おとせの浜に残されたヨシ。カモが浮く奥に「えり」が見える。

福穂庵・百穂父子展図録』は、浮御堂脇の「湖族《こぞく》の郷《さと》資料館」で閲覧できる。
この二年前に百穂は、茂吉の次男（のちの作家・北杜夫）の名付け親となり、「宗吉」と付けた。おそらく一休宗純にちなんだものだろう。百穂の一休崇拝が若いころからのもので、節にも伝染し、それが節の堅田訪問の機縁となった可能性も考えられるが、確かなことはわからない。

廿九日、朝再び浮御堂に上る、此あたりの家々皆叺《かます》をつくるとて筵《むしろ》おり縄を綯《な》ふ

(104) 長縄《ながなは》の薦《こも》ゆふ藁の藁砧《わらきぬた》　とゞと聞え來《く》　これの葦邊《あしべ》に

叺とは、菰《こも》あるいは筵《むしろ》を二つに折り、左右の端を縄で綴った袋のことで、穀類、菜、粉、土などの運搬に用いた。堅田では湿地に生えたガマを材料に、本来の「蒲簀《かます》」を作っていたかもしれない。

(104) 叺のふちを縫う縄を綯《な》うためにドンドンと藁を打つ音が、朝早くからヨシの生えるこの岸辺に聞こえてくる。

砧《きぬた》は「衣板《きぬいた》」から来たといわれ、布につやを出すために打つ木槌の一種。その音はもの悲しい秋の夜の風物として、和歌や音曲に取り入れられてきた。百人一首にも採られた藤原雅経の歌と、芭蕉『野ざらし紀行』の句が有名だ。

みよし野の山の秋風　さ夜ふけて　ふるさと寒く　ころもうつなり　（『新古今和歌集』5・483）

碪《きぬた》打ちて　我に聞かせよや　坊が妻　（『野ざらし紀行』）

これらのもの悲しさに対して、節が耳にしたのは「とど」と重く、時刻も早朝である。「湖族の郷資料館」で聞いた話によると、藁打ちは浮御堂の北に突き出た今堅田などでかつて盛んで、若い嫁たちが競って早起きをしたそうだ。生活臭あふれるたくましい音で古典和歌の感傷を「頓挫」させる、俳諧趣味の歌である。

(105) 湖畔には櫟《くぬぎ》の木疎《まば》らにならびたり
布雲《ぬのぐも》に叢《むら》雲か､る朝まだき　近江の湖《うみ》にとよもすや　鵙《もず》

湖畔にならぶクヌギの木は、京都や大津の市街地をひかえて薪炭用に育てられたものだろう。(105) 湖面の上に薄く「布雲」が漂い、はるか上の方に層積雲か巻積雲が「叢雲《むらくも》」となって広がっている、秋の澄みきった朝、砂浜を歩いていると、モズの声が鋭くひびいた。

初出「近江の湖　あさ過ぎくれば　しき鳴くや　鵙」は、「近江より朝たちくれば　うねの野にたづぞ鳴くなる　明けぬ　この夜は」(古今和歌集 20・1071)を意識したものだろう。実際のモズはくりかえし「しき鳴」いていたのだろうが、歌の印象としては、改作(岩波文庫)の「とよもす」がより鮮明である。

茂吉注「『布雲に叢雲かかる』云々の句も、實際を寫生してなかなか精確である。この歌の詞書に、『湖畔には櫟の木疎らにならびたり』とあるが、この詞書と歌との調和については、作者の苦心が存してゐるのであつて、歌と不即不離の味ひは、芭蕉俳諧などからの悟入らしくおもはれる」(『長塚節研究』上巻、二二一頁)。

比叡辻村來迎寺《らいごうじ》森可成《もりよしなり》墓

(106) 冷《ひや》やかに木犀《もくせい》かをる朝庭の　木蔭《こかげ》は闇《くら》き梛《なぎ》の落葉や

森可成《もりよしなり》(一五二三～七〇)は織田信長に仕えた猛将で、森蘭丸の父。元亀元年、近江宇佐山の志賀城に立てこもり、浅井・朝倉連合軍の猛攻を受けて壮絶な討ち死にをした。天台宗の紫雲山聖衆《しょうじゅ》来迎寺は比叡山麓の町坂本から湖岸沿いに北東、国道一六一号線の「比叡辻2東」信号の脇にある。信長は比叡山延暦寺はじめ近江の仏寺を焼きつくしたが、忠臣・森可成の墓のある来迎寺には手を付けなかった。桃山時代に復興された寺社の多い近江地方には珍しく、ここには古風な墓碑が残されている。

(106) 初句「冷ややかに」は(58)「冷ややけく」同様、気温の低さだけでなく厳粛、静謐を現わす。

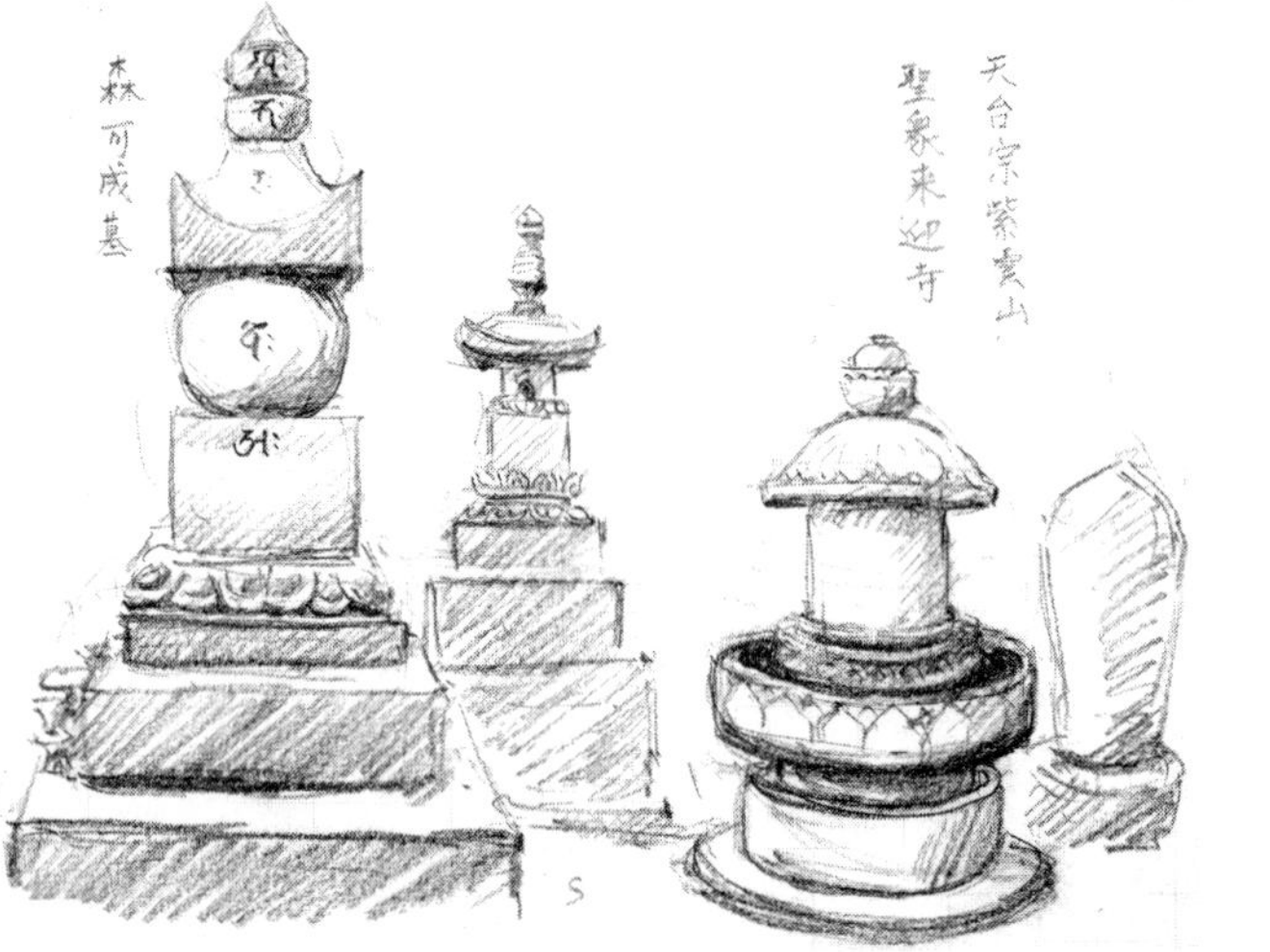

(106) 来迎寺境内にある森可成の墓など。

モクセイにはキンモクセイとギンモクセイがあり、どちらも初秋に香りのよい花をつける。ナギ *Podocarpus Nagi* はイヌマキ科の常緑針葉樹で、その木の下はきわめて暗い。大魚の鱗に似た暗緑色のつややかな葉が落ちて、湿った地面にひっそり溜まり、剛直な武将の墓地にいかにもふさわしい。
現在この墓地にヒノキはあるが、ナギはない。奈良の春日山の奥か、和歌山県新宮に行けば、節が見た「闇」が見られる。常緑樹の落葉に節がとくべつな関心を示したことは、拙著『節の歳時記』に詳しい。

節は湖西をさらに南へ進んだ。

志賀の舊都《きゅうと》の蹟《あと》は大津町の北數町《きたすうちゃう》にして錦織《にしこおり》といふ所に在《あ》り、

即事

(107) さゝ波の滋賀の縣《あがた》の葱作り　麁朶垣《そだがき》つくる　あらき麁朶垣

(108) 渋柿《しぶがき》の腐れて落つる青芝も　畑《はた》も　秋田も　むかし志賀の宮

明治33年発表の「鉄道唱歌」44番に「むかしながらの山ざくら　におうところや志賀の里　都のあとは知らねども　逢坂山はそのままに」と歌われているように、白村江《はくそんこう》での大敗のあと、七七三年に天智天皇が急ぎ造営した志賀の大津宮の場所について、当時明確にはわかっていなかった。だが明治政府は弘文天皇の事績を示す必要からか、小字《こあざ》などの地名を頼りに明治28年、錦織《にしこおり》（〒520-0027）に「志賀宮跡碑」を建てた。今では宅地化されているが、節が訪ねたころは農地だった。

(107) 志賀の都のあとにネギが植えられ、近くの山から下りてくるシカやイノシシの害を防ぐためか、ひねこびた枝を組み合わせた「粗朶《そだ》垣」で守られている。何とも無骨で頼もしい粗朶垣であることよ。

この歌には少なくとも三つの本歌がある。初二句の本歌は、言うまでもなく「さざなみや滋賀の都はあれにしを　昔ながらの山桜かな」（『平家物語』巻第七「忠度都落《ただのりのみやこおち》」）だが、「滋賀の都」でなく「縣」としたところから、急に下世話になる。節の懐古の歌にしばしば現われる俳諧趣味である。「あがた」は田舎の意味と辞書にあるが、ここでは節の長歌「水不足《みづたらぬ》あか田くぼ田に」（明治35年、うみ苧集（四）、全集３：66）のように、「上の田」すなわち畑地の意味だろう。

三句「葱作り」と、四五句「麁朶垣《そだがき》つくる　あらき麁朶垣」は、それぞれ催馬楽《さいばら》を本歌にしている。

山城の　狛《こま》のわたりの　**瓜つくり**　我を欲しと言ふ　瓜たつまでに

河口の　関の荒垣や　まもれども　出でて我寝ぬや　関の**荒垣**

(108) 鳥にもつつかれず、丸いまま「腐れて落つる」柿の実は、舐めて見なくても渋柿だとわかる。青芝を染める朱色の斑《ふ》は、都が作られたころの「青丹よし」の色彩を思わせ、収穫もされず腐敗する柿に、使われぬまま朽ちていった官衙《かんが》のイメージが重なる。

詞書の最後にある「即事」は漢詩の題の一つで、眼前の風景を詠むことを意味する。つねに写生を離れぬ節が、この二首にかぎって「即事」とことわったのは、「懐古」の感傷に流されない立場を表明したものだろう。それでいて(107)の催馬楽調で上代の生活を偲ばせ、(108)三四句を芭蕉の懐古の句「秋風や　藪《やぶ》も畠《はたけ》も　不破の関」に通わせた。「即事」にはこのように多重のアイロニーが込められているようだが、「合評」では高田浪吉が「『八重垣作るその八重垣を』と云ふ古事記の歌の調子（略）に類型を思はしめる為に、これだけの歌と云ふ氣がする」と軽く評し、鹿児島壽蔵も同意している。

志賀の都の位置については、一九七四（昭和49）年、当時大津市教育委員会にいた林博通《ひろみち》氏が、建て替え予定の個人宅をたまたま見つけて発掘の承諾を得たことにはじまり、数百件におよぶ小規模発掘が逐次おこなわれた。その結果を繋ぎ合わせて「滋賀大津京」の概要が明らかになり、JRでは湖西線「西大津」駅を「大津京《おおつきょう》」駅と改名した。錦織は旧大津京の南縁にあたる。

此《この》舊都の蹟《あと》は洵《まこと》に形勝の地なり、以《もつ》て天智天皇の剛邁果敢の英主なりしを想見《さうけん》すべし

(109) いにしへの近江縣は　湖潤《うみひろ》く稻の秀國《ほつくに》　うつそみもよき
(110) うつゆふのさき國大和すみ棄て丶　うべ知らしけむ　志賀の宮どころ
(111) 滋賀《しが》つのや　秋田もゆたに湖隔《うみへだ》つ田上山《たなかみやま》は　あやにうらぐはし

詞書にある感想は、帰宅後の10月15日付で潮音柘植惟一に宛てた手紙にも見られる。「近江の湖畔に天智天皇の舊都の蹟を見て帝の英主なりしを相見《ママ》し　彦根に渡りては舊城の荒廢せるを嘆じ申候」（全集 6：129）。

今日の歴史観では、唐・新羅連合軍による敗戦を招いた天智天皇の「剛邁果敢」や、戦後処理としての近江遷都を、手放しで褒めることは躊躇される。だがこの歌が詠まれたのは、対ロシア戦争が終結した直後である。大化の改新から近江遷都までの歴史を、明治維新から日露戦争までの歴史の先駆とみる風潮があったと思われる。

(109) 昔の近江のさとを今見ると、湖が広くひらけ、稲もよく稔り、豊かな地域で、現状もなかなかよろしい。

ここでの「縣」は、「国」より小さな統治単位をさす。各句の頭を「イ、オ、ウ、イ、ウ」とア行で統一し、おっとりと大らかな気分を出している。

斎藤茂吉評に、「志賀舊都での、『稲の秀國うつそみもよき』は、よい米の産地でもあり、人がらもよい、人情もこまやかであるといふ意であらう。詞書も、前言の如き（引用者注：歌と不即不離の）工夫が存して、歌に詠みこめない複雑なる事柄を簡潔なる詞書にしたものである」（『長塚節研究』上巻、二一頁）とあるが、この歌は（8）「甲斐国は　青田の吉国」とおなじ、万葉調の国讃め歌だと思われる。天智天皇の気持ちを忖度して地勢を讃めたもので、「人がら、人情」まで褒めたとは思いにくい。

(110) 大和の飛鳥も幸せに満ちた「さき（幸）國」だったが、それよりさらに良い新都を、なるほどよくぞ見つけられたものだ。

「うつ木綿の」は「こもる・まさき」にかかる枕詞。(109) の結句「ウツそみもよき」の余韻をひきとった尻取り効果がある。「うべ知らしけむ」には本歌、大伴家持の「久邇京《くにのみや》を讃《ほ》めて作る」があるが、その経緯を知ると、この都讃めがどこまで節の本心か、疑問が生じる。

今つくる久邇《くに》の都は　山川のさやけき見れば　うべ知らすらし（万葉集6・1037）

詞書によれば、詠われたのは遷都して三年目の七四三（天平15）年で、翌年には難波の宮へ遷都し、さらに翌年には平城京に戻るという、あわただしい時期である。木津川に面した恭仁《くに》の宮は水運に便な反面、土地が狭くて官衙の造営には向かなかった。「山川のさやけき見れば」はその弱点から目を逸らす世辞のようにも聞こえる。

節は二年前に関西本線から恭仁の宮の近くも見ているので、家持の讃辞の苦しさに気付いていたはずだ。それをまねて「洵に形勝の地なり」と褒めているが、はたしてどこまで本心だったろうか。

(111) 志賀の港あたりは秋の田が稔り（近景）、湖（中景）を隔てて田上山（遠景）が現実離れした美しさを見せている。

「ゆた、寛」は空間や気持ちに余裕があり、ゆったりと落ち着いているさま。「あやに、妖に、怪に」は「尋常ならず」。「うら」は心の意で、「うらぐはし」には「うら細し、うら麗し」が当てられ、「心にしみて気持ちがよい・美しく素晴らしい」の意。日本書紀雄略天皇の歌の一節に、「隠国《こもりく》の泊瀬《はつせ》の山は、あやにうら麗《ぐは》し。あやにうら麗し」があり、「不思議なほどに美しい。何ともいえず美しい」と訳されている。また万葉集にも、「本辺《もとへ》には馬酔木花咲き　末辺《すゑへ》には椿花咲く　うらぐはし山ぞ」（13・3222）がある。国や山を讃める特別な表現のようだ。

標高六〇〇メートルの「太神山《たなかみやま》」を主峰とする田上《たなかみ》山群は、名神高速道路の草津田上ＩＣから南東方にあり、新名神高速道路からはすぐ南に見える。花崗岩がなかば風化してマサとなり、崩落したあとにアカマツが生え、そのエキゾチックな山容から、「湖南アルプス」の名でも親しまれている。

節は二年前の「西遊歌」でこの山を詠っている。

（明治36年7月）三十一日、比叡山のいたゞきにのぼりて湖のあなたに田上《たなかみ》山を望むに、折《おり》柄《から》山のうへなる空に雲のむら〳〵とうかび居たれば

比叡の嶺ゆ振放《ふりさけ》見れば　近江のや田上山は　雲に日かげる
天霧《あまぎら》ふ息吹《いぶき》の山は　蒼雲のそくへにあれど　たゞにみつるかも
（全集3：122）

坂本ケーブルの終点「延暦寺」駅の展望台に立つと、標高一三三七メートルの伊吹山は、遠くても明瞭な稜線を見せるのにくらべて、田上山は眼下にうずくまって目立たない。だが滋賀県立琵琶湖博物館の展示にある明治41年の写真を見ると、当時極度のはげ山で、周囲からきわだっていた。白い岩山の上に白い積雲が立ち上がり、その影が山の斜面の凹凸をなぞるように動いていただろう。その現実離れし

（111）大戸川より見た田上山（太神山）。

た白さと凹凸を讃美する気持ちが（111）「うら麗《ぐは》し・うら細《ぐは》し」に託されている。田上山は杣《そま》山として、ヒノキの良材を産した。奈良盆地へ搬出するには、瀬田川・宇治川に流し、淀から木津川を遡る。「藤原宮の役《えだち》の民」は

磐走り　淡海の國の　衣手の　田上山の　眞木さく　檜《ひ》の嬬手《つまで》を　もののふの　八十氏川《やそうじがわ》に　玉藻なす　浮かべ流せれ

（万葉集1・50）

と歌っている。宇治川を流れ下ったのは木材ばかりではない。瀬田の渡渉点で射殺された敵将の死体がまるでウやカイツブリのように浮きつ沈みつ流れる様子を、面白おかしく詠った歌もある。

淡海の海　瀬田の渡りに　潜《かづ》く鳥　多那伽瀰《たなかみ》過ぎて　宇治に捕へつ

（『日本書紀』神功皇后摂政元年3月）

戦勝記念の宴会などで、振りをつけて謡われたのだろうか。

弘文天皇山陵

（112）白妙のいさごもきよき山陵《みささぎ》は　花木犀《はなもくせい》のかをる瑞垣《みづがき》

志賀宮の舊蹟《きうせき》を見て此の山陵を拝すれば一種の感慨なき能《あた》はず

（113）世の中は成《な》れば成らねばかにかくに　成らねば悲し　此の大君《おほきみ》ろ

「山陵」を、詞書では「さんりょう」、歌では「みささぎ」と読みわける。

壬申の乱で敗死した大友皇子の即位を『日本書紀』は記録せず、「天智」の章のつぎに「天武上」「天武下」を置いている。万葉集でも同様の扱いだが、幕末に水戸で編集された『大日本史』では、『扶桑略記』や『水鏡』を根拠に、大友皇子が即位したとする。それをふまえて明治3（一八七〇）年、政府は大友皇子に第三十九代「弘文天皇」の諡号（しごう、おくりな）を贈った。

(112) 真っ白な砂が敷き詰められた弘文天皇のみささぎでは、おりから生垣のモクセイ（木犀）の花が香っている。

モクセイは森可成の墓での歌(106)「冷かに木犀かをる朝庭の　木蔭は闇《くら》き梛《なぎ》の落葉や」にも出てきた。戦死者への供養の香にふさわしいと、節は感じたのだろう。

弘文天皇陵は、京阪石山坂本線別所駅の北西、県道47号から西へ回り込んだ、大津市庁舎駐車場の裏にある。墳墓らしいものはなく、鳥居の手前に真砂が敷かれ、奥にヒノキ林があるだけの、ひっそりした天皇陵である。

(113) 世の中には運のいい人もいれば、運悪く志を遂げられない人もいる。不運な天皇の小ぢんまりした山稜を眺めていると、ある種の感慨を禁じ得ない。

常識的な道歌だが、「ならねば悲し」は、傾きかけた旧家の跡継ぎのため息のようにも聞こえる。

弘文天皇陵を訪ねたら、ついでに林の中の道をいったん戻り、坂道を西へ上って、フェノロサの墓を詣でるとよい。墓石の寄進者の中には、米国の首都スミソニアン博物館の東洋美術コレクションで知られるフリーア Freer の名も見られる。近くには新羅神社もあり、遠く離れた二つの時代、二つの外国を引き寄せた不思議な磁場を感じさせる一角だ。

9・30〜10・1　洛北2　嵯峨、宇多野、栂尾

卅日《さんじふ》、嵯峨に遊びて福田静處《せいしよ》先生を訪《おとな》ふ
(114)一《ひと》むらは乏《とぼ》しき花の白萩《しらはぎ》に　柿の梢の赤き此庵《このいほ》

静處《せいしよ》先生福田世耕《せこう》は、子規より一年年長の慶応元（一八六五）年5月生まれ。『日本』新聞文苑壇の漢詩欄を担当して天田愚庵と親交があり、俳句欄担当の子規とは同僚だった。節は静處から、子規や愚庵の逸話を多く聞かされたことだろう。

(114)白と赤の対比や、「カキ、アカキ」のくりかえしに、節らしさが見られ、欲のない隠者の生活を偲ばせる。(49)「落葉せるさくらがもとの青芝に　一むらさびし　白萩の花」と似ているのは、ともに案内してくれたことへの返礼歌だからかもしれない。結句「この庵」は、伏見で詠った(68)「巨椋《おほくら》の池の堤も遠山も淀曳く舟も　見ゆる此庵」と共通する。愚庵と静處の隠遁姿勢の違いを比べてみるのも一興だ。

（115）嵯峨、野々宮近く、JR山陰線踏切、竹林、柴垣とカシの木。

導かれて近所の名所を探る、野々宮

（115）冷《ひやや》かに竹藪めぐる樫の木の　木の間に青き秋の空かも

ここも福田静處に案内されたのだろう。市街地とちがって洛外の道は、入り組んで見通しが悪い。野《の》々《の》宮《みや》は「野宮《ののみや》」とも書き、源氏物語「賢木《さかき》」の巻で、六条御息所《ろくじょうのみやすどころ》の娘が伊勢の斎宮《さいぐう》として下向する前に、母子で籠った場所とされる。小柴垣による外囲いに「板屋」（板葺きの屋根）といった、「いとかりそめ」の造営である。

(115) 渋く淡い竹の緑と、照りのあるカシの木の濃い緑。その隙間から見える高く澄んだ秋の空。「冷ややかに」は、(58) 法然院「冷ややけく」や (106) 来迎寺「ひややかに」の例で述べたように、気温の低さだけでなく、しんと鎮まった宗教的静謐を現わしている。

野々宮も最近では、嵐山からの人力車が行き交い、赤ゲット（緋色の毛布）とレンタル和服でにぎわっている。だが節の時代は山陰線の列車も通らず、平安時代さながらの淋しい風景だったことだろう。樹皮をつけたクヌギの「黒木《くろぎ》の鳥居」を、光源氏は「さすがに神々しう」と見ているが、本来は人目をさけるカモフラージュだったと思われる。クロモジの小柴垣にいたっては、枯れ枝をまとうミノムシの蓑《みの》（繭《まゆ》）さながらだ。

ここからさほど遠くない鳴滝にある三井秋風の山荘を訪ねた芭蕉は、主人の素朴で超然とした風格を、やはりカシに託している。

樫の木の　花にかまはぬ　姿かな　（『野ざらし紀行』）

(115) はこれを踏まえた、静處への挨拶だろう。

小倉山時雨《おぐらやましぐれ》の亭《ちん》に至る、くさぐ〵の話のうちに茸《きのこ》狩りし趾《あと》の小さき穴に栗の一つ宛《あて》落ちたるは烏のしわざなりなど語らるゝをきゝて

(116) 縄吊《なわつ》りて茸山《たけやま》いまだはやければ　烏《からす》のもてる栗もひりはず

歌人・藤原定家が小倉百人一首を選んだ「小倉山時雨亭」の場所については諸説あるが、候補地の一つ常寂光寺の境内に碑が立っている。京都盆地の北西の角を区切る小倉山は、標高二九六メートルしかなく、頂上はなだらかに見えるが裾の勾配はきつい。

（116）入山権を持たぬ者を締め出すために縄を吊ってある。その季節になれば、キノコ（マツタケか？）を抜いてできた穴に、カラスがクリの実を落とすのだそうだが、季節が早すぎて、確かめられないのが残念だ。「ひりふ」は拾う。ここでも名所を無視して、庶民の目で写生をしている。

「カラスのいけ栗」ということばが美作国《みまさか》（岡山県津山地方）にはあるそうだ。ただし貯餌の習性のあるものは、おなじカラス科でもカケスの方だという（安東次男（一九九三）四五頁）。

近くの嵯峨北堀町の鹿王院には、天田愚庵の墓がある。室町時代の古風な庭を拝観のついでに申し出れば、庭の奥の墓地に案内してもらえる。愚庵は「塔を立つるを得ず」「近親と雖《いへ》ども葬送するを許さず」と遺言し、荼毘に附されたあと、遺骨は天龍寺内の無縫塔に収められた。その後昭和11年1月17日、三十三回忌法要にあたって鹿王院に歌碑が建てられ、遺骨も移された。

鹿王院は天龍寺の塔頭《たっちゅう》で、天龍寺の再建に力を尽くした愚庵の法兄・高橋巍山《ぎざん》が修行した寺である（柳内守一『愚庵物語』一四四頁）。愚庵歌碑は変形の五輪塔で、縦長の水輪（上から四段目の丸い石）に、愚庵辞世の歌が美しい書体で刻まれている。

大和田《おほわだ》に島もあらなくに　梶緒《かじお》絶え　漂《ただよ》ふ舟の行方しらずも

節の時代にはなかった塔だが、愚庵の人柄を偲ぶよすがとして紹介した。

嵯峨《さが》より宇多野《うたの》に到る

（117）小芒《をすすき》の淺山わたる秋風に　梢吹きいたむ
桐の木群《こむら》か

南へゆるやかに傾斜する京都盆地の北側には、「野」と呼ばれる緩扇状地が並んでいる。東から高野、北野、平野、宇多野（うたの、うだの）、嵯峨野、化野《あだし》、すこし離れて大原野で、それぞれ古くから寺社や墓地に利用されてきた。

宇多野は宇多《うだ》天皇ゆかりの土地で、天皇の生母・斑子《はんし》を祀る福王子神社が、周山《しゅうざん》街道に面してある。東には天皇が退位後に籠った御室《おむろ》の仁和寺が、北の大北山には宇多天皇陵がある。仁和寺は最初の門跡寺として多くの皇族がかかわり、文学にも貢献してきた。節も仁和寺を訪れたと思われるが、歌に残したのは、路傍の何げない風景だった。

（117）木の少ない浅山（丘陵）では、目の高さにあ

（116）桂川にかかる松尾（まつのお）橋から見た小倉山（左、標高296m）と愛宕山（中央、標高924m）

るススキが風に吹かれ、頭上ではキリの葉が風にもてあそばれている。「吹きいたむ」は、水気を失ったキリの大きな葉が風にいたぶられ、縁がやぶれだした様子をさす。上の句は「オ、ア、ア」、下の句は「コ、キ、コ」と、それぞれゆるやかに頭韻を踏み、「こずえ　ふき　いたむ」（3・2・3＝8）の字余りのリズムに、間をおいて吹く風の様子が感じられる。

今の宇多野はほとんど宅地化されているが、よく見ると植木や庭石の販売店も残され、節の時代に桐が多く植えられていたのだろうと納得がゆく。キリは箪笥や箱の材料として需要が多かったが、最近では合板やプラスチックに押され、また洋箪笥の普及で需要が激減している。

年譜によれば、この日節は宇多野に泊まり、翌日周山街道を北西へ約一里歩いている。

十月一日、栂尾《とがのを》

(118)　栂尾《とがのを》の槭《もみぢ》は青き秋風に　清滝川の瀬をさむみかも

京都の北西には禅寺が多く、念仏系の寺が多い南東とはおもむきが異なる（林屋、一九六二）。桂川の支流である清滝川に落ち込む三つの尾根、栂尾、槇尾、高尾は「三尾」と総称され、いずれも紅葉の名所である。栂尾には「鳥獣戯画」で有名な高山寺、槇尾《まきのお》には西明寺、高尾には「源頼朝画像」で有名な神護寺が建っている。
(118)　モミジの名所に来てみたが、青い葉をつけた枝が川に突き出ているだけで、秋風が吹くと葉の色を写した清滝川の瀬が寒々としている。

子規の俳句「渋柿や　高尾の紅葉　猶早し」はすでに引いたが、愚庵への手紙に添えた短歌六首の中には「籠にもりて柿おくり来《き》ぬ　ふるさとの高尾の山は紅葉そめけん」もあった。

10・2　近江3　琵琶湖・彦根城

旅の終わりに、節は津の一身田《いしんでん》に桃澤茂春《もしゅん》を訪ねるのだが、奈良経由の関西本線を使わず、水路彦根に出ている。この旅で三度目の近江入りである。

節の生まれ育った国生《こっしょう》は、茨城県内でも常陸国《ひたちのくに》ではなく下総国《しもうさのくに》に属し、鬼怒川の河岸《かし》から、利根川、江戸川、霞ヶ浦などと結ばれていた。節の初期の写生文には、夜舟に乗ったときのことを描いた「土浦の河口」（一九〇四）や、サケ網漁の体験を語る「利根川の一夜」（一九〇四）があり、短篇小説「おふさ」（一九〇九）は鬼怒川が舞台である。『土』の作家長塚節は、「水の詩人」でもあった。琵琶湖まで来たからには、せめて大津から彦根までは船を利用しよう、と思い立ったのだろう。

（119）　二日、大津より彦根に渡る
葦の邊の魞《いり》おもしろき近江の湖　鴫うく秋になりにけるかも
魞は水中に竹簀《たけす》をたて圍《かこ》みたるをいふ、魚とるためなり

(119) 岸に茂るヨシから突き出た魞の形がめずらしく、船の動きにともない魞の簀が粗密さまざまに変化する。いつの間にか秋が深まり、北から渡ってきたカモの類が波間に浮いている。

上の句では「ア、イ、オ、オウ、ウ、ア」とア行がのどかに繰りかえされ、下の句で「カモ・ケルカモ」と洒落ている。

「魞」は国字で、ふつう「えり」と発音されるが、初出『馬酔木』に「イリ」と振り仮名があり、全集もそれを踏襲している。

「おもしろ」の用例としては、(7)ハマユウ、(55)瀬田のシジミ採り、(99)八瀬の竈風呂に次いで四首目で、ハマユウを除けば、地方の珍しい風習をとりあげている。

ただしエリ漁法は「グレ」の名で、慶応年間に霞が浦や印旛沼に導入されているので(『印旛沼周辺の漁と食』)、節が成田参詣のおりなどに見ていた可能性はある。

彦根は二週間前の9月19日に通りかかっているが、今回は天守閣に上った。

彦根城郭内

(120) 鵯《ひよどり》の晴を鳴く樹のさや〱に　葛《くず》も薄《すすき》も秋の風吹く

天守閣にのぼる

(121) 名を知らぬ末枯《うらがれ》草の穂に茂き　甍《いらか》のうへに秋の虫鳴く

(120) 三句「さやさやに」は上の句「樹」の葉音にも、下の句のクズ、ススキのなびく音にも連なる。視点が梢のヒヨドリから下生えにうつる。秋の風は気まぐれだが、ヒヨドリの声が晴れを保証してくれるようで心強い。クズの葉は風に弄ばれて白い裏を見せていたのだろう。
(121) 天守閣の屋根瓦を乗せる粘土は保水力に乏しく、夏のあいだに生えた草もすでに葉先から枯れている。しおれた草は葉の色も形も不鮮明で種類がわからず、「名も知らぬ」と呼ぶしかない。穂ばかりがめだつその草に寄り添って鳴く虫は、風に乗ってこの高さまで飛んできたのだろうか。地上より早く秋を告げている。

(122) 比良の山

夕《ゆふべ》、彦根を去らむとして湖水をのぞむ

ながらふ雲に落つる日の夕かゞやきに　葦の花白し

(122) 彦根から琵琶湖の対岸六里のかなたに、花崗岩の比良山脈がそそり立つ。近江八景「比良の暮雪」にはまだ早い初秋の夕日が、山の後ろに落ちようとしている。棚引く雲の端が逆光で赤く輝き、こちらの岸にはヨシの花が白く光っている。
茂吉注「『夕かがやきに葦の花白し』も、はたらいた、印象の鮮明にして深みのある句である。俳句の方の影響があるのではなからうか」(『長塚節研究』上巻、一二二頁)。

10・3　伊勢街道　白子宿《しろこ》

三日、伊勢に入る

(123) 宮路ゆく伊勢の白子《しろこ》は　竹簾《たけすだれ》古りにしやどの　秋蕎麦の花

伊勢神宮は二年前に訪ねているので、今回は寄らず、かわりに、津の一身田に桃澤茂春を訪ねることにした。東海道の四日市から南へ、伊勢街道で二つ目の宿場が白子《しろこ》である。黒い格子窓の古い建物を今も残し、かつては伊勢染色型紙や鈴鹿墨の産地として栄え、ロシアに漂着した船乗り・大黒屋光太夫の故郷としても知られている。

(123) 伊勢の白子（しろこ）の宿場。

(123) 伊勢神宮参拝のための「宮路」をゆく街道筋の、ややさびれた風景。街道に沿って細長く続く、黒と暗褐色の宿場の街並みのすぐ左（東）には松並木と浜が、右（西）にはソバ畑が見える。ソバの赤みがかった茎と、淡緑色の葉の上に、白く清楚な花が群がっている。「古りにし」は季節をすぎた竹簾の様子とも、さびれかけた宿場の様子ともとれる。

(124) 一身田《いしんでん》村途上

鵲豆《ふぢまめ》を曳く人遠く　村雀《むらすずめ》稲の穂ふみて　芋の葉に飛ぶ

(124) 百姓がインゲンの収穫に忙しいのを良いことに、スズメらは収穫前の稲の穂に乗って籾を喰い荒し、腹がくちくなるとサトイモの畑に飛び移る。

鵲豆《ふじまめ》はインゲンマメもしくはハッショウマメのこと。村雀は群雀、すなわちスズメの群。三種の作物（インゲンマメ、イネ、サトイモ）が植わる三つの場（豆畑、水田、サトイモの畝）に、一種の動物（スズメ、ヒト）がそれぞれの思惑《おもわく》で動いている。情報量の多い写生歌だが、四句「いねのほ」と結句「いものは」の音の遊びが、童謡風で楽しい。

一身田（いしんでん、いっしんでんとも）は津のすぐ北にある浄土真宗高田派の寺で、豪壮な山門を構え、環濠集落の跡を残す。ここには子規の弟子・桃澤重治がいた。明治6年、長野生れの歌人・画家で、節より6歳年長。本名「しげはる」をもじって茂春《もしゅん》と号した。その顔立ちについて子規は「卵に毛生え薬三回分飲ませたる処」と注をつけ、卵に八の字髭を生やした図を描いている。

節にとって茂春は入門当初からの仲間で、月例歌会でしばしば同席した。明治38年1月、茂春は東京から一身田の勧学院に移ったが、孤独であったようで、明38・7・22消印の書簡で節に、「是非御立寄ヒ下度《くだされたく》語るに友もなく詠歌も久しく打絶《うちたへ》候へば　相《あひ》對《たい》して御意見も伺度《うかがひたき》ものに候」と書き送っている。

節が帰宅後の10月15日に柘植惟一に宛てた消息によれば、茂春の「肺病は依然として咳もやみ不申《まうさず》候へども　未だ元気は銷磨《しやうまう》いたさず候」（全集 6：129）という状況だった。12月9日、茂春は「羇旅雑咏」を読んだ感想を、「この度《たび》馬酔木にて旅行中の雑詠 盡《ことごと》く拝見如何にも面白く存候」と書き送っている。だがその八カ月後の39年8月27日、桑名病院で病没。享年35歳だった（『左千夫全集』第八巻、年譜四七七頁）。

一身田の翌日、節は欣人奥島金次郎を誘い、茂春の案内で津の町を見物している。

（124）伊勢一身田（いしんでん）、専修寺唐門（手前）と山門（奥）。

10・4〜5 津

四日、桃澤、奥島二氏と安濃津《あのつ》に遊ぶ、岩田川の河口を贄崎《にへざき》といふ安濃津に集る船は此川に入りて錨《いかり》を卸す

(125)安濃の津をさしてまともにくる船の　贄《にへ》の岬に眞帆の綱解く

(126)贄崎《にえざき》の鯷《ひしこ》の莚《むしろ》ゆふかげり　阿漕《あこぎ》が浦に寄するしき浪

「安濃津」は三重県・津のこと。「伊勢は津で持つ、津は伊勢で持つ、尾張名古屋は城で持つ」と唄われた港町で、廃藩置県当初「安濃津県」が置かれたこともある。明治22年4月1日最初の市制が施行された三〇市の中に、津も含まれている。北から志登茂川、安濃川、岩田川が開口するなかで、流域面積が小さく土砂の堆積が少ない岩田川河口が港として利用されていた。

(125)「まとも、真面」、「眞帆」とあるように、船は東からの追い風を受けてまっすぐ港に向かい、帆桁を引き上げていた綱を入港直前に緩めて、帆をおろしている。

船の帆をおろす風景は、広重の浮世絵「東海道五拾三次之内　桑名・七里渡口」と、明治42年9月発表の短篇「おふさ」が参考になる。

高瀬船が一艘ついたと見えて白帆が一つ土手にくつゝいて止つた。大きな白帆は遠い野を掩うて（床屋の）姿見（鏡）へ大きく映る。白帆は力なさ相《さう》にぐつたりとする。帆綱が解かれたと見えて白帆はくたくに成つて　更にすつと下つた。こつうんと丸太を投げた様な響《ひびき》が土手の下から

近く聞《きこ》えた。

（「おふさ」、全集2：120～1）

(126) 浜辺の筵の上に煮干しをひろげて干している。すでに日がかげり、取り込むべき時だろうに、浜辺に放置されたままだ。静かな波が寄せては返す、夕方の浜辺の物悲しさ。「しき浪」は「頻波・重波」で、あとからあとから押し寄せる波の意。(105)「しき鳴くや鴫」の例がある。「贅崎」「阿漕」という古い地名が、風景に古色を添えている。「ひしこ」はカタクチイワシを干した煮干しの一種。「むしろ」があるので、干す風景だとわかる。

明治34年11月『日本週報』には「ひしこ漬」の題詠で、節の長歌と反歌が掲載された。

足妣木《あしびき》の山を近みと。木がくれに家居しせれば、世のことしけ疎《うと》くあれど。雁がねの刈田さわたり。秋風の寒けき頃の。てる月の明き夜頃は。鰯引く浦にぎはふと。辟竹《そきたけ》の籃《かご》にみてなめ。こゝまでにひしこも來《きた》れ。鶉《うづら》鳴く畑のしげふの。しだり穂の粟《あは》とり交へ。八鹽折《やしほをり》の酢につけまくと。京《みやこ》さびこゝに吾せる。珍らしみとぞ。

秋風の寒く吹くなべ　竹籃にひしこ持ちて來　とほき濱びゆ

（「ひしこ漬」、全集3：37～8）

歌の大意は、山に近い僻村に住んでいると、秋になれば太平洋で取れた「ひしこ」をかごに詰めて売りにくる。それに粟《あわ》を混ぜ、上等な酢に漬けて東京人のまねをしてみようか。「八塩折り」は何度も手間をかけて作ること。

子規の句に「善き酒を　吝《おし》む主《あるじ》や　ひしこ漬け」（明治32年）があり、「鯷漬け」について『俳諧歳時記栞草《しおりぐさ》』には、『和漢三才図会』からの引用で、「一二寸ばかりの小鰯《こいわし》を用て醢《あつもの》とす。造法、鮮鰯《なまいわし》一升、洗はずして塩三合和し、三日にして後、石を以《もって》これを圧《お》す」とある。節の酢漬けは、発酵で酸っぱくするのを待たずに作る即席食品のようだ。若狭、丹後の「へしこ」は、鯖を塩漬けのあとぬかに漬けて発酵させ、古風を伝える。

奥島欣人（本名金次郎）は岐阜の『鵜川』同人で、短歌より俳句を得意とした。名古屋市木挽町1丁目で養蜂業、本人によれば「一銭が二銭の利を争ふ小なる商業」、を営んでいた（全集別巻、明38・1・31）。養蜂業の関係で、昆虫を詠んだ歌を集めて、名和昆虫研究所発行の『昆虫世界』に発表している。

欣人はまた、左千夫の独裁的な『馬酔木』編集の態度に反感をもつ、地方の子規門人の一人だった。明治37年7月発行『鵜川』二の二に、「馬酔木と謂《い》はず、鵜川と謂はず、此《この》ごろの歌を見るに、いづれも面白からぬ作のみにて、飽《あき》たらぬふしこそおおけれ」と詞書をつけ、

　ぬた人の、腐れるぬたを、見る毎に、胸くそあしく、たぐりせんとす

など罵倒の歌三首を載せた。「ぬた」は糞、「たぐり」は嘔吐。

だがこの喧嘩、相手が悪かった。左千夫は翌8月7日発行『鵜川』二の三に、「嗤笑太具利與四徒《アザワラヒテタグリノヨシト》鼻麿作歌《ハナマロヲヨメル》」と題して、短歌八首を発表した。「与四徒」は「欣人《よしと》」を万葉仮名で表したもの。大きい鼻の持ち主だったようだ。うち三首を、読みやすく分かち書きする。

　しが鼻を　然かも大きく　高くせば　睾丸《フグリ》見む時　見えずかもあらむ
　他《ヒト》ぬたを　臭しとを云へ　自《おの》か（が）ぬたの　臭味もわかずか　おぞの醜《しこ》鼻
　蛆《うじ》むせる　ぬたをくへりと　太具利《たぐり》すと　自《おの》か（が）長鼻を　土にうちそね

左千夫の憤慨はこれでも収まらず、同じ日付で節に宛てて、『馬酔木』の編集が思うに任せないいらだちをぶつけている。

市《いち》天狗　野羅《のら》天狗らが　鼻見にく（醜）　片やふとけく　かたや赤けく

「市天狗」は奥島欣人、野羅天狗は上総の林業家・蕨《わらび》真一郎、号蕨真《けっしん》のこと。「天狗にならぬ岡（麓）は（『馬酔木』に）金を出さず、少し金を出す蕨（真一郎）は天狗となる」とも書き添えている。『馬酔木』に対抗していた『鵜川』も、明治37年11月20日発行「二の五」を最後に廃刊となり、津で節が会ったころ、欣人はさばさばとした気持ちでいたことだろう。

五日

(127) 伊勢の野は秋蕎麦白き黄昏《たそがれ》に　雨を含める伊賀の山　近し

(127)「誰《た》そ彼《かれ》」どき、薄墨色にぼんやり暮れてゆく野に、秋蕎麦の畑が白い帯となり、奥には「伊賀の山」（布引山地）が黒い屏風のように立つ。雲の白い隈取が山ひだを際立たせるせいか、四里先の遠景が思いがけない近さに迫って見える。

手前にひろがる「伊勢の野」の水平に対して、奥に聳える「伊賀の山」の垂直。見えているのは布引山地の伊勢側斜面だが、あえて「伊賀の山」と呼び、伊勢平野との地形の違いを強調した。複雑な絵画的イメージが句頭「イ、ア、タ、ア、イ」と折り返しの頭韻で引き締められ、暗誦もしやすい。「羇旅雑咏」中もっとも技巧的な歌の一つであり、好き嫌いが大きく分かれる一首だろう。

10・6　能褒野《のぼの》

六日、能褒野に至る、山陵は小なれども神さびたるに、程近き宮はあたり淋しくして形ばかりに齋《いつ》きたるさまなり

(128) 浅茅生《あさじふ》のもみづる草にふる雨の　宮もわびしも　伊勢の能褒野は

(129) 秋雨のしげき能褒野の宮守は　さ筵掩《むしろおほ》ひ芋のから積む

能褒野《のぼの》（能煩野）は、日本武尊《ヤマトタケルノミコト》が伊吹山で山の神の怒りに触れたあと、鈴鹿山脈東麓に沿って南下し、「大和は　国のまほろば　たたなづく　青垣　山ごもれる　大和しうるはし」と詠って息絶えた場所である。ここを訪ねることは、前年に立てた「旅行豫定覺書」に組まれていた（全集5：138）。

能褒野の場所については三説あるが、節が訪れたのは、明治12（一八七九）年に政府が日本武尊の墓と比定した前方後円墳で、安楽川と御幣《おんべ》川の合流点のすぐ東にある。

秋雨がしと〳〵とあさから降りつゞいて居る。能褒野へ行くのは此《これ》でよいかと道で逢うた百姓に聞いたら　あれに見える土手が鈴鹿川で　土橋が架《かか》つて居る。土手へ出ればすぐに山陵が見えるといつた。土手へのぼると百姓のいつたやうに長い橋があつて　其先《その》には一村の民家が見えてこんもりとした小さな木立が其側に繫つて居る。

（明41・4・1発行『アカネ』一、三発表「松蟲草」の「二」、全集2：384～5）

「鈴鹿川」は「安楽川」の本流。古墳はスギ、ヒノキ、アラカシ、コジイ、クス、クロマツなどで

覆われ、周囲は水田である。表示板によると、埋葬品の特徴から、四世紀末に作られたと推定される。

(128)雑草の葉が黄色く枯れたうえに、秋雨がしずかに降っている。何と侘しい風景であることか、この伊勢の国の能褒野は。「ミやモわびしモ、いせノノぼノは」と口ごもるマ行、ナ行が続き、つぶやくような歌だ。

(129)「芋のから」は芋茎《ずいき》のことだろう。干しきらぬうちに雨が降り出したので、いそいで筵で覆っている。宮守の孤独で貧しい生活を偲ばせる。

節はこのあと、四日市に出るために高宮停車場(現在のJR加佐登《かさど》駅)へ急いだ。途中でカキ(柿)の実を買い、雨の中を歩いているうちに、草鞋(のかかとの紐?)が切れて泥が跳ねあがり、ズボン下は臀のあたりまで「くっしり」と泥水に浸したようになった(前掲の写生文)。

(128) 伊勢安楽川にかかる「のぼの橋」より能褒野山稜(右の深い木立)を望む。奥の鈴鹿山脈に雲がかかっている。

海路　三河・相模

10・6　伊良湖《いらご》の荒波

四日市から節は、汽船で横浜に向った。前年に準備した「旅行豫定覺書」では、汽船賃銭三円、乗船三日で横浜に着くはずだった（全集 5：138〜9）。だが船はいったん出港したものの、波が高くて太平洋までは乗り出せず、伊良湖の岬で停泊した。

四日市より横濱へ汽船に乗る、風浪烈しくして伊勢灣を出づる能《あた》はず、伊良胡崎の蔭に假泊す

(130) 潮さゐの伊良胡が崎の巖群《いはむら》に　いたぶる浪は見れど飽《あ》かぬかも

(130)「潮騒の」は「伊良湖」の枕詞。伊良湖は万葉集以来さかんに詠われてきた歌枕だが、船から見る景色は珍しい。岸に打ち寄せる波が岩を「いたぶ」っている。揺れる甲板の手すりにもたれ、顔を風になぶられながら、節は荒れる海岸を飽かず眺めていた。波の実写は、「羇旅雑咏」冒頭の（1）

「吹きしなふ」、（2）「水泡《みなわ》吹きよする」を思い出させる。

伊良湖は明治30年、柳田國男が浜辺に流れ着いたヤシの実を見て、日本民族の南方からの漂流説を唱えたことで有名になった。節の明治32年版「作歌手帳」にある「地圖の買ふへ（べ）きもの」のなかに、伊良湖岬が含まれ（全集5：122）、特別なあこがれを持っていたようだ。明治36年「西遊歌」の旅で、伊良湖を訪ねている。

　熊野より船にて志摩へかへると、夜はふねに寝てあけがたに鳥羽の港につきてそこより伊勢の海を三河の伊良胡が崎にいたる

三河の伊良胡が崎は　あまが住む庭のまなごに　松の葉ぞ散る
　十六日、つとめて伊良胡が崎をめぐりてよめる
いせの海をふきこす秋の初風は　伊良胡が崎の松の樹に吹く
しほさゐの伊良胡が崎の萱草《わすれぐさ》　なみのしぶきにぬれつゝぞさく
（明治36年発表「西遊歌」）

伊良湖は「神風の伊勢」の対岸で風が強く、港の裏山に生えるトベラなどはまるで高山のハイマツのように低く這っている。「萱草《カンゾウ》」には一重のノカンゾウと八重のヤブカンゾウとがあり、別名「わすれぐさ」は後者である。さいきん伊良湖岬の周囲に花崗岩の遊歩道ができ、歩きやすく安全にはなった反面、波の飛沫に濡れつつ萱草《わすれぐさ》が咲く野趣は失われた。

夜半（錨を）巻く、雨全く霽《は》れて星かゞやけり

(131) 伊良湖崎なごろもたかき小夜ふけに　揺《ゆ》りもてくれば心どもなし

全集で「錨を」を脱字として補ってあるのに倣った。夜になって雲が切れ、船は出航した。

(131) 太平洋は嵐のなごりの波が高くうねり、夜中になっても船の揺れが大きいため、不安で心が落ち着かない。「なごろ」は「なごり」の変化した語。「こころど」は「心利」と書き、しっかりした心、気力の意。

10・7　観音崎のクラゲ

七日、船観音崎《かんのんざき》に入る

(132) しづかなる秋の入江に　波のむた限りも知らに　浮ける海月《くらげ》か

観音崎は三浦半島の東南端にあり、(3)に出てきた「安房の門」（浦賀水道）を守る要衝である。観音崎に港はないので、詞書は「観音崎をかすめて東京湾に入る」の意味だろう。

(132) 前夜とは打って変わった穏やかな航海となった。ゆったりとうねる波の動き（「波のむた」）に合わせて、白く半透明なクラゲの笠がせり上がったり隠れたりする。そのユーモラスな動きを見なが

ら、長旅を終えた安堵の気持ちに浸っている。

今は静かなこの海域も、古くは「走水海《はしりみずのうみ》」と呼ばれ、日本武尊《やまとたけるのみこと》の船を無事に渡すために、弟橘《おとたち》比売《ばなひめ》が入水《じゅすい》した場所として知られる。幕末には黒船の来訪で騒がれた場所でもある。

10・13　迎えてくれたヨメナとカボチャ

横浜に上陸した後、節は東京の左千夫宅に泊まったようだ。『左千夫全集』第八巻の「年譜」には、「十月八日（推定）長塚節が関西方面の旅からもどり、滞在する。十二日、節が帰郷する」とある。

十三日、郷に入り鬼怒川を過ぐ

(133)　異郷《ことざと》もあまた見しかど　鬼怒川の嫁菜が花は　いや珍らしき

(134)　わせ刈ると稲の濡莖《ぬれぐき》ならべ干す　堤の草に赤き茨《ばら》の實

12日に東京を発ち、下館停車場から馬車で下妻に出て、いつものように光明寺で一泊したのだろう。翌日若宮戸から皆場へ渡れば、国生までは南へ一里である。詞書の「郷」は「ごう」とも「さと」とも訓める。

(133) ヨメナは天橋立途上で詠い、あちこちの路傍でも目にしてきたが、やはり故郷のヨメナはとくに美しく可憐だ。

ヨメナは「野菊」と総称されるキクに似た野生植物の一種。左千夫は『野菊の墓』の執筆に取り掛かっていたころなので、あるいはその刺激をうけて、この歌が生まれたのかもしれない。

「珍し」は「目新しく見える」の意味にもとれるが、「難波人《なにわびと》葦火《あしび》焚く屋の煤《す》してあれど おのが妻こそ常《つね》めずらしき」(万葉集 11・2651)(他人の目には煤けた女と映るかもしれないが、いつ見ても可愛く飽きない者なのよ、わしの妻は)を本歌と考えるなら、「愛でるに値する」と解せる。前年秋、遼陽陥落の報に日本国中が湧きかえるなか、節も熱に浮かされたように、戦地にいる元同級生に長文の手紙を書き送った。その中の、「嫁菜」は姿も名前もやさしいではないか、という一節があり、やさしい嫁に憧れていたようだ(拙著『節の歳時記』参照)。

もっとも関東以北に自生するカントウヨメナ *Kalimeris pseudoyomena* は、西日本に分布するヨメナ *K. yomena* とは別種とされ、節がその違いを踏まえて「珍らしき」と詠んだ可能性も否定できない。

(134) 帰ってみると、すでに早生《わせ》の稲は刈られて、土手に干されている。ノイバラの実のさびた赤が、冬の仕度を促している。ノイバラの実については、一二年後にも詠っている。

茨《ばら》の実の赤びあけびに草白む 溝の岸には稲掛けにけり(明41・2・6発表「晩秋雑咏」、全集 3:306)

「羇旅」から戻った節は、本格的な稲刈りに間に合った安堵と同時に、農繁期の緊張感を覚えていただろう。この日の記憶は『土』21章で、麦播きの準備に忙しい一日を接骨医通いで無駄にする勘次の焦りとからめて語られる。

土手はやがて水田に添うてうねうねと遠く走っている。土手の道幅が狭くなった。それは刈られてぐっしゃりと湿っている稲が　土手の芝の上一杯に干されてあったからである。稲はぼつぼつと簇《むらが》っている野茨《のばら》の株を除いて　悉《ことごと》く拡げられてある。野茨の葉はもう落ちてしまって、小さな枝の先には赤いつややかな実が一つずつ翳《かざ》されている。草刈の鎌を遁れて確乎《しっか》とその株の根に縋《すが》った嫁菜《よめな》の花が　刺立《とげだ》った枝に倚《よ》り掛りながら　しっとりと朝の湿いを帯びている。濡れた稲の臭《におい》が勘次の鼻を衝《つ》いた。

（『土』21：258／318～9）

我がいへにかへりて

(135) めづらしき蝦夷《えぞ》の唐茄子《たうなす》　蔓《つる》ながらとらずとおきし　母の我がため

(136) 唐茄子は廣葉《ひろば》もむなし　雑草《あらくさ》の蚊帳釣草《かやつりぐさ》も末枯《うらがれ》にして

(135)「蝦夷の唐茄子」は、当時西洋農法の実験と普及がさかんだった北海道からもたらされた、アメリカあたりのカボチャ品種だろう。節が家を空けていたふた月のあいだに太り、収穫できるまでに熟していたが、畑に成っている姿を息子に見せてからと、母が収穫せず畑に残しておいてくれたのだ。離れていても互いを思い合う母と子である。

(136) 夏の盛りに広々とひろがっていたカボチャの葉も、秋になって破れ、あるいは萎れて、あちこちに隙間ができた。その間を抜き出たカヤツリグサの葉も、先の方が白く枯れはじめている。留守にしていた二か月の長さを、もっとも端的に示すのが、畑の姿である。帰郷した安堵に、「空し」「末枯れ」がまじるのは、迫りくる冬への備えを思い、父親に変って地主業に追われる身を侘しく思う気持ちが、まじっているからだろう。

「羇旅雑咏」の修辞法

まとめ

節の短歌の基本はあくまでも実景写生だが、写生を生かす「修辞法」（レトリック）の重要性にも、節は気づいていた。「羇旅雑咏」は写生と修辞がせめぎ合い、ひとつの頂点に達した時期の作品である。具体的には以下の技法が認められる。

音韻上の工夫：頭韻・脚韻、同語反覆・同音異語など。
構造上の工夫：二首一対・歌語ごとの定位置（初句「秋雨」、二句「雲・霧」、三句「秋風」など）。
本歌取り：記紀歌謡、神楽・催馬楽、万葉集、説教節、民謡、俳句
東歌の影響：野良仕事を観察、地名の重視、地方色を指摘、方言の借用、頭韻
俳句の影響：軽み、細み、さび、挨拶
地名の活用

頭韻――木曽のカキクケコ歌など

尾山篤二郎は節の歌の欠点として押韻癖を指摘し、「サシスセソ歌」などと揶揄している（『鑑賞長塚節歌集』一九二九）。これに対してアララギ派歌人からの反論は見られない。節の頭韻癖を評価していないからだろう。近年ようやく俵万智が節の「初秋の歌」の一首「小夜深《さよふけ》にさきて散るとふ稗草のひそやかにして秋さりぬらむ」を取り上げ、「響きを味わう」例としてS音とH音の連続を褒めている（『短歌をよむ』岩波新書、一九九三）。

頭韻の例は「羇旅雑咏」にきわめて多く、中でも「アイウエオ歌」と「カキクケコ歌」が目立つ。以下の一覧表では、行ごとに該当する字をカタカナで、そのうち句頭に立つものを太字で示す。歌の末尾の分数は「句頭の当該音数／全当該音数」を示す。

ア行は子音をともなわず、ローマ字ではAIUEOの五字いずれかでつづられる。これらを同じ「韻」と感じるのは、日本語に特有の感覚かも知れない。「羇旅雑咏」には「ア行頭韻」が二五首あり、近江、山城（京都）の歌にとくに多い。筋肉を弛緩させての音が、広くひらけた海岸・湖岸風景や、懐古の情と結びついている。

(109) イにしエの　オウみアがたわ　ウみひろく　イねのほつくに　ウつそみもよき　(5／8)
(96) アかしがた　アみひくウエに　アまのがわ　アわじになびき　くものほにイる　(4／7)
(56) アきさめに　アわずのくれば　アしのほに　ウみしずかなり　とオやまわみエず　(4／6)
(127) イせののわ　アきそばしろき　たそがれに　アめオふくめる　イがのやまちかし　(4／5)
(119) アしのべの　イりオもしろき　オウみのウみ　かもウくアきに　なりにけるかも　(3／8)
(34) オとこエし　まじれるくさの　アきさめに　アまたわなかぬ　こオろぎのこエ　(3／6)
(121) なオしらぬ　ウらがれぐさの　ほにしげき　イらかのウエに　アきのむしなく　(3／6)
(130) しオさイの　イらごがさきの　イわむらに　イたぶるなみは　みれどアかぬかも　(3／6)
(44) ウろこなす　アきのしらくも　たなびきて　イぬやまのしろ　まつのウエにみゆ　(3／5)
(29) オみなエし　しげきがもとに　まばらかに　オまつわかまつ　オイまじりみゆ　(3／5)
(117) オすすきの　アさやまわたる　アきかぜに　こずエふきイたむ　きりのこむらか　(3／5)
(111) しがつのや　アきたもゆたに　ウみへだつ　たのかみやまわ　アやにうらぐわし　(3／3)
(68) オオくらの　イけのつつみも　とオやまも　よどひくふねも　みゆるこのイオ　(2／6)
(94) イわしひく　ふくろオオもみ　ひきかねて　びくにてすくウ　イそのアさせに　(2／6)
(129) アきさめの　しげきのぼのの　みやもりわ　さむしろオオイ　イものからつむ　(2／5)
(124) ふじまめオ　ひくひととオく　むらすずめ　イねのほふみて　イものはにとぶ　(2／4)
(72) アしまじり　よめなはなさく　よさのウみの　イそすぎくれば　きりウすらぎぬ　(2／4)
(97) ちぬのウみ　ウかぶももふね　やそふねの　アかしのせとに　まほむかイくも　(2／4)

(103) ぬのぐもに　むらくもかかる　アさまだき　オウみのウみに　とよもすやもず　(2／4)
(70) イかるがの　わちのみたにの　やそむらに　なにオウくりやま　イまだはやけん　(2／4)
(92) オきさかる　ふなびとオらび　くがどよみ　アかしのはまに　よあみよるひく　(2／3)
(110) ウつゆウの　さきくにやまと　すみすてて　ウべしらしけん　しがのみやどころ　(2／3)
(30) アかときの　ほのかにきりの　ウすれゆり　からまつやまに　かしどりのなく　(2／2)
(35) きそやまわ　オくがわふかみ　オもわねど　みゆべきみねも　かくりけるかも　(2／2)

カ行頭韻の例は多く、「歌謡調」の軽快なリズムを奏でる。地名の木曽（四首）、甲斐（一首）や農作業「刈る・掻く」にリードされる農村写生に、万葉集巻十四「東歌《あずまうた》」の影響が感じられる。

(32) キそひとの　あキたのクろに　カるすすキ　カりほすうえに　コさめふりキぬ　(4／8)
(36) キそひとの　あさクさカらす　クわばたに　まだなキしキる　コおろぎのコえ　(3／8)
(41) あせあえて　コゆるたむケの　クさむらに　クさぜみなキて　すずしコカげわ　(3／7)
(11) カいびとの　いしうすたてて　コにクだク　もろコしキびカ　コのみゆるやまわ　(3／7)
(37) キそひとよ　あがたのいねお　カらんひや　とりてたクらん　クりのコわいい　(3／5)
(80) ゆらのねに　クりたのコらが　コるしばわ　クがゆわやらず　あまぶねにコぐ　(3／5)
(9) うめのキの　おちばのにわゆ　カキごしに　コまのむらねに　クもさわぐみゆ　(3／5)
(35) キそやまわ　おクがわふカみ　おもわねど　みゆべキみねも　カクりケるカも　(2／8)
(30) あカときの　ほのカにキりの　うすれゆク　カらまつやまに　カしどりのなク　(2／8)

（10）ココにして　カキのコずえに　たたなわる　むらやまコめて　あキのクもたつ　（2／8）
（115）ひややカに　たケやぶめぐる　カしのキの　コのまにあおキ　あキのそらカも　（2／8）
（117）おすすキの　あさやまわたる　あキかぜに　コずえふキいたむ　キりのコむらカ　（2／7）
（84）ゆらがわの　キりとぶキしの　クさむらに　よめながはなわ　あざやカにみゆ　（2／4）
（45）あさじうの　カがみがはらわ　むれてカる　まぐさほしクさ　まクまでにカク　（1／6）

サ行はひそやかな「ほそみ」に用いられる。「小波」「滋賀」「瀬田川」の語で近江の景色と結びつき、おりからの「白」「秋雨」とも響きあう。（72）はア行＋サ行の頭韻。

（6）シおみつと　なみうついソの　いらくサの　シげきがなかに　サけるはまゆう　（3／5）
（55）シじみとる　ふねおもシろき　セたがわの　シずけきみずに　あきサめぞふる　（3／5）
（93）セとのうみ　きよるいわシわ　いやみずの　シおのあかシの　シおなぎにひく　（3／5）
（107）ササなみの　シがのあがたの　ねぎづくり　ソだがきつくる　あらきソだがき　（3／5）
（103）ササなみの　サやサやきよる　あシむらの　はなにもつかぬ　ゆうあきつかも　（2／5）
（62）おちばセる　サくらがもとに　いソいたつ　むくげのはなの　シろきあきサめ　（2／5）
（61）あきサめの　シくシくソソぐ　たけがきに　ほうけてシろき　たらのきのはな　（1／6）
（112）シろたえの　いサごもきよき　みササぎは　はなもくセいの　かおるみずがき　（1／5）
（41）あセあえて　こゆるたむけの　くサむらに　くサぜみなきて　スずシこかげわ　（1／5）
（72）あシまじり　よめなはなサく　よサのうみの　いソスぎくれば　きりうスらぎぬ　（0／6）

タ行の韻を踏む例は少ない。

(31) もろきぎお　ひタおおいのぼる　しらくもの　タえまにみゆる　タにのあきそば　(2／3)
(61) あきさめの　しくしくそそぐ　タけがきに　ほうけテしろき　タらのきのはな　(2／3)
(10) ここにして　かきのこずえに　タタなわる　むらやまこめて　あきのくもタツ　(1／4)
(98) かまツかも　ツくるかきツの　そしろだに　ひタのなわひく　そのみずぐるま　(1／4)

ナ行頭韻は二例しかないが、そのうち (113) はナ行11音に未練を託して、ユニークだ。マ行頭韻を補強する (40)「ミノ・ミネ」や、句末の助詞「ニ・ノ」を活かしたナ行脚韻 (28) (128) もあり、ナ行は語頭以外の場で「粘り」の効果を添えている。

(113) よノナかわ　ナればナらネば　かニかくニ　ナらネばかナし　こノおおきみろ　(2／11)
(47) ナまずえの　ナわておくれば　たノくろノ　まめのナかにも　まんじゅさげあかし　(2／5)
(28) しだりほノ　あわノはたけニ　はりノこる　ききょおがはらノ　おみナえしノはナ　(0／8)
(128) あさじうノ　もみずるくさニ　ふるあめノ　みやもわびしも　いせノノぼノわ　(0／6)
(40) まさやかニ　みゆるナがやま　みノノやま　あおきやまとおおし　みネかさナりて　(0／6)

ハ行頭韻は二例しかないが、弱い子音をもつハ行は、無子音のア行と頭韻を踏み、鄙びた村の閑寂を表す。

(7) ハまゆうわ　ハなのおもしろ　ゆうされば　おりもてくれど　ヒらくそのハな　(3/4)
(124) フじまめお　ヒくヒととおく　むらすずめ　いねのホフみて　いものハにとぶ　(2/6)
(100) ちまきまく　ささのヒろハお　おおハらの　フりにしさとわ　あきのヒにホす　(1/6)
(28) しだりホの　あわのハたけに　ハりのこる　ききょおがハらの　おみなえしのハな　(1/5)
(97) ちぬのうみ　うかぶももフね　やそフねの　あかしのせとに　まホむかいくも　(0/3)

マ行頭韻は八首と比較的多く、総じて鄙びた風景のおちつきを表す。(40)と(45)〜(47)が美濃で詠われたことは注目に値する。

(40) マさやかに　ミゆるながやマ　ミののやマ　あおきやマとおおし　ミねかさなりて　(4/7)
(46) マつかげわ　しのモすすきモ　ことぐさモ　ミなことごとく　マんじゅさげあかし　(3/6)
(45) あさじうの　かがミがはらわ　ムれてかる　マぐさほしくさ　マくマでにかく　(3/5)
(128) あさじうの　モミずるくさに　ふるあメの　ミやモわびしモ　いせののぼのわ　(2/6)
(47) なマずえの　なわておくれば　たのくろの　マメのなかにモ　マんじゅさげあかし　(2/5)
(81) マしばこり　マつこるこらが　ゆうがえり　ときモおそきモ　いそにたちマつ　(2/5)
(91) あわじのや　マつおがさきに　しらほマく　ふねあきらかに　マのうえにミゆ　(2/4)
(88) マつかげの　くさのしげミに　ムれさきて　ほこりにあミし　おしろいのはな　(2/4)
(105) ぬのぐモに　ムらくモかかる　あさマだき　おうミのうミを　とよモすやモず　(1/8)
(29) おミなえし　しげきがモとに　マばらかに　おマつわかマつ　おいマじりミゆ　(1/7)

(19) こがらメの　えのきにさわぐ　あさマだき　ゆうなミぐモに　ミゆるやマのほ　(1／6)
(124) ふじマメお　ひくひととおく　ムらすずメ　いねのほふミて　いモのはにとぶ　(1／6)
(129) あきさメの　しげきのぼのの　ミやモりわ　さムしろおおい　いモのからつム　(1／6)
(97) ちぬのうミ　うかぶモモふね　やそふねの　あかしのせとに　マほムかいくモ　(1／6)

ヤ行単独で韻を踏む例は三首しかないが、ハ行の場合と同じく子音の弱い行として、(19)(72)のようにア行と頭韻を踏む。

(38) ユるヤかに　すぎユくくもお　みおくれば　ヤまのこむらの　さヤさヤにユる　(2／7)
(84) ユらがわの　きりとぶきしの　くさむらに　ヨめなのはなわ　あざやかにみユ　(2／3)
(72) あしまじり　ヨめなはなさく　ヨさのうみの　いそすぎくれば　きりうすらぎぬ　(2／2)
(19) こがらめの　えのきにさわぐ　あさまだき　ユうなみぐもに　みユるヤまのほ　(1／3)
(70) いかるがの　わちのみたにの　ヤそむらに　なにおうくりヤま　いまだはヤけん　(1／3)
(40) まさヤかに　みユるながヤま　みののヤま　あおきヤまとおし　みねかさなりて　(0／5)

ラ行は漢語・仏教用語を除けば語頭に立つことが稀なため、ラ行頭韻の例はない。そのかわり(32)(37)(80)(81)で「カ行ラ行」、(113)「ナ行ラ行」、(100)「ハ行ラ行」のように、二音節の第二音で活躍する。

(80) ゆラのねに　くりたのこラが　こルしばわ　くがゆわやラず　あまぶねにこぐ　(0／5)

(32) きそびとの　あきたの**くロ**に　**かル**すすき　**かり**ほすうえに　こさめ**ふり**きぬ　(0／4)
(37) きそびとよ　あがたのいねお　**から**んひや　とりてた**くラ**ん　**くり**のこわいい　(0／4)
(81) ましば**こリ**　まつ**こルこラ**が　ゆうがえリ　ときもおそきも　いそにたちまつ　(0／4)
(113) よのなかわ　**なレ**ばな**ラ**ねば　かにかくに　**なラ**ねばかなし　このおおきみロ　(0／4)
(100) ちまきまく　ささの**ひロ**はお　おお**はラ**の　**ふり**にしさとわ　あきのひにほす　(0／3)

同語反復と同音意義

同音の繰りかえしは、記紀歌謡や神楽・催馬楽のような古風でとぼけた響きとなる。大らかな国讃め歌に多い。

(8) かいの**クニ**は　あおたのよ**クニ**　くわの**クニ**　もろこしきびの　ほにつづく**クニ**
(40) まさやかに　みゆるなが**ヤマ**　みのの**ヤマ**　あおき**ヤマ**とおし　みねかさなりて
(27) きりがみねは　くさのしげ**ヤマ**　たいら**ヤマ**　はぎ**カル**ひとの　おおなぎに**カル**
(107) ささなみの　しがのあがたの　ねぎつくり　**ソダガキ**つくる　あらき**ソダガキ**
(113) よのなかは　なれば**ナラネバ**　かにかくに　**ナラネバ**かなし　このおおきみろ
(51) たきのへの　もみじの**アオバ**　ぬれ**アオバ**　しぶきをいたみ　ちりにけるかも
(93) せとのうみ　きよるいわしは　いやみずの　しおのあかしに　**ヨ**あみ**ヨル**ひく
(46) まつかげわ　しのもすすきも　**コト**ぐさも　みな**コトゴト**く　まんじゅさげあかし

(41) あせあえて　こゆるたむけの　クサむらに　クサぜみなきて　すずしこかげわ

同音異語の組み合わせもある。

(23) たていしの　やまコエゆけば　からまつの　こぶかきたにに　もずのなくコエ
(76) とりよろう　あまのはしだて　よこさまに　みさクルやまお　クルひとまわれ
(81) ましばこり　マツこるこらが　ゆうがえり　ときもおそきも　いそにたちマツ
(119) あしのべの　いりおもしろき　おうみのうみ　カモうくあきに　なりにけるカモ

構造上の工夫

一日当たりの詠歌数

旅の日付をその日に詠われた歌の数で分類すると、以下のようになる。ただし9月5日と7日は諏訪の歌会でそれぞれ七首と六首を詠っているが、「羇旅雑咏」には録されていないので、ここでは作歌ゼロの日とした。

総詠歌数一三六を総日数57で割れば、一日平均二首強となる。作歌ゼロの日を除けば、一首でも歌を詠んだ日は46日あり、これで割れば、一日平均約三首詠んだことになる。

0首＝21日：8／19～22（東京、左千夫宅四日間）、24～26（房州三日間）、28～30（左千夫宅三日間）、9／2（甲州八代、古屋宅一日）、5、7（諏訪、布半旅館二日間）、13～14（岐阜、塩谷華園宅二日間）、18（大垣、柘植潮音宅一日）、10／8～12（左千夫宅五日間）。
1首＝6日：9／1、26、27、10／1、5、7
2首＝9日：8／18、23、9／8、11、15、17、22、10／3、4
3首＝3日：8／27、31、9／12
4首＝7日：9／4、16、19、30、10／2、6、13
5首＝5日：9／6、10、21（伏見桃山）、24（由良川、四所）、28（八瀬、大原、堅田）
6首＝1日：9／9
7首＝2日：9／3、20（京都東山）
8首＝0日
9首＝0日
10首＝3日：9／23（天橋立、由良）、25（須磨明石）、29（堅田、大津京、弘文天皇陵）。

このように二首詠んだ日がもっとも多く、ついで四首、五首となり、多い日には十首にいたるが、八～九首の例はない。子規が得意とした十首一連の型を意識したものと思われる。多産の日に歌の調子がだれることはなく、むしろ最後の歌には余韻に優れた作が多い。たとえば次の歌がそうだ。

(18) 白妙にかはらはこのさきつづく釜無川に日は暮れむとす　9／3（七首の最後）

(64) 糺の森かみのみたらし　秋澄みて檜皮はひてぬ　神のみたらし　9／20（七首）
(81) 眞柴こり松こる子らが夕がへり　疾きも遅きも磯に立ち待つ　9／23（十首）
(96) 明石潟あみ引く上に天の川　淡路になびき雲の穂に入る　9／25（十首）
(113) 世の中は成れば成らねばかにかくに　成らねば悲し此の大君ろ　9／29（十首）

同句一対

「羇旅雑咏」には二首一対で詠われたものが多く、それらは「同句一対」と「尻取り一対」に分けられる。

「同句一対」では地名でそろえる例が多い。括弧内に示すように、二首の視点は異なり、その不即不離に漢詩の影響が感じられる。

(23) **たていしの**　山こえゆけば　落葉松の　木深き渓に　鵙《もず》の鳴く聲（陰・聴覚）
(24) **立石の**　浅山坂ゆ　かへりみる　薄に飛騨の　山あらはれぬ（陽・視覚）
(52) **揖斐川は**　鮎の名どころ　揖斐人の　大梁かけて　秋の**瀬**に待つ（人）
(53) **揖斐川の**　梁落つる水は　たぎつ瀬と　とゞろに砕け　川の**瀬**に落つ（水）

(3) 相模嶺は　此日はみえず　**安房**の門や　鋸山に　雲とびわたる　(山、雲)

(4) 秋風の　しげくし降れば　**安房**の海　たゆたふ浪に　しぶき散るかも　(海、波)

(46) 松蔭は　篠も芒も　異草も　皆悉く　**まむじゆさげ赤し**　(近景)

(47) 鯰江の　縄手をくれば　田のくろの　薮のなかにも　**曼珠沙華赤し**　(遠景)

尻取り一対

一首目の下の句で示したキーワードを、二首目の主として上の句で受け、つながりをもたせつつ視野を変える。一双の屏風絵のような効果がある。

(1) 利根川や　漲る水に　打ち浸る　楊吹きしなふ　**秋の風**かも　(水→風)

(2) おぼほしく　水泡吹きよする　**秋風**に　岸の真菰に　浪越えむとす　(風→水)

(28) しだり穂の　粟の畑に　墾りのこる　桔梗が原の　**女郎花の花**　(作物対雑草)

(29) **をみなえし**　茂きがもとに　疎らかに　小松稚松　おひ交り見ゆ　(草本対木本)

(50) 白栲の　瀧浴衣《たきあみごろも》掛けて干す　樹々の櫻は　**紅葉**《もみぢ》しにけり　(紅葉現象、赤)

(51) 瀧の邊の槭《もみぢ》の青葉　ぬれ青葉　しぶきをいたみ　散りにけるかも　(樹種イロハカエデ、青)

(107) ささ波の　志賀の縣の　葱作り　篦朶垣つくる　あらき篦朶垣　(現状、催馬楽)

(108) 渋柿の　腐れて落つる　青芝も　畑も秋田も　むかし志賀の宮　(懐古、芭蕉の句)

(125) 安濃の津を　さしてまともに　くる船の　贄の岬に　真帆の綱解く　(動)

(126) 贄崎の　鯷《ひしこ》の筵　ゆふかげり　阿漕が浦に　寄するしき浪　(静)

二五句反復

澤瀉久孝《おもだかひさたか》によれば、万葉集の全短歌四二〇〇余首のうち、二五句反復の例は一五首ある(『万葉古徑三』(中央文庫、一九七九)所載「朝踏ますらむその草深野」)。それ比べて「羇旅雑咏」一三六首中二首は、高頻度と言える。

(64) ただすのもり　かみのみたらし　あきすみて　ひわだわひてぬ　かみのみたらし

(82) ゆらがわの　きりとびわたる　あかときの　やまのかいより　きりとびわたる

澤瀉はさらに万葉集の一五首を、四句で切れるもの七首、二句で切れるもの六首、二四句で切れるもの二首にわけている。これに従えば、「羇旅雜咏」(64)は二四句切れで「桜田へ鶴鳴き渡る　あゆち潟潮干にけらし　鶴鳴き渡る」と同型、(82)は二句切れ「吾はもや安見児得たり　皆人の得がてにすとふ安見児得たり」と同型となる。ただしこれはあくまでも万葉集を標準とした場合で、(64)の響きはむしろ記紀歌謡にあるスサノオノミコトの歌

八雲立つ　出雲八重垣　妻籠みに　八重垣作る　その八重垣を　（古事記）

に近い。(82)は三首連作の第一首で、三首目(84)の初二句「由良川の霧飛ぶ岸の」と尻取りでつながる。

本歌取り

節の歌の源流（斎藤茂吉の指摘）

長塚節の歌の発育史について、斎藤茂吉がおもしろい指摘をしている。

長塚節氏の歌の發育史及びその構成の内容はなかなか複雜で一口にいふことが出來ないがざつと云つて見るならば、正岡子規の指導があつてこれが大體の骨子であつた。それから萬葉集がある。萬葉集の影響は全般的であるが東歌の影響などもあつた。それから記紀があつた。それから神樂《かぐら》催馬楽《さいばら》の影響なども他の同人に先んじて受けた。それから古畫《こが》の影響、彫刻建築鋳金《ちゅうきん》等から

も著《いちぢる》しく影響を受けてゐる。それから「西洋」もあつた。この「西洋」は、子規・漱石のごとき諸先達《しょせんだつ》が「西洋」から受けた影響ほどまでにはいかないが、さう尠《すくな》くはないとおもふのである。晩年に東洋古美術のことをしきりに云々《うんぬん》したけれども、コローやミレーのものなども常に心に持つてゐたものである。それから芭蕉蕪村子規等の俳諧がある。特に芭蕉の句、子規の晩年の句などは皆暗記してゐた。

（岩波文庫『長塚節歌集』二〇四頁「解説」）

本歌取り一覧

「羇旅雑咏」には茂吉が列挙した「要素」の大部分が、本歌取りの形で確認できる。それらを本歌（広義、和歌だけでなく俳句なども含む）の成立年代順にならべてみよう。括弧内は該当する「本歌」。

記紀歌謡・催馬楽

(64) 糺の森かみのみたらし（記紀：倭は国のまほろば）

(107) さゝ波の滋賀の縣の（催馬楽　山城の狛のわたりの瓜つくり、催馬楽　河口の関の荒垣や）

万葉集

(25) うれしくも分けこしものか（3・265　苦しくも降りくる雨か）

(26) つぶれ石あまたもまろぶ（16・3839　わが背子がたふさぎにする）

(28) しだり穂の粟の畑に　(11・2802　あしびきの山鳥の尾の)
(76) とりよろふ天の橋立　(1・2　大和には群山あれど)
(100) 粽巻く笹のひろ葉を　(2・103　わが里に大雪降れり)
(110) うつゆふのさき國大和　(6・1037　今つくる久邇の都は)

なお「羇旅雑咏」における万葉集東歌の影響は本文でもしばしば言及したが、具体的な「本歌取り」の例は見あたらない。節が東歌から学んだのは、前述の頭韻に代表される「歌謡調」や、後述する「田園讃美」、「地名の重視」などである。

説教節

(80) 由良の嶺に栗田の子らが　(説教節「山椒大夫」)
(81) 眞柴こり松こる子らが　(説教節「山椒大夫」)

俳句

(16) 韮崎や釜無川の　(芭蕉　霧しぐれ富士を見ぬ日ぞ面白き)
(58) ひややけく庭にもりたる　(芭蕉　月清し遊行がもてる砂のうへ)
(63) 唐鶸の雨をさびしみ　(芭蕉　蔦植ゑて竹四五本の嵐かな)
(108) 渋柿の腐れて落つる　(芭蕉　秋風や藪も畠も不破の関)

近世民謡

（93）瀬戸の海きよる鰯は　（民謡　阿波の鳴門か音戸の瀬戸か　又は明石のいや水か）

近代短歌

（102）あさあさの佛のために　（子規　朝な朝な一枝折りて此の頃は乏しく咲きぬ撫子の花）

「雲霧・秋雨・秋風」の置かれやすい位置

二・五句に置かれる雲の動き

出立前の七月一七日、節は千葉県の銚子海水浴場で保養中の親友・寺田憲に宛てて、秋には木曽街道への旅に出るつもりだと書いている。

海岸の怒涛も面白けれど、山間の□□（二字不明）も亦掬《きく》すべく候
松魚《かつを》釣りなめて漕ぎ行く和田つ海《み》の八重の潮路に雲の嶺立つ（全集6：121）

不明の二字は「雲霧」だろう。引用歌では相手の保養先にあわせて海上に立つ「雲の嶺」を詠っているが、このようなダイナミックな視点で山の雲と霧を描いてみせるぞ、と抱負を述べたのだ。

「羇旅雑詠」には「雲」一六首、「霧」一〇首あり、合わせて二六首と全体の二割を占める。

「雲」を含む語は二句と結句に集中し、初句に多い「秋雨」や、三句に多い「秋風」と異なる。秋

の雲は形態上「叢雲、薄雲、白雲、木綿波雲」とさまざまで、その動きもふくめて丁寧に写生するために、七音からなる二・五句に集中するのだろう。

「羇旅雑詠」に「秋雲」の例はなく、(10)「秋の雲立つ」は、「立つ」から「夏の雲」を連想させないための特別な処置だと思われる。

歌番号	初句	二句	三句	四句	結句
(105)	布雲に	叢雲かかる	あさまだき	近江の湖を	とよもすや鵙
(57)	秋雨の	薄雲低く	迫り来る	木群がなかや	中の大兄すめら
(38)	ゆるやかに	すぎゆく雲を	見おくれば	山の木群の	さやさやに揺る
(122)	比良山の	ながらふ雲に	落つる日の	夕かがやきに	葦の花白し
(44)	鱗なす	秋の白雲	棚引きて	犬山の城	松の上に見ゆ
(31)	諸樹木を	ひた掩ひのぼる	白雲の	絶間にみゆる	谷の秋蕎麦
(19)	小雀の	榎の木に騒ぐ	朝まだき	木綿波雲に	見ゆる山の秀
(12)	稗の穂に	淋しき谷を	すぎくれば	おり居る雲の	峰離れゆく
(9)	梅の木の	落葉の庭ゆ	垣越しに	巨摩の群嶺に	雲騒ぐみゆ
(3)	相模嶺は	この日はみえず	安房の門や	鋸山に	雲飛びわたる
(54)	近江路の	秋田はろかに	見はるかす	彦根の城に	雲の脚垂れぬ
(14)	ひよどりの	朝鳴く山の	栗の木の	梢しずかに	雲のさわたる
(96)	明石潟	あみ引くうへに	天の川	淡路になびき	雲の穂に入る

(16)	韮崎や	釜なし川の	遥々	いずこぞ不盡の	雲深み見えず	
(10)	ここにして	柿の梢に	たたなはる	群山こめて	秋の雲立つ	
雲	1	5	1	2	7	計16句
動詞	0	3	2	1	6	計12句

「羇旅雑咏」中の「霧」は以下の三種に大別できる。いずれも主として二・五句に置かれる。

A　雲を中から見た場合。ただし歌としてはその隙間から何かが見えねばならず、(30) 朝の上昇気流や、(85) 雲の切れ間の例がある。

B　平地に低くただよう薄霧。(72)(78)(89) 海や湖の水面のすぐ上にたなびく静かな景色が秋を感じさせる。

C　由良川の水面を「飛ぶ」霧。(82)～(84) その怪しさを動的に写生できたことが、「羇旅雑咏」の一つのハイライトとなった。

歌番号	初句	二句	三句	四句	結句
(13)	**霧**のごと	雨ふりくれば	ほのかなる	谷の茂りに	白き花何
(85)	からす鳴く	**霧**深山の	渓のへに	群れて白きは	男郎花ならし
(84)	由良川の	**霧飛ぶ**岸の	草むらに	嫁菜が花は	あざやかに見ゆ
(83)	暁の	**霧**はあやしも	秋の田の	穂ぬれに**飛ばず**	河の瀬に**飛ぶ**
(82)	由良川の	**霧飛びわたる**	あかときの	山の峡より	**霧飛びわたる**

(30) 暁の　ほのかに霧の　うすれゆく　落葉松山に　かし鳥の鳴く
(22) 秋の田の　ゆたかにめぐる　諏訪のうみ　霧ほがらかに　山に晴れゆく
(72) 葦交り　嫁菜花さく　與謝の海の　磯過ぎくれば　霧薄らぎぬ
(78) 鯵網を　建て干す磯の　夕なぎに　天の橋立　霧たなびけり
(89) 落葉搔く　松の木の間を　立ち出でて　淡路は近き　秋の霧かも

霧	1	5	0	1	4	計11句
動詞	0	2	1	1	5	計9句

一・五句「秋雨」は煙雨のひと刷毛

「羇旅雑咏」には「秋雨」一一首と「雨」七首があり、計一八首は全体の一割強を占める。たまたま雨の日が多かったこともあるが、とくに近江・京都の秋雨に、節の歌心が刺激された。秋雨は静かに降り、白の目立つ明るい風景が多い。

歌の中の「秋雨」の位置は初句（五首）と結句（四首）に多く、すでに見た「雲・霧」（二・五句に多い）とも、のちに見る「秋風」（三句に多い）とも異なる。これは歌語として「秋雨」が成熟しているからで、ことさらな修飾を要せず、動詞も「降る」の一語で間に合う。

絵に例えれば「秋雨」は白のひと刷毛《はけ》のようなもので、その「細み」の奥の風景は、しっかり骨太に写生されている。ちなみに古今・新古今には、「秋雨」ではじまる歌が見あたらない。

歌番号	初句	二句	三句	四句	結句	
(56)	**秋雨**に	粟津野くれば	葦の穂に	湖静かなり	遠山は見えず	
(57)	**秋雨**の	薄雲低く	**迫り**来る	木群がなかや	中の大兄すめら	
(61)	**秋雨**の	しくしく**そそぐ**	竹垣に	ほうけて白き	榛の木の花	
(129)	**秋雨**の	しげき能褒野の	宮守は	さ筵掩ひ	芋のから積む	
(4)	**秋雨**の	しげくし**降れ**ば	安房の海	たゆたふ浪に	しぶき散るかも	
(34)	男郎花	まじれる草の	**秋雨**に	あまたは鳴かぬ	こほろぎの聲	
(69)	桃山の	萱は葺きけむ	此庵を	**秋雨漏ら**ば	掩はむや誰	
(55)	蜆とる	舟おもしろき	勢多川の	しづけき水に	**秋雨**ぞ**ふる**	
(58)	ひややけく	庭にもりたる	白沙の	松の落葉に	**秋雨**ぞ**降る**	
(62)	落葉せる	さくらがもとに	い添ひたつ	木槿の花の	**白き秋雨**	
(60)	女郎花	つかねて浸てし	白河の	水さびしらに	**降る秋の雨**	
秋雨	5	0	1	1	4	計11句
動詞	0	2	1	1	3	計7句

「秋雨」にくらべて「雨」は自由度が大きく、初句以外の句に置かれ、(20)「雨こぼれきぬ」、(53)「あかるき雨」、(127)「雨を含める」のように、個別に描写される。

(13)	霧のごと	**雨ふりくれば**	ほのかなる	谷の茂りに	白き花何
(63)	唐鶸の	**雨**をさびしみ	鳴く庭に	十もとに足らぬ	黍垂れにけり
(28)	浅茅生の	もみづる草に	**ふる雨**の	宮もわびしも	伊勢の能褒野は
(27)	伊勢の野は	秋蕎麦白き	黄昏に	**雨**を含める	伊賀の山近し
(59)	竹村は	草も茗荷も	黄葉して	あかるき**雨**に	鵯ぞ鳴くなる
(20)	釜なしの	蔦木の端を	さわたれば	蓬がおどろ	**雨こぼれ**きぬ
(32)	木曾人の	秋田のくろに	刈る芒	かり干すうへに	**小雨ふり**きぬ
雨	0	2	1	2	2　計7句
動詞	0	1	1	0	2　計4句

三句「秋風」を一・二句で視覚化

「秋（の）風」を詠った歌は七首あるが、その位置は三句（三首）、四句（一首）、結句（三首）と歌の後方に集まり、「秋雨」のように初句に置かれることがない。これは古今・新古今に「秋風」ではじまる歌がそれぞれ一三首・一五首載せられているのと、きわだった対照をなす。節はそのように使い古された「秋風」なるものを拒み、一・二句、あるいは四句で吹かれる対象物の姿や動きを描写して、秋風の視覚化に努めている。

吹かれるのはもっぱら植物で、(26) 疎らの薄、(77) 芒、(117) 小芒、(120) 葛も薄もと、ススキの出番が多い。枯れたススキの穂は一方にたわんで風になびきやすく、その白が目につくからだろう。足元を這う「クズ」もまた、風で葉裏の白を見せる。「秋雨」はそれ自体が白いが、「秋風」は白いものを動かすことで、白く見える。

動詞は（1）「吹きしなふ」、（2）「吹きよする」、(117)「吹きいたむ」、(77)「吹きなびく」のように、「吹く＋第二の動詞」という複合形をとる。北住（一九六七）は「吹きしなふ」の主語を「風」と見なして、「『しなふ』という自動詞が（撓わせるという意味で）他動詞的に使われている」と解する。その理屈にしたがえば、(117)「吹きいたむ桐の木群か」では主語「桐」が「痛む」（自動詞）のに合わせて、「吹き」は受動態「吹かれ」の意味となる。

どうやら節の歌ではそこまで厳密ではなく、「風」が「吹く」と、「楊・桐」などが「しなう・いたむ」が、おおざっぱに結合されているらしい。今後の検討課題としたい。

歌番号	初句	二句	三句	四句	結句
(2)	おぼほしく	水泡**吹きよする**	**秋風**に	岸の眞菰に	浪越えむとす
(117)	小芒の	浅山**わたる**	**秋風**に	梢**吹きいたむ**	桐の木群か
(118)	栂尾の	槭は青き	**あきかぜ**に	清瀧川の	瀬をさむみかも
(77)	與謝の海	なぎさの芒	**吹きなびく**	**秋風**寒し	旅の衣に
(1)	利根川や	漲る水に	打ち浸る	楊**吹きしなふ**	**秋の風**かも
(26)	つぶれ石	あまたもまろぶ	たをり路の	疎らの薄	**秋の風吹く**
(120)	鶫の	晴を鳴く樹の	さやさやに	葛も薄も	**秋の風吹く**

秋風	0	0	3	1	3	計7句
吹く	0	1	1	2	2	計6句

「白」の句法

節が白を偏愛したことはよく知られている。代表歌に「白埴の瓶こそよけれ　霧ながら朝は冷たき水汲みにけり」があり、藤沢周平は長塚節の伝記小説の題を『白き瓶』とつけている。

「羇旅雑咏」には「白」を含む歌が一八首ある。白いものの内訳を例数の多い順にならべると、「花」七首（13・16・61・85・114・122・127）、「帆」三首（71・90・91）、「石・砂」二首（59・112）、「雲」二首（31・44）、「穂」一首（15）、地名一首（60）となる。ただし（122）「蘆の花」は、植物学的には穂であり、地名に分類した（60）「白河」は河床の「石・砂」の色に由来する。

（62）「木槿の花の白き秋雨」では、白がムクゲの花（点景）と秋雨（全景）の双方にかかっている。（31）で明示された「白」は近景の秋蕎麦だが、「雨を含みて」が遠景の雲の白を暗示する。このように二つ以上の白を含む歌では他の色彩がぼやけ、墨絵のような風景となる。

これに対して、（60）黄色のオミナエシ、（49）緑の「青芝」、（49）サクラ落葉の紫褐色など、他の色彩と白を対比させる歌もあるが、それらの多くで「白」が三句に置かれていることは注目に値する。

「白」の位置は初句から結句までほぼまんべんなく散らばり、句によって文法上の働きが異なる。五音からなる一・三句では（16）「白妙に」、（112）「白妙の」のように「白」が二音の名詞と結合して句頭に立つことが多い。七音からなる二・四・五句に置かれた「白」の形と用法は、以下の五種類に分類できる。

A 連体形「白き」が句頭に立ち、後続の名詞の色を説明する。例(15)二句「白き秋田を」、(62)結句「白き秋雨」、(13)結句「白き花何」。

B 連体形「白き」が句の末尾に置かれ、次の句の名詞を修飾する。例(16)二句「秋蕎麦白き／黄昏」、(61)四句「ほうけて白き／榛の木の花」。

C 連体形「白き」につづく「もの」が省略されて名詞的に働き、主語となる。例(85)四句「群れて白きは」。

D 終止形「白し」で歌を締めくくる。例(122)結句「葦の花白し」。

E 名詞「白」が他の名詞と結合する。例(15)二句「白雲」、(90)四句「白帆」。

このような多様性は、節が歌語として「白」の使い方を研究した結果であろう。

歌番号	初句	二句	三句	四句	結句
(16)	**白妙**に	かはらははこの	咲きつづく	釜無川に	日は暮れむとす
(112)	**白妙**の	いさごもきよき	みささぎは	花木犀の	かをる瑞垣
(71)	**眞白帆**の	はららに泛ける	與謝の海や	天の橋立	ゆほびかに見ゆ
(15)	走り穂の	**白き秋田**を	ゆきすぎて	釜なし川は	見るに遥かなり
(44)	うろこなす	秋の**白雲**	たなびきて	犬山の城	松の上に見ゆ
(127)	伊勢の野は	秋蕎麦**白き**	黄昏に	雨を含める	伊賀の山近し

(60)	女郎花	つかねて浸でし	**白河**の	水さびしらに	降る秋の雨
(31)	諸樹木を	ひた掩ひのぼる	**白雲**の	絶間にみゆる	谷の秋蕎麦
(59)	ひややけく	庭にもりたる	**白沙**の	松の落葉に	秋雨ぞ降る
(114)	一むらは	乏しき花の	**白萩**に	柿のこずゑの	赤きこの庵
(91)	淡路のや	松尾が崎に	**白帆**捲く	船あきらかに	松の上に見ゆ
(90)	舞子の濱	松に迫りて	ゆく船の	**白帆**をたゆみ	いし漕ぐや人
(85)	からす鳴く	霧深山の	渓のへに	群れて**白き**は	男郎花ならし
(61)	秋雨の	しくしくそそぐ	竹垣に	ほうけて**白き**	榛の木の花
(62)	落葉せる	さくらがもとに	い添ひたつ	木槿の花の	**白き秋雨**
(13)	霧のごと	雨ふりくれば	ほのかなる	谷の茂りに	**白き花**何
(49)	落葉せる	さくらがもとの	青芝に	一むらさびし	**白萩**の花
(122)	比良山の	流らふ雲に	落つる日の	夕かがやきに	**葦**の花**白し**
白	3	3	5	3	4

計18句

田園讃美

秋田の広がりと稔り

『古今和歌集』『新古今和歌集』で「羇旅歌」は「別離歌」の次に置かれ、「送る者」対「送られた者」という区別はあるが、ともに悲哀を交換する抒情詩として発達した。だが節の「羇旅歌」に悲哀や悲壮はなく、農村を描く歌は叙事・叙景的だ。農民の苦労を思い、収穫を予祝する、「百姓」としての「共観」が込められている。

なかでも「秋田」の歌には、穂が出そろって収穫がなかば約束された安堵感がある。(22) 二句「ゆたかにめぐる」、(54) 二・三句「はろかに見はるかす」、(111) 二句「ゆたに」など、「秋田」の歌では「豊かさ」が強調されている。

初句に地名、二句に「秋田」を置く歌が多いのは、田を讃める気分からだろう。その種の歌が旅の前半の甲斐、諏訪、木曽、近江など、陸封国に集中することも見逃せない。山や湖で区切られる水田の形がことさら美しく見えることにもよろうが、狭い土地を最大限活用している光景こそ、讃めるに値する。畿内に移ってからの節は水田に目を向けず、主として畑を写生している。

歌番号	初句	二句	三句	四句	結句
(22)	秋の田の	ゆたかにめぐる	諏訪のうみ	霧ほがらかに	山に晴れゆく

(32) 木曾人の　**秋田**のくろに　刈る芒　かり干すうへに　小雨ふりきぬ
(54) 近江路の　**秋田**はろかに　見はるかす　彦根の城に　雲の脚垂れぬ
(111) 滋賀つのや　**秋田**もゆたに　湖隔つ　田上山は　あやにうらぐはし
(15) 走り穂の　白き**秋田**を　ゆきすぎて　釜なし川は　見るに遥かなり
(83) 暁の　霧はあやしも　**秋の田**の　穂ぬれに飛ばず　河の瀬に飛ぶ
(108) 渋柿の　腐れて落つる　青芝も　畑も**秋田**も　むかし志賀の宮
秋田　1　4　1　1　0　計7句
(134) わせ刈ると　**稲**の濡莖　ならべ干す　堤の草に　赤き茨の實
(8) 甲斐の国は　**青田**の吉國　桑の国　唐黍の　穂につづく国
(37) 木曾人よ　**あが田**の**稲**を　刈らむ日や　とりて焚くらむ　栗の強飯
(109) いにしへの　近江縣は　湖潤く　**稲**の秀国　うつそみもよき
(124) 鵲豆を　曳く人遠く　むら雀　**稲**の穂ふみて　芋の葉に飛ぶ
田　0　2　0　0　0　計2句
稲　0　1　0　2　0　計3句

秋蕎麦の侘しさ

「羇旅雑咏」に秋蕎麦の歌は四首しかないが、そのうち三首で重々しく結句に置かれ、四句「古りにしやど」「山ふところ」「白雲の絶間」が示す侘しさと結びついている。

　ソバの作付けは二期あり、『土』19章によれば「夏蕎麦」はイネの裏作であるオオムギとほぼ同時に収穫されるが、「秋蕎麦」は作期がイネと重なる。ヒエやアワと同じく雑穀として、水田のできない傾斜地や貧しい土地に植えられるのだが、その白い花が清楚可憐で、山里のつつましい生活を象徴する。

歌番号	初句	二句	三句	四句	結句	
(127)	伊勢の野は	**秋蕎麦**白き	黄昏に	雨を含める	伊賀の山近し	
(123)	宮路ゆく	伊勢の白子は	竹簾	古りにしやどの	**秋蕎麦**の花	
(21)	をすゝきの	楉に交り	穂になびく	山ふところの	**秋蕎麦**の花	
(31)	諸樹木を	ひた掩ひのぼる	白雲の	絶間にみゆる	谷の**秋蕎麦**	
秋蕎麦	0	1	0	0	3	計4句

鳥の声が刻む時と気象

　総じて絵画的な歌が多い「羇旅雑咏」の中で、鳥の声を詠った九首が目立つ。鳥の声は「時刻」と「気象」の変化を読者に気づかせる。

　鳥の名は初句に置かれる場合（五首）と、結句に置かれる場合（四首）が多く、分布型では「秋雨」に近い。

初句では、四音の鳥名＋助詞「の」が主流で、三音の「コガラ」では親しみの接尾辞「メ」を加えて四音にしている。二・三句では鳥が鳴く場所と時刻を述べ、四・五句で花や雲に視点を移す。すなわち【鳥の声＋時刻・気象＋花・雲】の三段構造で、歌の気分は【緊張→弛緩→余韻】と変化する。

　これに対して、結句に鳥の名を置く型の歌は、邦楽の「序破急」のように、ゆるやかに始まり、鋭く終る。その際、四句の「環境」と結句「鳥の声」の連携が重要になる。たとえば同じモズの声でも、(23)木深き谷では「モズの啼く声」とくぐもり、(105)開けた湖では「とよもすやモズ」と鋭い。実験的に両歌の五句を取り替えてみると、その連携が壊れる。まして(59)をまねて「モズぞなくなる」ではぶち壊しだし、逆に(59)雨が上がる状況で「モズぞナくする」も似合わない。節の生物写生はそこまで行き届いているのだ。

　三・四句に鳥の名を置く歌が三首あるが、鳥の声は出てこず、前の二型にくらべてのどかだ。(124)は遠景からズームインして、近景のスズメの動きを追うという、節の歌には珍しいカメラワークが見られる。(119)「カモうく秋になりにけるカモ」の駄洒落もどきは、湖面を小船でわたるうちに、思わず口を突いて出たものだろう。

歌番号	初句	二句	三句	四句	結句
(85)	**からす鳴く**	霧深山の	渓のへに	群て白きは	男郎花ならし
(63)	**唐鶸の**	雨をさびしみ	**鳴く**庭に	十もとに足らぬ	黍垂れにけり
(19)	**小雀めの**	榎の木に**騒ぐ**	朝まだき	木綿波雲に	見ゆる山の秀
(14)	**ひよどりの**	朝**鳴く**山の	栗の木の	梢しづかに	雲のさわたる

(120) **鶫**の　晴を**鳴く**樹の　さやさやに　葛もすすきも　秋の風吹く
(124) 鵲豆を　曳く人遠く　**むら雀**　稲の穂ふみて　芋の葉に**飛ぶ**
(119) 葦の邊の　魞おもしろき　近江の湖　**鴨うく**秋に　なりにけるかも
(116) 縄吊りて　茸山いまだ　はやければ　**鳥**の**もてる**　栗はひりはず
(30) 暁の　ほのかに霧の　うすれゆく　落葉松山に　**かし鳥**の**鳴く**
(59) 竹村は　草も茗荷も　黄葉して　あかるき雨に　**鶫**ぞ**鳴く**なる
(23) たていしの　山こえゆけば　落葉松の　木深き谷に　**鵙**の**啼く**聲
(105) 布雲に　叢雲かかる　あさまだき　近江の湖を　**とよもす**や**鵙**

鳥名	5	0	1	2	4	計12句
動詞	1	3	1	3	5	計12句
鳴く	1	2	1	0	3	計7句

俳句の影響

軽み――懐古を頓挫させる下世話なおかしみ

高濱虚子は『俳句はかく解しかく味わう』（一九一八）の中で、俳句の詠史は卑近なものや滑稽なものをもってきて、悲壮な事実に頓挫を与えて、一種の「軽味」が生じるようにする、と書いている。「羇旅雑咏」ではとくに近江・山城（京都郊外）の歌に、その例が多い。

(88) 松蔭の草の茂みに群れさきて　埃に浴みし　おしろいの花

平敦盛が首を討たれたこの地に、誰が植えたかオシロイバナが咲き、化粧をしていた公達を思わせる。しかもその花が白粉ならぬ埃を浴びているではないか。

(99) おもしろの八瀬の竈風呂　いま焚かば庭なる芋も掘らせてむもの

有名な窯風呂を見られて幸運だが、ついでに庭に植わっているサツマイモを掘らせて、この窯で焼き芋にできれば美味かろう。

(104) 長縄の薦ゆふ藁の藁砧　とゞと聞え來　これの葦邊に

砧と言えば秋の夜のもの悲しい風物とされてきたが、ここでは早朝からドンドンとにぎやかなことだ。

(107) さゝ波の志賀の縣の葱作り　麁朶垣つくる　あらき麁朶垣

「志賀の都」は荒れたというが、畑ではしっかりネギを作り、獣害から守るための無骨な木の垣根までこしらえている。農民は逞しい。

さび——僅少と枯淡

「さび（寂）」の語は中世以来、閑寂・枯淡を意味してきた。この要素は節の歌に広く浸透しているが、「羇旅雑詠」には「さびし」を含む歌が五首あるので、まずそこから見てみよう。

(12) 稗の穂に淋しき谷をすぎくれば　おり居る雲の峰離れゆく
(63) 唐鶸の雨をさびしみ鳴く庭に　十もとに足らぬ黍垂れにけり
(60) 女郎花つかねて浸でし白河の水さびしらに降る秋の雨
(49) 落葉せるさくらがもとの青芝に一むらさびし白萩の花
(102) あさ〳〵の佛のために伐りにけむ柴苑は淋し花なしにして

これらに共通するのは、静かな秋雨と、花や穂の乏しさで、「さびし」には欠乏を嘆くというより、僅少を愛でる気持ちが込められ、そこに農村育ちの慎ましさが読み取れる。このほか、僅少・欠乏を愛でる歌として以下が挙げられる。

(26) つぶれ石あまたもまろぶたをり路の疎らの薄秋の風ふく
(29) をみなえし茂きがもとに疎らかに小松稚松おひ交り見ゆ
(34) 男郎花まじれる草の秋雨にあまたは鳴かぬこほろぎの聲
(98) 葉鶏頭もつくる垣内のそしろ田に引板の縄ひく其水車
(128) 浅茅生のもみづる草にふる雨の宮もわびしも伊勢の能褒野は

「さび」のもう一つの要素である「枯淡」では、植物の葉先が枯れ始めた様子を詠ったものが目立つ。

(66) みちのへに草も莠も打ち茂る圃の桔梗は枯れながらさく
(121) 名を知らぬ末枯草の穂に茂き薑のうへに秋の虫鳴く

(123) 宮路ゆく伊勢の白子は　竹簾古りにしやどの　秋蕎麦の花
(136) 唐茄子は廣葉もむなし　雑草の蚊帳釣草も末《うら》枯にして

節は古語を駆使して風景を実際より古く見せようと試みている。(20)「釜なしの蔦木の橋」と、(90)(91)の「白帆」については、本文で詳述した。

もう一つの「枯淡」風景は、干される植物の残骸で、「刈る」が動的で東歌調を生んだのと対照的に、静かで受動的な光景である。そのほか、「むしろ」を示すことで「干す」を省略している例もある。

歌番号	初句	二句	三句	四句	結句	
(79)	干し蕨	むしろにさらす	山坂ゆ	かへり見遠き	天の橋立	
(78)	鯵網を	建て干す磯の	夕なぎに	天の橋立	霧たなびけり	
(134)	わせ刈ると	稲の濡莖	ならべ干す	堤の草に	赤き茨の實	
(32)	木曾人の	秋田のくろに	刈る芒	かり干すうへに	小雨ふりきぬ	
(101)	鴨跖草の	花のみだれに	押しつけて	あまたも干せる	山の眞柴か	
(100)	粽巻く	笹のひろ葉を	大原の	ふりにし郷は	秋の日に干す	
干す	1	2	1	2	1	計6句
(129)	秋雨の	しげき能褒野の	宮守は	さ筵おほひ	芋のから積む	
	贄崎の	鯷のむしろ	夕かげり	阿漕をさして	真帆向い来も	
筵	0	1	0	1	0	計2句

山陵参拝歌

「さびし・わびし」を含む歌の一群として、天皇・皇子陵参拝の歌がある。山陵崇拝は明治政府が国家形成のために公教育を通じて推奨したもので、節の山陵崇拝歌もまた、近代の産物と言える。歌は総じて厳粛で、他の懐古歌のように諧謔がまじることはない。

即位順	天皇皇子名	陵名	参拝日	歌
―	日本武尊	能褒野陵	M38・10・6	浅茅生のもみづる草にふる雨の宮も**わびし**も伊勢の能褒野は
16	仁徳天皇	百舌鳥耳原中陵	M36・7・28	和泉は百舌鳥の耳原耳原の陵のうへにしげる杉の木
17	履中天皇	百舌鳥耳原南陵	M36・7・28	うなねつき額づきみればひた丘の木の下萱の**さやけく**もあるか
18	反正天皇	百舌鳥耳原北陵	M36・7・28	向井野の稗は穂に出づ草枕旅の日ごろのいや**暑けき**に
38	天智天皇	山科陵	M38・9・19	秋雨の薄雲低く迫り来る木群がなかや中の大兄すめら
39	弘文天皇	長等山前陵	M38・9・29	白妙のいさごも**きよき**山陵は花木犀のかをる瑞垣
79	六條天皇	清閑寺の陵	M36・7・30	**さびしら**に蟬鳴く山の小坂には松葉ぞ散れるその青松葉
80	高倉天皇			

地名の重要性

取り替え不可能な地名

「羇旅雑咏」の歌はほとんどすべて詠われた場所が特定できる。地名は、もし歌になければ詞書にあり、他の地名で置き換えられないほど、歌の本質に深くかかわっている。ためしに鳥の名のような実験をしてみるとよい。(127)「雨を含みて……近し」に「比良の山」では奥行きが足りず、「木曽の山」ではもとから近すぎ、やはり「伊賀の山」がしっくりする。(18)「白妙にかはらははこが咲きつづく」夕景に「笛吹川」は似合わず「釜無川」にかぎることは、本文で詳述した。

「羇旅雑咏」の歌材は、雲霧、秋雨、秋風、秋蕎麦、女郎花、嫁菜など、どこにでもあるものが多い。それら普遍的な素材が、ある条件下で独特の輝きを見せる瞬間を、節は歌にとどめようとした。すなわち歌材それ自体では美となりきらず、「時」や「場」との組み合わせで美となるのだ。地名は「場」を短く表す効率的な情報だが、馴染みのない者にとっては解読不能な暗号にすぎない。

万葉集では地名が風景描写と序詞の二面性を持っていた。古今歌人らは「歌枕」を歌い継ぐうちに、地名を有名無実化した。そこに西行が、旅を詩の本質と定めて地名の「実」を取り戻した。彼は補完情報として詞書を重んじたが、芭蕉はさらに一歩進めて、俳句入りの紀行文を築いた。

節も「羇旅雑咏」で詞書を活躍させたが、やがてその窮屈さに飽きて、「写生文」に走る。だが本書の歌と、同じ場所を描いた「写生文」を読み比べても明らかなように、歌のもつ調べや味わい、長く記憶に残る印象の深さなどは、とうてい散文の及ぶところではない。

旅の歌を深く味わうには、地名の背景を知ることが肝要で、それにはみずから旅してみるのが一番だが、それがままならない人にとって、本書のような資料の役割があるものと信ずる。

近江八景

節の諧謔精神は近江八景の写生歌にも感じられる。中国の「瀟湘八景」は、茫洋たる風景に見どころ求め、地形・季節・時刻・気象・生活の組み合わせで得た「美の典型」だった。それが「近江八景」では琵琶湖南岸に閉じ込められ、名所カタログとなる。

近江八景が当時いかにもてはやされていたかは、明治33年発表「鉄道唱歌」から読み取れる。

39　いよいよ近く馴《な》れくるは　**近江**の海の波のいろ
　その**八景**も居ながらに　見てゆく旅の楽しさよ
40　**瀬田**の長橋横に見て　ゆけば**石山**観世音
　紫式部が筆のあと　のこすはここよ　月の夜に
41　**粟津**の松にこととえば　答えがおなる風の声
　朝日将軍義仲の　ほろびし深田は何《いず》かたぞ
42　**比良**の高嶺は雪ならで　花なす雲にかくれたり
　矢走《やばせ》にいそぐ舟の帆も　みえてにぎおう波の上

43　**堅田**におつる雁がねの　たえまに響く三井の鐘

　夕ぐれさむき**唐崎**の　松には雨のかかるらん

「羇旅雑咏」で節は「近江八景」を離れて、見たままを写生してはいるが、「八景」を全く無視したのではなく、ある種のパロディーを試みているように思われる。節が「近江八景」をそらんじていた傍証として、明治三二年の「作歌手帖」に「青梅八景」の書き込みがある（全集5：121）。以下「瀟湘八景」「近江八景」「羇旅雑咏」を対照させ、今後の研究への参考に供したい。

遠寺晩鐘→三井の晩鐘

瀟湘夜雨→唐崎の夜雨

平沙落雁→堅田《かただ》の落雁→（103）小波のさやさや来よる葦村の花にもつかぬ夕蜻蛉かも

山市晴嵐→粟津の晴嵐→（56）秋雨に粟津野くれば葦の穂に湖静かなり遠山は見えず

遠浦帰帆→八橋《やばせ》の帰帆

江天暮雪→比良の暮雪→（122）比良の山ながらふ雲に落つる日の夕かゞやきに葦の花白し

洞庭秋月→石山の秋月

漁村夕照→瀬田《せた》（勢多）の夕照《せきしょう》→（55）蜆とる舟おもしろき勢多川のしづけき水に秋雨ぞふる

参考文献

安東次男《つぐお》『花づとめ　季節のうた百三章』中公文庫（一九九三）
生駒勘七『木曽の庶民生活　風土と民俗』国書刊行会（一九七五）
市村与生『長塚節の短歌』創林社（一九八一）
伊藤昌治《しょうじ》『長塚節　文学碑への道』銀河書房（一九八二、昭和57年）
臼田甚五郎、新間進一校注・訳『日本古典文学全集25　神楽歌　催馬楽　梁塵秘抄　閑吟集』小学館（一九七六）
扇畑忠雄「節からみた赤彦」、長塚節研究会・島木赤彦研究会編『節と赤彦』教育出版センター研究叢書2．（一九七三）一～一三頁。
大岡信《まこと》『続折々のうた』岩波新書（一九八一）
大岡信監修『短歌俳句植物表現辞典　歳時記版』遊子館（二〇〇二）
荻原浅男・鴻巣隼雄校注・訳『日本古典文学全集1　古事記・上代歌謡』小学館（一九七三）
澤瀉久孝《おもだかひさたか》著『万葉古徑　三』中公文庫（一九七九）
尾山篤二郎『鑑賞　長塚節歌集』素人社書屋（一九二九）
神戸利郎《ごうどとしお》『島木赤彦』下諏訪町立諏訪湖博物館・赤彦記念館（一九九三）
北住敏夫『長塚節　シリーズ近代短歌・人と作品9』桜楓社（一九六七）

曲亭馬琴編・藍亭青藍補・堀切実校注『増補俳諧歳時記栞草』岩波文庫（二〇〇〇）
古泉千樫「『長塚節選集』序」（一九二六）。古泉千樫『随録鈔』（一九三〇）所収
駒敏郎『京都散策1東山の道』保育社カラーブックス（一九七三）
斎藤茂吉編『長塚節研究』上下巻、岩波書店（一九四四）。内容は斎藤茂吉「長塚節の歌」と土屋文明ら「長塚節歌集合評」（本文中では「合評」と略記）からなる。
斎藤茂吉「平福百穂畫伯」『アララギ』第二十七巻第四號（平福百穂追悼號）二六一頁（一九三四）
斎藤茂吉『明治大正短歌史』中央公論社（一九五〇）
島崎藤村『夜明け前』新潮文庫（一九五四）
島崎藤村『桜の実の熟する時』新潮文庫（一九五五）
杉本苑子・駒敏郎『京都散策4北山の道』保育社カラーブックス（一九七四）
高浜虚子『俳句はかく解しかく味う』岩波文庫（一九一八、一九八九）
高村薫『土の記』新潮社（二〇一六）
俵万智『短歌をよむ』岩波新書（一九九三）
辻邦生『西行花伝』新潮社（一九九五）
永瀬純一ほか「『羇旅雑咏』合評（一）」。長塚節研究会『論集長塚節（一）節と茂吉』（一九七一）所収
永瀬純一ほか「『羇旅雑咏』合評（二）」。長塚節研究会『論集長塚節（二）節と赤彦』（一九七三）所収
長塚節記念会編『節――回想と研究』飯野農夫也発行（一九五四）
橋田東聲『土の人長塚節』春陽堂（一九二六）
長谷川嘉和『近江の民具―滋賀県立琵琶湖博物館の収蔵品から―』サンライズ出版（二〇〇六）
林屋辰三郎『京都』岩波新書（一九六二）

深沢七郎『笛吹川』講談社文芸文庫（一九五八、二〇一一）
深沢七郎『甲州子守唄』講談社文芸文庫（一九六四、二〇一二）
藤沢周平『用心棒日月抄』新潮文庫（一九八一）
正岡子規著、高浜虚子・川東碧梧桐共編『子規句集』（一九一一）。正岡子規『正岡子規全集』講談社（一九六八）所収。
宮坂丹保『[新訂]森山汀川あて書簡にみるアララギ巨匠たちの素顔』ボロンテ（一九九六、二〇〇六）
森鴎外『ウイタ・セクスアリス』岩波文庫（一九三五）
柳内《やない》守一『天田愚庵の生涯　愚庵物語』天田愚庵没後一〇〇周年記念事業実行委員会（二〇〇三）
山形洋一『長塚節「土」の世界』未知谷（二〇一〇）
山形洋一『『土』の言霊』未知谷（二〇一二）
山形洋一『節の歳時記』未知谷（二〇一四）

『馬酔木《あしび》』全三十二巻（一九〇八）、臨川書店より復刊（一九七二）
『アララギ』二十五周年記念号（一九三三）。教育出版センターより復刊（一九八五）
『折口信夫全集』第四巻『口譯萬葉集』上。中央公論社（一九五四）
『角川地名辞典』角川書店（一九八三）（岐阜県、京都府、滋賀県、千葉県、兵庫県、長野県、山梨県）
企画展図録『印旛沼周辺の漁と食』千葉県立房総のむら（二〇一三）
企画展図録『近江八景——湖国の風光・日本の情景』大津市歴史博物館（二〇〇〇）
『現代作家用語辞典』木俣修・渡辺順三編、北辰堂（一九五三）
『古今和歌集』佐伯梅友校注、岩波文庫（一九八一）

『湖国と文化』一五四号、「特集・再考大津京」滋賀県文化振興事業団（二〇一六）
『左千夫全集』岩波書店。（第八巻、宮地伸一・山本英吉編「伊藤左千夫年譜」（四二六〜五二九頁）、第九巻「書簡」）
『「昭和の日本画一〇〇選」展図録』朝日新聞東京本社企画第一部発行（一九八九）
『新古今和歌集』佐々木信綱校注、岩波文庫（一九二九、一九五九）
『説教節　山椒太夫・小栗判官他』荒木繁・山本吉左右編注。平凡社・東洋文庫243（一九七三）
『長塚節歌集』小泉千樫編、春陽堂（一九一七）、崙書房復刻（一九七五）
『長塚節歌集』斎藤茂吉選、岩波文庫（一九三三、一九五六）、巻末解説、斎藤茂吉「長塚節の歌」
『長塚節歌集』北住敏夫編、旺文社文庫（一九七四）
『長塚節全集』全六巻、春陽堂（一九二九）（本文では「旧全集」と略記）
『長塚節全集』全七巻、別巻一、春陽堂（一九七七）（本文では「全集」と略記）
『おくのほそ道』松尾芭蕉著・萩原恭男校注、岩波文庫（一九七九）
『芭蕉文集』新潮日本古典集成、富山奏《すすむ》校注、新潮社（一九七八）
『平家物語』高橋貞一校注、講談社文庫（一九七二）
『正岡子規全集』講談社（一九六八）
『宮本常一と歩いた昭和の日本』13巻「甲信越（3）」農山漁村文化協会（二〇一一）
『明治大正図誌』第8巻「中央道」飛鳥井雅道編、筑摩書房（一九八〇）
『明治大正図誌』第17巻「図説年表」山口修編、筑摩書房（一九七九）

あとがき

明治の健脚青年が二か月足らずで駆け抜けた跡をたどるのに、平成の高齢者はたっぷり三年を費やした。現場に行けばかならず何か疑問が湧き、戻って資料にあたれば、また現場で確かめたくなる。そんなことを繰りかえすうちに三年が過ぎた。

一三六首の詠われた場所をすべて踏破しようという意図が、最初からあったわけではない。とくに気に入った何首かの風景をこの目で確かめてみたく、手はじめにカワラハハコの咲きつづくという釜無川を訪ねてみた。近くにあるはずの「台ヶ原駅」を、JR時刻表の鉄道地図で探してみたが見つからない。いい加減な見当で歩きだすうちにふと気が付き、日本史手帳の付録の宿場一覧で、「台ヶ原」が甲州街道上の宿場であることを知った。

河原はどこもヨシとハリエンジュにすっかり覆われ、カワラハハコは一本も見つからない。がっかりして釜無川にかかる橋のたもとに腰を下ろしていると、車が一台通りかかり、親切にも小淵沢駅まで送ってくれた。カーブが連続する登り坂で、私が砂防ダムの造りすぎをひとくさり批判すると、ハンドルを握る男性は淡々と、過去の台風で彼の妻の実家も含めて数十軒が流されたことを語ってくれた。

二度の「無知」の発見に、忘れかけていた探検精神が呼び覚まされた。中米やアフリカで風土病対策にたずさわっていたころ、現場がかわるたびに同様の「無知」からスタートしたものだが、丹念に歩き続けるうちに、現場が立体的・重層的に見えてくる。そこに「独り学際」による知の楽しみがあった。

とりあえずの目標を、『長塚節研究』（一九四四年）所収「長塚節歌集合評」の不足を補うこと、とした。「合評」への不満は本文でも繰りかえし述べたが、一言で言えば「生きの悪さ」であり、その原因は「戦時中」という時代の暗さと、「結社」という場の窮屈さである。草鞋履きにゴザを背負い、山野を闊歩した明治青年の、覇気と飄逸を味わうには、いかにも不向きな時代と組織だった。その点むしろ、平成の年金生活者の方が向いている。

私の立場は、「サンマは目黒に限る」と喝破した、世間知らずの殿様のようなものかもしれない。かの殿様の手柄はサンマの野性味を「発見」したことで、それができたのは、ほとんど一人で（馬丁は連れていたようだが）旅をしたからだ。殿様は馬で、節は徒歩で、私はもっぱら電車で旅をした。一三六首に導かれて多くの発見があったなかで最大の収穫は、節の頭韻癖と、俳諧的本歌取りの事例を洗いだしたことだろう。従来「冴え・気品」の陰に隠されていた臭みを嗅ぎ当てたのだから、「目黒のサンマ」の仲間入りが許されるかと思う。

殿様つながりで言うと、こんどの調査はまるで「参勤交代」だった。私は妻と住む江戸表から、JRの季節割引乗車券「青春18きっぷ」を手に、母が一人で住む国元（摂津国（兵庫県）川辺郡）へと通い、その往路・復路で甲信、濃尾、伊勢、近江・山城、丹波・丹後、摂津・播磨と気ままに脚を延ばした。

私はその間に古希を迎えたが、母は米寿と卒寿を迎えた。古希を過ぎての調査や執筆などいまどき珍しくもなかろうが、卒寿の母に支えられて、という図は、ちょっと自慢できるかもしれない。

その長寿と気概を記念して、本書を母・則子に捧げる。

二〇一七年九月二十七日

山形洋一

謝辞

林業家の安江政守氏には木曽・美濃地方を案内していただき、杣人《そまびと》としての地形の見方を教えていただいた。大工の宮田重治氏には、天橋立、舞鶴、由良などを車で案内していただいた。下田佳奈氏（助産師）には、明治時代の地図から中央線高雄・塩山間のトンネルの数を数えていただいた。下諏訪のマスヤ・ゲストハウスでは霧ヶ峰の植生回復活動について情報をいただいた。滋賀県堅田の「湖族の郷資料館」では藁打ちの歴史について教わった。嵯峨鹿王院からは天田愚庵関連の貴重な資料を拝借した。京都吉田地図桃山販売所の北村正義氏から、天田愚庵の庵室跡を教わった。長塚節研究会の会長・桐原光明氏からは松田道作に関する情報をいただいた。同会理事の飯島雅行氏からは弘文天皇に関する資料をいただき、飯塚知子氏からは那古にある節の親戚に関してご教示いただいた。故・安田暁男（速止）氏からは膨大な収集資料を生前にお譲りいただいた。

未知谷編集部の飯島徹編集長と伊藤伸恵さんには、今回も度重なる書きなおしに辛抱強くお付き合いいただいた。本づくりに手間を惜しまぬ姿勢に敬意を表し、厚くお礼申し上げる。

やまがた　よういち

1946年大阪生まれ、東京大学農学部卒、農学博士（応用昆虫学）。世界保健機関（WHO）の専門家としてブルキナファソ、トーゴ赴任、国際協力機構（JICA）専門家としてグアテマラ、タンザニア、インド、ミャンマー赴任、熱帯病媒介昆虫の駆除や地域保健サービスなどに従事。途上国における業務への参考として日本の農村貧困の記録に興味を持ち、長塚節の研究をはじめる。2014年よりフリー。主著に『長塚節「土」の世界』『『土』の言霊』『節の歳時記』（未知谷）。

長塚節《ながつかたかし》「羇旅雑咏《きりょざつえい》」
現場で味わう136首

2017年11月 1 日初版印刷
2017年11月15日初版発行

著者　山形洋一
発行者　飯島徹
発行所　未知谷
東京都千代田区猿楽町2丁目5-9　〒101-0064
Tel. 03-5281-3751 / Fax. 03-5281-3752
［振替］　00130-4-653627
組版　柏木薫
印刷所　ディグ
製本所　難波製本

Publisher Michitani Co. Ltd., Tokyo
Printed in Japan
ISBN978-4-89642-537-6　C0095

山形洋一の仕事

長塚節「土」の世界

写生派歌人の長篇小説による明治農村百科

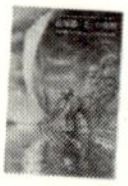

明治後期、子規に師事した歌人が故郷の農村生活を精緻に描いた名品「土」。斬新な学際的地域診断の手法で農業文学を読み解く試み。その細部をつなぎ合わせれば、当たり前すぎたからこそ誰も残さなかった日本の原風景が見えて来る。

272頁2500円

『土』の言霊

歌人節のオノマトペ

『土』に登場するオノマトペは計438種である！　日本文学史上類をみない「長篇散文詩」として『土』を読み直し、オノマトペに秘められた愛と苦と戯れを、その生態、形態、進化、詩的観点から深く味わう試み。標本棚としての語彙集付。

320頁3000円

節の歳時記

農村歌人長塚節の自然観

「余は天然を酷愛す」節の態度は文学者の域をこえて博物学者に近い。その短歌を歌材ごとに分類、着眼点や表現法の変化を時代順に追い、泥臭い素材と洗練された表現が織りなす長塚節の風景、抒情の深まりを味わう。

256頁2800円

未知谷